SCHUTZ FÜR JESSYKA

SEALs of Protection, Buch Sieben

SUSAN STOKER

Copyright © 2020 Susan Stoker
Englischer Originaltitel: »Protecting Jessyka (SEAL of Protection Book 6)«
Deutsche Übersetzung: Catharina Preuss für Daniela Mansfield Translations 2020
Alle Rechte vorbehalten. Dies ist ein Werk der Fiktion. Namen, Darsteller, Orte und Handlung entspringen entweder der Fantasie der Autorin oder werden fiktiv eingesetzt. Jegliche Ähnlichkeit mit tatsächlichen Vorkommnissen, Schauplätzen oder Personen, lebend oder verstorben, ist rein zufällig.
Dieses Buch darf ohne die ausdrückliche schriftliche Genehmigung der Autorin weder in seiner Gesamtheit noch in Auszügen auf keinerlei Art mithilfe elektronischer oder mechanischer Mittel vervielfältigt oder weitergegeben werden.

Titelbild entworfen von: Chris Mackey, AURA Design Group
eBook: ISBN: 978-1-64499-077-3
Taschenbuch: ISBN: 978-1-64499-078-0
Besuchen Sie Susan im Netz!
www.stokeraces.com
facebook.com/authorsusanstoker
twitter.com/Susan_Stoker
bookbub.com/authors/susan-stoker
instagram.com/authorsusanstoker
Email: Susan@StokerAces.com

EBENFALLS VON SUSAN STOKER

SEALs of Protection
Schutz für Caroline
Schutz für Alabama
Schutz für Fiona
Die Hochzeit von Caroline
Schutz für Summer
Schutz für Cheyenne
Schutz für Jessyka
Schutz für Julie (Demnächst erhältlich!)

Die Delta Force Heroes:
Die Rettung von Rayne
Die Rettung von Emily
Die Rettung von Harley
Die Hochzeit von Emily
Die Rettung von Kassie

SUSAN STOKER

Die Rettung von Bryn
Die Rettung von Casey
Die Rettung von Wendy

Ace Security Reihe:
Anspruch auf Grace
Anspruch auf Alexis (Demnächst erhältlich!)

KAPITEL EINS

Benny schob den Teller mit dem Mikrowellengericht weg, der vor ihm auf dem kleinen Tisch in der Küche stand. Er kochte gern und war sogar ziemlich gut darin, aber heute hatte er keine Lust gehabt, eine großartige Mahlzeit nur für sich allein zuzubereiten.

Seit alle seine SEAL-Teamkollegen und Freunde die Liebe ihres Lebens gefunden hatten, verbrachten sie immer weniger Zeit mit ihm. Es war nicht so, dass Benny es seinen Freunden nicht gönnte, eine Frau gefunden zu haben, die sie lieben und beschützen konnten. Er liebte Ice, Alabama, Fiona, Summer und Cheyenne wie Schwestern. Er würde für sie kämpfen und sterben, allein deshalb, weil es die Frauen seiner Freunde waren. Aber es zeigte ihm auch, was in seinem eigenen Leben fehlte.

Benny hatte ernsthaft darüber nachgedacht, sich

zu einem anderen SEAL-Team versetzen zu lassen. Er wusste, dass es ihm das Herz brechen würde, aber er wusste nicht, wie lange er es sich noch antun konnte zu sehen, was seine Freunde hatten und was für ihn außer Reichweite war.

Er nahm einen großen Schluck Wasser aus dem Glas, das er sich zu seinem beschissenen Abendessen eingegossen hatte, und dachte an das letzte Mal zurück, als sie sich alle in *Aces Bar and Grill* getroffen hatten, einer kleinen Kneipe, die aber immer sauber und relativ friedlich war. Zugegebenermaßen war es auch ein Ort, um Frauen aufzureißen, so hatten sie die Kneipe überhaupt erst gefunden. Aber da sie jetzt schon so lange dort einkehrten, fühlte es sich wie zu Hause an.

Benny wusste, dass die Frauen sich nach ihm und seinen Freunden umdrehten, und zwar überall, wo sie hinkamen. Früher sind sie nur in die Kneipe gegangen, um Frauen abzuschleppen, aber seitdem alle seine Freunde die Frauen gefunden hatten, die nur für sie bestimmt waren, hatte sich der Grund, sich dort zu treffen, geändert. Sie genossen jetzt einfach die Atmosphäre und die Gesellschaft ihrer Freunde. Aber sie waren nun mal SEALs, muskulöse Männer, die auf Frauen anziehend wirkten.

Benny war der Jüngste im Team. Er war eins dreiundachtzig groß und hatte kurze braune Haare. Frauen hatten ihm in der Vergangenheit gesagt, dass er eine einzigartige Augenfarbe hätte, braun wie geschmolzene Schokolade. Für Benny waren sie einfach nur braun.

Im Laufe der Zeit hatten Benny und seine Teamkollegen bei *Aces* auch die Kellnerinnen und Barkeeper kennengelernt. Im Gegenzug wussten auch alle Angestellten in der Kneipe, wer wer im Team war. Leider war es aber auch der Ort, an dem Cheyenne, Summer und Alabama direkt vor Mozarts Nase entführt worden waren, während sie sich zu einem Mädchenabend getroffen hatten. Zum Glück war alles glimpflich ausgegangen und niemand war ernsthaft verletzt oder getötet worden.

Letzte Woche hatte sich das gesamte Team zum Abendessen wieder bei *Aces* getroffen, um die schlechten Erinnerungen an das, was dort passiert war, zu verdrängen. Wenn es nach den Männern gegangen wäre, hätten sie nie wieder einen Fuß in dieses Lokal gesetzt, aber die Frauen hatten in ihrer hartnäckigen Art darauf bestanden. Sie hatten gelacht und die Frauen hatten die ein oder andere Träne vergossen, aber am Ende war es die richtige Entscheidung gewesen.

Aber etwas an ihrem letzten Besuch störte Benny. Er konnte Jess' Gesichtsausdruck nicht mehr aus seinem Kopf bekommen. Ihre Kellnerin war wie immer mit ihrem leicht schiefen Gang an ihren Tisch gehumpelt, aber als Benny sanft nach ihrem Arm gegriffen hatte, um sie daran zu hindern, sofort wieder wegzugehen, hatte sie erschrocken das Gesicht verzogen.

Alle Männer am Tisch hatten es bemerkt und es hatte ihnen nicht gefallen. Man musste kein Genie sein, um zu sehen, dass Bennys Berührung ihr wehgetan hatte, obwohl er sie weder fest gepackt noch zugedrückt hatte. Je mehr Benny darüber nachdachte, desto mehr wurde ihm bewusst, dass Jess nicht mehr dieselbe war. Sie war sonst immer locker und fröhlich gewesen und hatte mit ihnen gelacht und gescherzt.

Aber während der letzten Woche war sie still gewesen und hatte niedergeschlagen gewirkt. Auch die langärmeligen Hemden, die sie jetzt trug, waren neu. Je mehr Benny an sie dachte, desto besorgter wurde er. Sollte jemand sie misshandeln, war diese Person schlau. Er hielt sich von ihrem Gesicht fern, wo die Spuren der Misshandlung offensichtlich sein würden. Wenn Jess mit einem blauen Auge oder einer aufgeplatzten Lippe gekommen wäre, hätte keiner der Jungs gezögert, etwas zu sagen.

Aber wenn die blauen Flecke auf ihrem Körper durch ihre Kleidung verdeckt waren, konnte sich niemand sicher sein. Benny gefiel der Gedanke ganz und gar nicht, dass Jess verletzt wurde. Das wusste er sicher.

Er hatte bisher nicht wirklich *so* über Jess gedacht ... bis jetzt. Sie war einfach immer dort gewesen. Sie war ein Teil der Kneipe. Sie war eine gute Kellnerin, füllte immer ihre Getränke nach, lachte immer mit ihnen, gab ihnen aber Freiraum, wenn sie welchen brauchten.

Als die Frauen entführt worden waren, hatte Jess sich sofort um Fiona und Caroline gekümmert und sie beruhigt. Sie hatte sie ins Büro gebracht und war bei ihnen geblieben, bis es sicher war zu gehen.

Benny dachte zurück und fühlte sich plötzlich schlecht. Sie hatten ihre Gastfreundschaft und ihr fürsorgliches Wesen ausgenutzt. Sie hatten ihre Frauen in Sicherheit gebracht, aber Jess dort gelassen, ohne an deren Sicherheit zu denken.

Benny konnte einfach nicht glauben, wie jemand, der so gut und fürsorglich zu den Frauen des Teams gewesen war, bei jemandem bleiben könnte, der sie misshandelte. Es musste einen Grund dafür geben, aber Benny konnte sich nicht vorstellen, was das sein könnte.

Plötzlich schob er den Küchenstuhl zurück und hatte eine Mission. Er konnte keinen Moment mehr ausharren, ohne nach Jess zu sehen. Er hatte ein schlechtes Bauchgefühl und ein SEAL ignorierte so ein Gefühl nie.

Wahrscheinlich ging es Jess gut. Höchstwahrscheinlich war sie in der Kneipe und würde ihn wie üblich begrüßen, wenn er hereinkam.

Benny nahm seinen Schlüssel aus dem Korb neben

der Tür und ging zu seinem Wagen, noch bevor er sich wirklich selbst bewusst war, was er tat.

Während sein Mikrowellengericht vergessen auf dem Küchentisch stand, fuhr Benny vom Parkplatz seines Wohngebäudes los.

Ich hole mir einfach einen Burger, dann sieht es nicht so aus, als würde ich nach ihr sehen. Ich habe Hunger. Wenn sie da ist, großartig, dann habe ich meine Neugier gestillt und kann wieder nach Hause fahren. Ich bin mir sicher, dass es ihr gut geht. Ich überreagiere nur.

KAPITEL ZWEI

Jessyka Allen seufzte. Ihre Woche war beschissen verlaufen. Eigentlich war der gesamte letzte Monat beschissen gewesen. Sie seufzte erneut. Scheiße. Ihr ganzes *Leben* war beschissen. Sie hatte keine Ahnung, wie es soweit kommen konnte ... sie steckte fest und hatte nicht viele Optionen. Niemals hätte sie gedacht, dass sie jemand sein würde, der nicht aus einer Beziehung herauskam, in der er geschlagen wurde.

Es war immer so einfach zu sagen: »Sobald mich jemand schlägt, bin ich weg«, aber im wirklichen Leben stellte sich heraus, dass es viel schwieriger war, das Gesagte auch in die Tat umzusetzen.

Jess war in einem Vorort von Los Angeles aufgewachsen. Ihre Eltern waren nicht reich, aber sie waren auch nicht arm. Sie hatte die Kleider bekommen können, die sie wollte, und sie hatte Freundinnen an der Highschool gehabt. Sie war nicht das beliebteste Mädchen in der Schule, aber sie war auch keine Außenseiterin gewesen.

Jessyka war eine Frühgeburt gewesen und infolgedessen war ein Bein kürzer als das andere. Es war keine dramatische Geschichte, aber es bedeutete, dass sie humpelte. Das hatte sie schon immer getan. Als Kind wurde sie deswegen gehänselt, aber Jess hatte gelernt, Menschen zu ignorieren, wenn sie unhöflich waren.

Es gab Zeiten, in denen ihre Beine schmerzten, hauptsächlich weil sie die Muskeln in ihrem rechten Bein überanstrengte, um das kürzere linke Bein zu kompensieren. Ihre Eltern hatten gewollt, dass sie Schuhe mit hohem Absatz probierte, aber Jess hatte sie gehasst. Sie waren hässlich und es war offensichtlich, dass der linke Schuh eine viel höhere Sohle hatte als der rechte. Also humpelte sie.

Im dritten Jahr der Highschool traf sie Brian und sie waren für den Rest der Schulzeit befreundet gewesen. Erst nach dem Schulabschluss, als sie gemeinsam Vorlesungen am Community College besuchten, hatten sie angefangen, sich zu verabreden. Brian war lustig und Jess hatte es genossen, Zeit mit ihm zu verbringen. Nach ein paar Jahren war klar, dass sie niemals heiraten oder eine gemeinsame Zukunft haben würden. Brian hatte ein zu unberechenbares Temperament und Jess war zu zurückhaltend. Sie weigerte sich, mit ihm zu streiten, wenn er sie anmachte, und das machte ihn normalerweise noch wütender.

Nachdem sie kein Paar mehr waren, hatte sich ihre Beziehung wieder verbessert. Brian schien sich beruhigt zu haben und nicht mehr so wütend zu werden.

Als Jess' Eltern ans andere Ende des Landes zogen, brauchte sie eine Wohnung und Brian hatte angeboten, sie könnte in das Gästezimmer in seinem Haus einziehen. Jess hatte sofort zugestimmt. Es schien das perfekte Arrangement zu sein.

Es schien noch besser zu werden, nachdem Jess Tabitha getroffen hatte. Tabitha war Brians Nichte. Seine Schwester wohnte in einem Haus in derselben Anlage wie sie. Tabitha war zehn gewesen, als sie sich kennenlernten, und Jess hatte sie auf Anhieb gemocht. Sie war ein kleines, molliges Mädchen mit einem großen Herzen. Brians Schwester Tammy war allerdings ein Wrack. Sie war alleinerziehend und arbeitete die ganze Zeit. Selbst wenn sie nicht arbeitete, verbrachte sie nicht viel Zeit mit ihrer Tochter, also wurde Jess für Tabitha wie eine zweite Mutter.

Tabitha war jedoch ein ungewöhnlich sensibles Kind. Sie nahm sich alles zu Herzen. Jess hatte gesehen, wie Tabitha sich die Augen aus dem Kopf geweint hatte, als sie eines Tages eine tote Katze auf der Straße vor ihrer Wohnung gefunden hatte. Jess hatte versucht, sie zu trösten, aber Tabitha war mindestens eine Woche lang bedrückt gewesen.

Brian hatte keine Geduld mit seiner Nichte. Er hatte zu Jess gesagt, sie wäre ein Baby und ein Jammerlappen, der es niemals zu etwas bringen würde.

In den letzten vier Jahren hatte Brian ähnlich harte Worte auch an Tabitha gerichtet. Es war ihm egal, vor wem er sie fertigmachte, und dann fing er auch an, Jessyka Predigten zu halten. Schließlich war es Jess klar geworden, dass Tabitha Depressionen hatte. Sie hatte versucht, mit Tammy darüber zu sprechen, aber Tammy hatte sie abgekanzelt und ihr gesagt, sie solle sich um ihre eigenen Angelegenheiten kümmern.

In den letzten Monaten hatte Brian wieder angefangen, Jess anzugehen. Es hatte mit Worten angefangen, war aber schnell zu Rempeln, Schubsen und schließlich Schlägen eskaliert. Jess wusste nie, was der Auslöser war. Er war völlig unberechenbar. In einem Moment lachten sie noch miteinander und im nächsten schrie er ihr ins Gesicht, was für eine verkrüppelte Verliererin sie wäre.

Jess wusste, dass sie da rausmusste, aber als Kellnerin verdiente sie nicht so viel Geld. Sie hatte noch nicht genug gespart, um auf eigenen Beinen stehen zu können. Sie könnte wahrscheinlich nach Florida fliegen und eine Weile bei ihren Eltern wohnen, aber sie wollte Tabitha nicht verlassen. Das Mädchen war vierzehn und etwas stimmte nicht.

Jessyka machte sich die ganze Zeit Sorgen um sie. Tabitha hatte sich zurückgezogen und war traurig. Jess verbrachte so viel Zeit wie möglich mit ihr und versuchte, sie aufzuheitern. Es war allerdings schwierig. Nachdem Jess das letzte Mal versucht hatte, mit Tammy über ihre Tochter zu sprechen, hatte Tammy zu Tabitha gesagt, dass Jess in ihrer Wohnung nicht mehr willkommen wäre.

Also musste Tabitha jetzt entweder zu ihr kommen und riskieren, dass Brian sie runtermachte, oder sie mussten sich draußen treffen. Wenn sie ausgingen, musste Jess natürlich für Mittagessen, Eis oder was auch immer bezahlen. Geld, das sie für ihre eigene Wohnung sparen sollte. Es war ein Teufelskreis, aber Jess wusste, dass sie Tabitha nicht im Stich lassen konnte. Sie mochte sie sehr und Tabitha brauchte sie. Also blieb sie.

Jess dachte, sie könnte es aushalten. Es war nicht so, dass Brian sie *wirklich* verletzen würde. Ein paar blaue Flecke könnte sie ertragen. Das war keine große Sache.

Aber tief im Inneren wusste sie, dass es doch eine große Sache war. Jess arbeitete in einer Kneipe. Sie hatte es immer wieder bei Kunden gesehen. Sie hatte gesehen, wie die Gewalt eskalieren konnte. Jess steckte in einer Sackgasse. Sie wollte gehen, aber sie wusste, dass das für Tabitha schlimme Folgen haben könnte. Sie wusste einfach nicht mehr, was sie tun sollte. Es fühlte sich an, als müsste sie das Elend der ganzen Welt auf ihren Schultern tragen.

Jess drehte den Kopf, um etwas Spannung abzubauen, und zuckte zusammen. Verdammt. Sie hatte ihre Schulter vergessen. Brian hatte sie an diesem Nachmittag gezerrt, bevor sie zur Arbeit gegangen war. Jess hatte Tabitha besucht und war gerade rechtzeitig in die Wohnung zurückgekehrt, um sich für die Arbeit umzuziehen.

»Wo warst du?«, hatte Brian böse nachgefragt.

»Ich habe Tabitha besucht.« Jess hielt ihre Stimme flach und wusste, dass Brian sie dafür bezahlen lassen würde, sollte sie ihm dumm kommen.

»Ich weiß nicht, warum du dir die Mühe machst. Sie ist fett. Sie wird immer fett sein. Und sie ist dumm. Tammy erzählt mir andauernd, was für eine Idiotin sie ist und wie sie sich ihretwegen schämt.«

»Sie ist nicht dumm, Brian. Ich habe einige der Geschichten gelesen, die sie geschrieben hat. Sie ist sehr talentiert und ich weiß, dass sie eines Tages eine berühmte Autorin sein wird.«

»Was zum Teufel weißt du denn schon, Krüppel? Du bist genauso dumm wie sie. Arbeitest als verdammte Kellnerin in einer heruntergekommenen Kneipe. Was für eine Verliererin. Du weißt, dass sich alle hinter deinem Rücken über dich lustig machen, oder? Ich habe es gesehen. Du humpelst durch die

Kneipe und alle lachen und schließen Wetten darauf ab, ob du das Tablett fallen lässt oder nicht.«

Jess starrte Brian an und konnte nicht glauben, was da aus seinem Mund kam. Wie hatte es soweit kommen können? Was hatte sie getan, dass er so schreckliche Gefühle für sie hatte? Sie waren doch Freunde gewesen.

Brian missverstand ihren Blick und fuhr fort: »Überrascht, Krüppel? Ja, alle lachen über dich, besonders diese Soldaten. Ich wette, du fantasierst darüber, dass sie es mit dir tun. Gib es auf. Sie stehen nur auf schöne, perfekte Frauen.«

Brians Worte trafen sie hart, genau wie er es beabsichtigt hatte.

»Was ist mit uns passiert, Brian?« Jess konnte die Worte nicht aufhalten, die bei seinen Beleidigungen wie von selbst aus ihrem Mund kamen. »Wir waren einmal Freunde.«

»Freunde schnorren sich nicht bei ihren Freunden durch«, erwiderte er sofort. »Ich reiße mir für diese Baufirma den Arsch auf und du bringst ein paar Cent nach Hause und tust so, als wäre das ein gerechter Anteil. Jesus, Jess, ich kann nicht glauben, dass du da noch nicht selbst draufgekommen bist.«

»Aber Brian ...«, fing Jessyka an, wenig überrascht, als er sie unterbrach.

»Nein, Jess, du bist erbärmlich.« Er kam auf sie zu und Jess trat einen Schritt zurück.

»Du humpelst den ganzen Tag herum in deinen tristen Klamotten und erwartest, dass jeder dich gernhat.« Brian packte sie am Oberarm und drückte sie, um seinen Standpunkt zu verdeutlichen. »Ich reiße mir jeden Tag den Arsch auf und du verhätschelst meine Nichte. Meine Schwester hasst dich, aber du siehst es einfach nicht. Scheiße, ich weiß nicht, warum ich mich überhaupt auf dich eingelassen habe.«

Ohne Vorwarnung hob Brian eine Hand und legte sie um ihren Hals. Er drückte sie zurück, bis sie gegen die Wand stieß.

Jess holte schnell Luft und griff mit beiden Händen nach Brians Handgelenk.

»Brian, bitte ...«

Er drückte ihre Kehle. »Nein, ich bin fertig mit dieser Scheiße. Du hast bis zum Ende des Monats Zeit, von hier zu verschwinden. Ernsthaft. Neun verdammte Tage.«

Jess sah Brian nur an. Er sah nicht einmal mehr aus wie der Brian, den sie gekannt hatte. Sein Gesicht war verzerrt von einem irrationalen Zorn, den sie noch nie zuvor gesehen hatte. Sie öffnete den Mund, um etwas zu erwidern oder etwas zu sagen, das ihn beruhigen würde, aber er verstärkte seinen Griff um ihren Hals.

Scheiße. Er ließ nicht los. Jess krallte sich in Brians Hand und zog daran, um ihn dazu zu bringen, seinen Griff zu lockern.

Schließlich ließ er mit einem Grinsen los. Bevor Jess zu Atem kommen und sich von ihm entfernen konnte, hatte er den Arm, den er noch festgehalten hatte, herumgerissen und hinter ihrem Rücken im Polizeigriff nach oben gedreht.

»Ich meine es ernst, Krüppel. Neun Tage, verstanden?«

Jess konnte nur verzweifelt nicken und versuchen, den Schmerz auszublenden, den Brian ihr zugefügt hatte. Sie schluckte schmerzhaft und betete, dass er sie loslassen würde.

Als er das tat, schaute Jess nicht einmal mehr zurück, sondern floh nur die Treppe zu ihrem Zimmer hinauf. Sie hatte die Tür zugeschlagen und hinter sich verschlossen. Nicht dass das schwache Schloss Brian aufhalten würde, wenn er wirklich rein wollte, aber sie fühlte sich dadurch geringfügig besser.

Jetzt war Jess bei der Arbeit. Sie musste herausfinden, was sie als Nächstes tun würde. Sie wollte nicht in Brians Haus zurück, auch nicht für die neun Tage, die er ihr gegeben hatte, aber sie hatte niemanden, bei dem sie sonst unterkommen könnte. Niemanden. Ebenso wenig wollte sie Tabitha verlassen. Irgendwie wusste sie, dass das Mädchen nur ihretwegen durchhielt. Jess wusste, dass es eingebildet klingen würde, wenn sie es jemandem gegenüber laut aussprach, aber tief im Inneren wusste sie, dass Tabitha daran zerbrechen würde, sollte Jess sie verlassen.

Jess hob das schwere Tablett auf und versuchte, nicht zusammenzuzucken. Sie hatte keine Ahnung, was sie tun würde, aber zuerst musste sie ihre Schicht überstehen. Dann würde sie darüber nachdenken.

Benny bog auf den Parkplatz von *Aces* ein und stellte den Motor ab. Er hatte keine Ahnung, was er wirklich hier tat, aber etwas in seinem Hinterkopf ließ ihn nicht mehr los. Irgendwas stimmte nicht und er mochte Jess. Er kannte sie nicht wirklich, aber er mochte sie trotzdem.

Er steckte seinen Schlüssel ein, als er zum Eingang der Kneipe ging. Als Benny eintrat, dauerte es einen Moment, bis seine Augen sich an die Dunkelheit gewöhnt hatten. Er war schon lange nicht mehr so spät dort gewesen. Normalerweise trafen sich das Team und dessen Frauen zum Abendessen und gingen gegen zehn oder so wieder. Nach elf war die Kneipe voller und die Lichter waren gedimmt.

Benny sah sich um, konnte Jess aber nicht entdecken. Er machte sich auf den Weg zur Bar und setzte sich am Ende auf einen Hocker, damit er den gesamten Raum überblicken konnte. Er bestellte ein Bier vom Fass und nahm sich Zeit, es zu genießen. Er ignorierte die Blicke der anderen Frauen. Er war nicht hier, um eine Frau abzuschleppen, sondern hielt weiter nach Jess Ausschau.

Schließlich sah er sie. Jess war in seinem Alter, wahrscheinlich Ende zwanzig oder Anfang dreißig. Sie hatte blasse Haut, was sie irgendwie zerbrechlicher aussehen ließ als sie war. Sie war um einiges kleiner als er mit seinen eins dreiundachtzig. Sie hatte weibliche Kurven und wie Benny heute Abend zum ersten Mal bemerkte, füllte sie ihre Kleidung auf eine Art und Weise aus, die wahnsinnig sexy war.

Sie hatte Mühe, das Tablett mit leeren Flaschen und Gläsern festzuhalten und sich ihren Weg durch die überfüllte Kneipe zu bahnen. Benny stand auf und ging auf sie zu.

Es sah für Benny so aus, als würde Jess heute stärker als sonst humpeln. Er hatte keine Ahnung, warum sie humpelte, er wusste nur, dass sie es schon immer getan hatte. Sie alle hatten es bemerkt, als sie sich das erste Mal in der Kneipe getroffen hatten. Wolf hatte es als Erster angesprochen und sie hatte ihm einen Todesblick gegeben. Niemand hatte jemals wieder danach gefragt. Sie hatte Anspruch auf ihre Privatsphäre, und außerdem war es von Wolf unhöflich gewesen, sie überhaupt darauf anzusprechen.

Er erreichte Jess, als sie gerade von jemandem hinter ihr gestoßen wurde. Sie wäre fast hingefallen, aber Benny packte das Tablett mit der einen und ihre Taille mit der anderen Hand. Er drehte sie geschickt herum, was ihm in einem Wettbewerb mit Sicherheit die Höchstpunktzahl eingebracht hätte, und bewahrte auf diese Weise das Tablett und Jess davor, auf den Boden zu fallen.

»Danke«, hauchte Jess, dankbar, dass sie jetzt nicht auf dem schmutzigen Boden zwischen Glasscherben saß.

»Gern geschehen.«

Die Stimme war leise und seltsam vertraut.

Jess sah auf. Wow, es war einer der SEALs. Sie war sich nicht sicher, wie er hieß. Sie hatte ihre Namen mehr als ein Mal gehört, aber es war verdammt verwirrend, weil sie manchmal ihre Spitznamen und manchmal ihre richtigen Namen benutzten. Sie konnte sie nicht auseinanderhalten.

Der Mann hielt sie weiter fest. Schließlich bewegte sie sich und versuchte, sich aus seinem Griff zu lösen. Er hielt sie für einen Moment weiter fest, bevor er sie schließlich losließ und dabei mit seiner Hand über ihre Hüfte strich.

Jess musste einen Schauer zurückhalten. »Ich nehme das.« Sie deutete auf das Tablett, das er hochhielt. Einige der Flaschen waren umgefallen, aber nichts war kaputt.

»Geh voraus, Jess, ich habe es.«

Jessyka starrte ihn kurz an. »Du weißt, wie ich heiße?«

»Ja, ich komme jetzt schon seit einer Ewigkeit mit

meinen Freunden hierher und du bist immer unsere Kellnerin. Natürlich weiß ich, wie du heißt.«

Jess wurde rot. Scheiße. Selbstverständlich wusste er, wer sie war. Sie schüttelte den Kopf und versuchte, es herunterzuspielen. »Ich wollte mich nur vergewissern. Komm schon.« Sie drehte ihm den Rücken zu und führte ihn zurück zur Bar. Als sie dort ankamen, erlaubte er ihr schließlich, ihm das Tablett aus den Händen zu nehmen, und sie stellte es auf die Theke.

Als sie sich umdrehte, sagte sie: »Nochmals vielen Dank, das wäre echt scheiße gewesen, wenn alles auf dem Boden gelandet wäre.« Sie sah sich um und fragte: »Wo sind deine Freunde?«

Jess wusste, dass dieser Typ immer mit den anderen SEALs hier war. Sie hatte sie in den letzten Monaten ein bisschen eifersüchtig beobachtet. Die meisten Männer waren jetzt entweder verheiratet oder in einer festen Beziehung. Jessyka hatte beobachtet, wie sie ihre Frauen behandelten. Es war eine Mischung aus Toleranz und Schutz mit einer Prise Höhlenmenschgehabe. Aber es war nicht übertrieben. Es sah nett aus. Wenn Jessyka einen Mann hätte, der sie so ansehen würde, wie diese Männer ihre Frauen ansahen, würde sie ihn bestimmt nicht wieder hergeben.

»Weiß ich nicht.«

»Was?«

Der Mann lächelte sie an, als wüsste er, dass sie für

einen Moment in einen Tagtraum verfallen war.« »Ich sagte, ich weiß nicht, wo meine Freunde sind. Sie sind wahrscheinlich alle zu Hause mit ihren Frauen.«

»Warum bist du dann hier?« Jess machte eine Pause und wurde rot. »Vergiss es. Es tut mir leid. Warum kommt ein Mann wohl allein in eine Kneipe? Ich werde nur ...« Er unterbrach ihr verlegenes Gestammel.

»Ich bin nicht hier, um eine Frau aufzureißen, Jess. Ich bin hier, um nach dir zu sehen.«

»Nach mir?« Jess sah ihn nur ungläubig an.

»Ja, nach dir. Ich mache mir Sorgen um dich.«

»Äh, ich will nicht unhöflich sein, aber du kennst mich doch gar nicht.«

»Jess, erinnerst du dich an das, was ich vorhin gesagt habe? Ich komme jetzt schon eine ganze Weile hierher. Ich weiß, dass deine Persönlichkeit sich in den letzten Monaten verändert hat. Ich weiß, dass das Humpeln schlimmer geworden ist. Ich weiß, dass du zusammengezuckt bist, als ich dich das letzte Mal gesehen habe und deinen Arm berührt habe. Ich weiß, dass du früher süße kleine Trägerhemdchen und Hemden mit kurzen Ärmeln getragen hast, jetzt trägst du einen verdammten Rollkragenpullover. Wie sind in Südkalifornien und ich kann mich nicht erinnern, wann ich das letzte Mal jemanden mit einem verdammten Rollkragenpullover gesehen habe. Ich bin ein Navy SEAL, meine Schöne, darauf trainiert, aufmerksam zu sein. Vielleicht würde jemand anderes es nicht bemerken, aber ich habe es bemerkt. Ich mag es nicht, wenn Frauen vor Schmerzen das Gesicht verziehen, wenn ich sie leicht berühre. Ich mag den Gedanken nicht, was die Ursache dafür sein könnte. Also bin ich hier, weil ich mir Sorgen um dich mache.«

Jess starrte den gut aussehenden Mann, der neben ihr stand, nur verblüfft an. Wie gewöhnlich öffnete sich ihr Mund, bevor ihr Gehirn sie stoppen konnte. »Ich kenne nicht einmal deinen Namen.«

Er lächelte und schüttelte den Kopf. »Wirst du jemals aufhören, mich zu überraschen?« Es war offensichtlich eine rhetorische Frage, denn er fuhr fort, ohne sie antworten zu lassen: »Ich bin Kason. Kason Sawyer.«

»Ist das dein richtiger Name oder dein Spitzname?«

»Richtiger Name.«

Nach einer Weile fragte Jess: »Wirst du mir deinen Spitznamen verraten? Ich weiß, dass ihr alle einen habt.«

»Nein. Ich mag ihn nicht, obwohl ich ihn fair und ehrlich verdient habe. Die Jungs nennen mich bei meinem Spitznamen, aber du wirst es nicht tun.«

»Aber ...«

»Geht es dir gut?«

»Kason ...«

»Lüg mich nicht an, Jess.«

»Jessyka!«

Sie drehte sich um und sah, wie der Barkeeper erst auf sie und dann auf die Getränke deutete, die er bereitgestellt hatte.

»Ich muss gehen.«

»Wann machst du heute Feierabend?«

Jess starrte Kason einen Moment an. Es war nicht so, dass sie ihm nicht vertraute. Zur Hölle, wenn sie einem Navy SEAL nicht vertrauen konnte, könnte sie niemandem vertrauen. Sie war immer noch verwirrt darüber, warum er da war. Jess glaubte nicht wirklich, dass er sich Sorgen um sie machte. Ja, er hatte wahrscheinlich all diese Dinge bemerkt, aber er kannte sie nicht. Also konnte er sich nicht wirklich Sorgen um sie machen.

»Um zwei.«

»Ich werde warten.«

»Kason ...«

»Ich sagte, ich werde warten.«

Jess sah ihn kurz an, drehte sich dann abrupt um und ging zu den Getränken, die sie servieren musste. Sie hatte keine Zeit, sich um Kason zu sorgen. Er würde bald satthaben, was auch immer er da tat, und gehen. Es gab wichtigere Dinge, um die sie sich Gedanken machen musste. Und zwar, wo zum Teufel sie leben würde und wie sie genügend Geld zusammenbekommen sollte, um sich innerhalb von neun Tagen eine eigene Wohnung zu suchen.

KAPITEL DREI

Benny beobachtete Jess für den Rest ihrer Schicht. Er konzentrierte sich hundertprozentig auf sie und stellte fest, dass sie definitiv nicht mehr dieselbe Person war, die er bei seinem ersten Besuch der Kneipe kennengelernt hatte. Sie war immer noch effizient und gut in dem, was sie tat, aber sie war anders.

Früher hatte sie Menschen berührt. Sie hatte eine Hand auf ihren Arm gelegt oder kurz ihre Hand berührt, wenn sie ihr Geld gaben. Sie hatte mehr gelacht und geflirtet. Inzwischen lächelte sie nicht mehr so viel und flirtete überhaupt nicht.

Sie war ganz auf die Arbeit konzentriert … Getränke auszuteilen und Geld zu kassieren. Je mehr Benny darüber nachdachte, desto mehr störte ihn auch ihre Kleidung. Alle Kellnerinnen wussten, dass es förderlich war, etwas Haut zu zeigen, um das Trinkgeld zu verbessern. Benny konnte nichts von Jess' Haut sehen, außer ihr Gesicht und ihre Hände.

Benny wusste, dass seine Anwesenheit Jess unangenehm war, aber er ließ sich nicht davon beeinflussen. Er scherzte mit dem Barkeeper und lies jede Frau abblitzen, die sich ihm näherte. Er war wegen Jess hier, sonst niemandem. Keine der Frauen, die zu ihm kamen, interessierte ihn. In der Vergangenheit hätte er wahrscheinlich die Chance genutzt, eine sexuell geladene Nacht mit einer dieser Frauen zu verbringen, aber nicht heute Abend. Er war ganz auf Jess konzentriert.

Benny wartete, bis es zwei Uhr war und Jess bezahlt wurde. Sie steckte ihr Trinkgeld in die Vordertasche ihrer Jeans und verschwand im Flur zum Büro. Einen Moment später kam sie mit ihrer Handtasche über der Schulter zurück und ging zur Tür, ohne sich nach ihm umzusehen.

Benny folgte ihr schnell und nickte dem Türsteher zu. »Ich sorge dafür, dass sie in Sicherheit ist.«

Der Türsteher nickte zurück. Er kannte Benny und wusste, dass er ein SEAL war.

Benny trat neben Jess, als sie auf den Parkplatz ging. »Darf ich dich nach Hause bringen?«

Jess blieb mitten auf dem Parkplatz stehen und wandte sich an Kason. »Wieso folgst du mir?«

»Ich dachte, das hatten wir bereits geklärt, aber ich kann es gern wiederholen, wenn du willst.«

Jess schüttelte ungeduldig den Kopf. »Schau, Kason, ich hatte eine schlechte Woche. Verdammt, einen schlechten Monat, und ich kann es wirklich nicht gebrauchen, mich auch noch verarschen zu lassen. Ich habe deine Freunde gesehen. Ich bin zu jung für euch und ich mache keine One-Night-Stands. Ich bin auch nicht auf der Suche nach Soldaten. Ich bin pleite, verkrüppelt und zu müde, um mich um die Scheiße zu kümmern, die du heute Abend von mir willst. Also verzieh dich einfach und lass mich gehen, okay?«

Als hätte er kein Wort gehört, sagte Kason einfach: »Erlaube mir, dich nach Hause zu fahren.«

Jess seufzte und sah auf den Boden. Sie schaute zurück zur Kneipe und wandte sich dann an Kason. »Ich nehme normalerweise den Bus.«

»Bitte.«

»Scheiße. Alles klar, Kason. Du darfst mich nach Hause fahren.«

Benny hakte Jess unter und führte sie in die andere Richtung zu seinem Wagen. Er öffnete die Tür für sie und wartete, bis sie Platz genommen hatte, bevor er die Tür schloss und zur anderen Seite ging. Ohne ein Wort zu sagen, ließ er den Motor an und fuhr vom Parkplatz.

»Wohin?«

Jess erschrak. Natürlich wusste er nicht, wo sie wohnte. »Ich wohne in einem der Pinehurst Häuser im

Sunshine Way. Weißt du, wo das ist?« Jess sah, wie er nickte.

»Leg den Kopf zurück und schließe die Augen, meine Schöne. Entspann dich. Ich kümmere mich um alles.«

Jess stieß ein halbes Lachen aus und tat, worum Kason sie gebeten hatte. Nicht weil er es gesagt hatte, sondern weil sie erschöpft war. Sie hatte Schmerzen, sie war müde, sie war gestresst. Die kleine Pause, um sich für einen Moment zu entspannen, kam unerwartet, aber sie würde sie dankbar annehmen.

Jess spürte, wie der Wagen nach einer Weile langsamer wurde und dann anhielt. Sie öffnete die Augen und schaute sich überrascht um. Sie waren nicht bei ihr zu Hause.

»Wo zum Teufel sind wir?«, wollte sie wissen.

Benny drehte sich auf seinem Sitz um und sah Jess an. Er war zu einem der örtlichen Parks gefahren, von dem er wusste, dass er nicht zu schäbig war, und hatte den Wagen geparkt. Er wollte mit ihr sprechen, ob sie nun wollte oder nicht.

»Ich weiß, wir kennen uns nicht wirklich, aber du brauchst einen Freund, Jess, und das bin ich. Ich will dich nicht verarschen und du bist nicht zu jung für mich. Zur Hölle, du bist wahrscheinlich höchstens fünf Jahre jünger als ich. Ich bin nicht auf einen One-Night-Stand mit dir aus, es ist mir egal, wie viel Geld du hast, und du bist in meinen Augen auch kein Krüppel. Wenn ich höre, dass du das noch einmal über dich sagst, werde ich dich übers Knie legen. Und du kannst nicht zu müde sein, um mir zu erlauben, dir ein offenes Ohr zu schenken. Das ist es, was ich will. Und jetzt rede.«

Jess sah Kason nur kurz an und dachte an das zurück, was sie ihm auf dem Parkplatz gesagt hatte. »Hast du wirklich gerade alles angesprochen, was ich vorhin von mir gegeben habe? Wie konntest du dich an alles erinnern?«

»Jess, konzentriere dich.«

»Ich *bin* konzentriert, Kason«, erwiderte Jess. »Ernsthaft, das war beeindruckend.«

»Hast du gehört, was ich gesagt habe?«

Jess nickte und rieb sich die Schläfen. »Ja. Es tut mir leid. Ich war ehrlich, als ich sagte, dass ich einen schlechten Tag hatte. Es tut mir leid. Ich bin eine Zicke.«

»Du bist keine Zicke.«

»Das kann ich aber sein.«

»Daran habe ich keine Zweifel.« Jess sah, wie Kason lächelte. »Die Frauen meiner Freunde können das auch sein. Das ist nicht schlimm. Aber was ich heute Abend gesagt habe, meine ich so. Ich mache mir Sorgen um dich. Also bitte, sprich mit mir.«

»Ich weiß nicht, was ich sagen soll. Es ist mir unangenehm.« Jess griff nach einem Faden, der von der Unterseite ihres Pullovers herabhing. »Normalerweise rede ich nicht mit Leuten, die ich nicht kenne, über meine Probleme.«

»Ich bin Kason. Ich bin ein Navy SEAL. Ich bin seit ungefähr zehn Jahren in der Navy. Ich liebe meine Freunde. Ich würde mein Leben für sie geben, und das Gleiche gilt für ihre Frauen. Ich koche gern und ich bin gut darin. Ich kann schneller als jeder andere in meinem Team ein Schloss knacken. Ich hasse meinen Spitznamen, aber die Jungs werden ihn nicht ändern. Es ist mittlerweile ein Insiderwitz zwischen uns. Zum Teufel, selbst wenn ich ihn jetzt ändern dürfte, würde ich es wahrscheinlich nicht tun. Meine Lieblingsfarbe ist Braun. Ich würde gern eines Tages ein Stück Land besitzen, auf dem ich meinen Lebensabend verbringen kann, ohne jemanden sehen zu müssen. Ich mag die meisten Menschen nicht, sie sind unhöflich, eingebildet und selbstverliebt. Ich habe in meinem Leben mehr Scheiße gesehen, als es jemandem erlaubt sein sollte. Ich liebe Hunde und hoffe, mindestens vier zu haben, wenn ich irgendwann mein Stück Land besitze. Ich werde immer ein bisschen grob sein, aber wenn ich jemals eine Frau finde, die es mit mir aufnehmen kann, wird sie in meinem Leben an erster Stelle stehen. Ich habe gesehen, wie meine Teamkollegen mit ihren Frauen umgehen, und ich möchte dasselbe haben. Ich bin der Außenseiter in meinem SEAL-Team und ich hasse es. Ich habe darüber nachgedacht, mich versetzen zu lassen, aber noch niemandem davon erzählt.«

Er hörte auf zu reden und Jess starrte ihn nur an. Schließlich flüsterte sie: »Warum hast du mir das alles erzählt?«

»Ich möchte dich kennenlernen, Jess. Ich schütte dir mein Herz aus in der Hoffnung, dass du dich weniger unbehaglich fühlst und mit mir darüber sprichst, was zum Teufel mit dir los ist.«

Jess befeuchtete ihre Lippen und pulte an ihrem Fingernagel. Sie dachte über das nach, was Kason gerade gesagt hatte. Er hatte ihr wirklich ein paar ziemlich persönliche Dinge erzählt.

»Jess«, sagte Benny und griff nach ihrer Hand, sodass sie aufhören musste, an ihrem Fingernagel zu pulen, »sieh mich an.«

Als sie das tat, fuhr Benny fort: »Ich betrachte uns als Freunde. Wir kennen uns schon eine Weile. Wir sind vielleicht nicht die Art von Freunden, die zusammen zur Maniküre oder den ganzen Tag einkaufen gehen, aber ich habe dich oft genug gesehen, um zu wissen, wenn etwas nicht stimmt. Lass mich dir helfen. Oder zumindest lass es raus. Es wird helfen. Ich verspreche es.«

Jess seufzte. Sie mochte das Gefühl seiner Hand auf ihrer, wusste aber, dass sie sich nicht daran gewöhnen durfte. Sie beschloss, sich ihm anzuvertrauen, begann aber zuerst mit einfachen Sachen.

»Ich heiße Jessyka ... mit y, k, a, nicht i, c, a. Ich glaube, meine Eltern müssen betrunken gewesen sein, als sie die Geburtsurkunde ausgefüllt haben.« Sie lächelte, damit er wusste, dass sie Spaß machte. »Ich bin in L.A. aufgewachsen und meine Eltern leben jetzt in Florida. Ich mag die Farbe Pink und ich liebe Hunde, insbesondere Jagdhunde. Ich möchte einen Basset, einen Bluthund und einen Coonhound, wenn ich meine eigenen vier Wände habe. Zurzeit arbeite ich als Kellnerin für einen Hungerlohn, aber interessanterweise gefällt es mir. Ich treffe viele nette Leute.« Sie lächelte Kason an und hörte auf zu reden. Nun zu den harten Sachen.

»Es geht um die Person, mit der ich zusammenwohne.«

Benny seufzte erleichtert. Gott sei Dank sprach sie mit ihm über das, was wirklich los war. Er hätte gern mehr über Jess und ihr Leben gehört, aber er wollte mehr über das erfahren, was nicht stimmte. Hoffentlich hatte er später noch Zeit, sich mehr mit den einfachen Dingen zu beschäftigen. »Was ist mit ihr?«

»Nicht ihr, ihm.«

Benny spannte sich an. Ein Mann? Sie lebte mit einem Mann zusammen? Er wusste, dass irgendwie ein Mann involviert war, aber sie lebte mit ihm zusammen? Scheiße. »Erzähl weiter. Was ist mit ihm?«

»Lange Rede, kurzer Sinn, wir haben uns an der Highschool kennengelernt und sind während des

Colleges miteinander ausgegangen. Danach haben wir uns getrennt, sind aber Freunde geblieben. Ich bin bei ihm eingezogen, weil ich eine Bleibe brauchte und es ihn nicht zu stören schien. Und jetzt ... haben wir Probleme.«

»Warum zum Teufel wollte er nicht mehr mit dir ausgehen?«

»Hä?« Jess begriff nicht, wie Kasons Verstand arbeitete. Er sagte nie, was sie von ihm erwartete.

»Warum seid ihr nicht mehr zusammen? Was zur Hölle ist falsch an ihm?«

»Nichts denke ich. Der Funke war einfach erloschen.«

»Trottel.«

Jess war sich nicht sicher, ob sie Kasons Gemurmel richtig verstanden hatte, aber sie fuhr fort, ohne ihn zu bitten, es zu wiederholen. »Wir haben also Probleme und ich muss ausziehen. Aber ich mache mir Sorgen um seine Nichte. Sie ist ... verletzlich und ich fürchte, wenn ich ausziehe, könnte sie etwas Unüberlegtes tun.«

»Lebt sie auch dort?«

»Nein, aber sie lebt im selben Wohnblock und ich sehe sie jeden Tag. Sie verbringt ihre ganze Freizeit mit mir, wenn sie nicht in der Schule ist und ich nicht bei der Arbeit bin.«

Kason drückte ihre Hand. »Ich weiß, dass du einige wichtige Details auslässt, meine Schöne, weil ich das

Problem bisher nicht erkenne.« Er nahm seine andere Hand und fuhr mit seinem Zeigefinger über das Material ihres Pullovers an ihrem Hals. »Aber ich vermute, ein Teil der Antwort steckt hier drunter.«

Jess wich vor seiner Berührung zurück, aus Angst, er könnte ihren Rollkragenpullover herunterziehen.

»Schon gut, Jess«, murmelte Benny, zog sich zurück und gab ihr etwas Raum.

»Es ist ...«

»Sag mir nicht, dass es nichts ist«, knurrte Kason und klang nicht wie der lockere Mann, mit dem sie die letzten fünfzehn Minuten gesprochen hatte. Jess fand es fast beängstigend, wie er sich so schnell geändert hatte.

»Und zuck nicht vor mir zurück. Scheiße.« Er legte beide Hände auf das Lenkrad und lehnte seine Stirn für einen Moment gegen seine Handrücken, bevor er den Kopf drehte und sie ansah.

»Wir waren einmal auf einer Mission. Ich kann dir nicht verraten, wo oder warum, aber es genügt zu sagen, dass es in einem Land war, in dem es nicht dieselben Frauenrechte gibt, die wir hier in den USA haben. Ich war in meinem ganzen Leben noch nie so angewidert wie in dem Moment, in dem ich gesehen habe, wie die Frauen dort geschlagen, getreten und offen beschimpft wurden. Niemanden kümmerte es. Niemand trat für sie ein. Mädchen wurden im Alter von zwölf Jahren mit

Männern verheiratet, die viermal so alt waren wie sie. Du musst dir niemals Sorgen machen, dass ich dich körperlich verletzen könnte. Ich weiß, dass du mir wahrscheinlich nicht glaubst, aber verdammt, Jess, versuche es.«

Jessyka holte tief Luft. »Ich weiß es, Kason. Das tue ich. Es ist nur …«

»Ich weiß genau, was es ist«, beruhigte Kason sie. »Was kann ich tun, um dir zu helfen?«

»Was meinst du?«

»Ich meine, ich bin dein Freund. Was kann ich tun, um dir zu helfen? Benötigst du Hilfe beim Umzug? Soll ich die anderen Frauen anrufen, um sich mit deiner Freundin zu treffen, damit sie andere starke Frauen kennenlernt, zu denen sie aufschauen kann? Brauchst du Geld? Soll ich deinen Mitbewohner verprügeln? Sag mir, was du brauchst.«

»Du willst mir helfen?«

»Jesus, Jess«, neckte Benny, »jetzt pass mal auf. Ja, ich möchte dir helfen.«

»I-ich weiß nicht wie.«

»Okay, warum fangen wir nicht damit an, Telefonnummern auszutauschen? Auf diese Weise kannst du es mich wissen lassen, sobald du es herausgefunden hast.« Benny übte keinen weiteren Druck aus, obwohl er es wollte.

»Äh, okay. Ja. Das würde mir gefallen.« Je mehr Jess darüber nachdachte, desto mehr gefiel es ihr. Sie brauchte Zeit, um über Kason und sein Angebot nachzudenken.

Sie tauschten Nummern aus und es herrschte für einen Moment Stille im Wagen, als sie die Kontaktinformationen des anderen eintippten. Jess erschrak, als ihr Telefon vibrierte und eine neue SMS angezeigt wurde. Sie lächelte, als sie sah, dass sie von Kason war, und schaute ihn an.

»Ich wollte mich nur vergewissern, dass du mir nicht die Nummer einer Pizzeria gegeben hast.«

Jess schüttelte nur den Kopf und sah auf die Nachricht hinunter, die er geschickt hatte.

Ich bin immer nur eine SMS weit entfernt.

Sie blickte zu Kason auf und wusste nicht, was sie sagen sollte.

»Ich weiß, dass wir nicht wirklich dein Problem gelöst haben, aber ich hoffe, du weißt, dass ich es hundertprozentig ernst meine, wenn ich sage, ich möchte dein Freund sein, Jess. Du bist nicht allein und wenn du etwas brauchst, ruf mich einfach an. Ich werde sauer sein, wenn du es nicht tust. Ich will verdammt noch mal nicht, dass du zu diesem Wichser zurückgehst, aber du kennst mich noch nicht gut genug, um mir zu erlauben, dich irgendwo anders unterzubringen. Ruf diese Nummer an, wann immer du etwas brauchst. Bitte.«

»Ich habe keine Ahnung, warum du mein Freund

sein willst, aber danke. Es ist lange her, dass ich das Gefühl hatte, einen zu haben.«

Benny konnte dem Drang nicht widerstehen, seine Hand auszustrecken und über Jessykas Gesicht zu streicheln. Dann schob er seine Hand in ihren Nacken und zog sie sanft und ungeschickt in dem kleinen Innenraum des Wagens an sich heran. Er beugte sich vor, küsste ihre Stirn und lehnte seinen Kopf an ihren.

»Vertrau mir, Jess.«

Benny spürte, wie sie leicht nickte. Er lehnte sich zurück, drückte beruhigt ihren Nacken und ließ dann los.

»Wie wäre es, wenn wir dich nach Hause fahren? Es ist spät, du bist müde und ich muss in ungefähr anderthalb Stunden zum Training.«

»Okay.«

Als Benny vor dem Haus anhielt, in dem Jess wohnte, stellte er den Motor ab und sagte: »Bleib sitzen.«

Dann ging er um den Wagen herum und öffnete die Tür für sie. Jess schüttelte nur den Kopf und stieg aus. Kason führte sie bis zur Haustür, obwohl sie darauf bestanden hatte, dass es ihr gut ginge. Er beugte sich vor und küsste sie erneut auf die Stirn.

»Wir sehen uns später. Bleib in Sicherheit.«

Jess nickte und als Kason sich zurückzog, sagte sie: »Danke.«

»Bitte. Ich erwarte, dass du mir eine SMS schreibst.«

»Okay.«

»Okay.«

»Tschüss, meine Schöne.«

»Tschüss, Kason.«

Jessyka öffnete die Tür und betrat vorsichtig das Haus. Sie hoffte, dass Brian nicht auf sie wartete. Er tat es nicht. Alles war ruhig. Jess ging schnell die Treppe zu ihrem Zimmer hinauf und seufzte erleichtert, als sie hinter verschlossener Tür in ihrem Zimmer war.

Sie hasste es, Angst vor Brian zu haben, aber sie konnte immer noch seine Finger um ihren Hals fühlen. Er war sauer gewesen, obwohl sie nichts getan hatte. Sie wusste, dass neun Tage zu lang sein würden. Sie musste früher etwas tun.

Das Telefon, das Jess die ganze Zeit in ihrer Hand gehalten hatte, vibrierte. Sie sah nach unten und lächelte.

Schlaf gut. Wir reden später.

Sie hatte keine Ahnung, wie zum Teufel sie das Glück hatte, dass Kason entschieden hatte, ihr Freund sein zu wollen, aber sie würde sich bestimmt nicht beschweren. Es schien das einzig Gute zu sein, das ihr seit einem Jahr passiert war.

Gute N8. CUL8ER.

Sie erwartete, dass ihre Konversation damit

beendet wäre, aber ihr Telefon vibrierte erneut, kurz nachdem sie auf »Senden« gedrückt hatte.

Du gehörst also zu den Leuten, die Kurzschreibweise verwenden?

Jess konnte ein leises Lachen nicht unterdrücken, das ihrem Mund entwich. Sie konnte sich nicht erinnern, wann sie das letzte Mal laut gelacht hatte.

Offensichtl. Keine SMS b. Fahren!

Ich bin an einer Ampel. Gute Nacht, meine Schöne.

Gn8

Jess schaltete ihr Handy mit einem Lächeln aus. Vielleicht wäre morgen, also heute, ein besserer Tag. Er hatte auf jeden Fall gut angefangen.

KAPITEL VIER

Benny konnte nicht aufhören, an Jessyka zu denken. Es war Tage her, seit er sie gesehen und mit ihr gesprochen hatte, mit Ausnahme einiger SMS, die sie ausgetauscht hatten. Er hatte sie immer zuerst angeschrieben, aber sie hatte geantwortet, wodurch Benny sich ein bisschen besser fühlte.

Er hatte keine Gelegenheit gehabt, noch einmal in die Kneipe zu gehen, und er wollte auch nicht wie ein Stalker wirken. Benny vertraute darauf, dass Jess ihn anrufen würde, wenn sie seine Hilfe wollte. Er konnte es nicht erzwingen.

Das Fazit war, dass Benny sie mochte. Er konnte nicht behaupten, dass er sie wirklich gut kannte, aber er hatte nicht gelogen, als er ihr gesagt hatte, dass ihm das gefiel, was er bisher gesehen hatte.

Benny hatte am Abend zuvor mit Dude über Jess

gesprochen. Er und Cheyenne hatten ihn zu sich nach Hause zum Abendessen eingeladen. Es schien, als würden die Jungs ihn wie einen verlorenen Welpen »herumreichen«. Jede Woche fragte jemand anderes, ob er zum Abendessen vorbeikommen wollte. Benny weigerte sich nicht, er mochte seine Freunde und ihre Frauen und außerdem war es auch irgendwie scheiße, allein zu Hause zu sitzen.

Benny nahm an, dass er ausgehen und eine Frau finden könnte, die mit ihm die Nacht verbringen würde, aber er hatte nicht wirklich den Drang danach, besonders nicht seit dem Gespräch mit Jessyka.

Nach dem Abendessen und einem Film war Cheyenne ins Bett gegangen und Dude hatte Benny gefragt, wie es ihm ginge. Benny nutzte die Gelegenheit, um ihm von Jess zu erzählen.

»Erinnerst du dich an die Kellnerin in der Kneipe, als wir das letzte Mal zusammen ausgegangen sind?«

»Ja, Jess, richtig?«

»Ja, wir haben alle gesehen, in welchem Zustand sie an diesem Abend war. Ich konnte sie einfach nicht mehr aus meinem Kopf bekommen. Ich meine, ich habe das Gefühl, sie zu kennen, nachdem wir so viel Zeit an diesem verdammten Ort verbracht haben. Ich glaube, wir wurden nur ein paarmal von jemand anderem bedient.«

Dude hatte genickt. »Ja, sie sah ein bisschen fertig

aus. Es hat mir nicht gefallen, wie sie zusammengezuckt ist, als du sie berührt hast.«

»Ja, mir auch nicht. Vor ein paar Tagen bin ich abends in die Kneipe gegangen und sie sah noch schlimmer aus.«

»Inwiefern?«

»Sie trug einen verdammten Rollkragenpullover.«

»Willst du mich verarschen?«

»Nein.«

»Was hat sie dazu gesagt?«

»Nicht viel, sie hat ein paar Probleme und ist deswegen gestresst. Sie lebt bei einem Mann, mit dem sie früher zusammen war. Anscheinend wirft er sie raus.«

»Klingt so, als wäre das wahrscheinlich besser so.«

»Ja, aber ich mag es trotzdem nicht. Ich habe ihr meine Nummer gegeben, aber scheiße, Dude, ich mache mir immer noch Sorgen um sie.«

»Willst du Tex anrufen und fragen, ob er etwas herausfinden kann?«

»Ja, aber ich werde es nicht tun.«

»Warum zur Hölle denn nicht? Ich würde es tun. Du weißt, dass ich Cheyenne rund um die Uhr überwachen lasse. Ich werde nicht zulassen, dass irgendein Arschloch sich noch einmal an ihr vergreift.«

»Ich kann immer noch nicht glauben, dass ihr alle eure Frauen dazu gebracht habt, diesem Mist zuzustimmen.«

»Du verstehst es nicht.«

Benny hatte genickt. »Du hast recht. Ich verstehe es wirklich nicht. Aber nur weil ich keine eigene Frau habe, heißt das nicht, dass ich nicht verstehe, dass ihr eure Frauen beschützen wollt.«

»Ich meinte nicht ...«

»Ja, es ist okay. Ich weiß, was du meintest. Ich mag Jessyka, Dude. Ich kenne sie noch nicht so gut, aber ich mache mir Sorgen um sie. Es gefällt mir nicht, dass sie mit einem Mann zusammenlebt. Und es gefällt mir überhaupt nicht, dass sie mit einem Mann zusammenlebt, der ihr eine Frist gesetzt hat, aus dem Haus auszuziehen, in dem sie wohnen. Ich mag es nicht, dass sie das Gefühl hat, für seine Nichte dableiben zu müssen, die Probleme mit ihrem Selbstwertgefühl hat. Ich mag es nicht, dass er sie wahrscheinlich angefasst und ihr wehgetan hat. Und ich mag es schon gar nicht, dass sie nicht genügend Geld hat, um auszuziehen.«

»Und was machst du dagegen?«

»Ich weiß es nicht.«

»Darf ich dir einen Rat geben?«

»Bitte. Ich hätte dir diese ganze Scheiße nicht erzählt, wenn ich deinen Rat nicht gewollt hätte, Dude.«

»Gib ihr nicht zu viel Freiraum. Es hört sich so an, als bräuchte sie Hilfe. Wenn sie so unabhängig ist wie Cheyenne und die anderen Frauen, dann wird sie dich nicht um Hilfe bitten. Sie wird weiterhin versuchen, es selbst auf die Reihe zu bekommen. Gib ihr keine Wahl.«

»Was ist, wenn sie sauer wird?«

»Wen zum Teufel interessiert das? Wenn sie sauer wird, wird sie eben sauer. Sie wird darüber hinwegkommen. Wenn es das Richtige ist und sie die Hilfe braucht, dann gib sie ihr. Irgendwann wird sie dir dankbar dafür sein.«

Benny hatte einen Moment darüber nachgedacht. »Du hast recht.«

»Natürlich habe ich das, Benny-Boy.«

Benny hatte nur die Augen verdreht. »Danke, Mann.«

»Gern geschehen. Und jetzt fahr nach Hause. Meine Frau ist oben und wenn sie tut, was ich ihr gesagt habe, dann wartet sie schon auf mich, genau wie ich von ihr verlangt habe.«

»Jesus, Dude, das muss ich wirklich nicht hören.«

Dude hatte nur gelächelt.

»Ich verschwinde. Wenn du Cheyenne wieder zu Luft kommen lässt, richte ihr meinen Dank für das Abendessen aus.«

»Wird gemacht.«

Jetzt dachte Benny an das Gespräch mit seinem Freund zurück und wusste, dass er etwas unternehmen musste. Er wollte nicht länger warten. Er wollte wissen, wie es Jess ging, und wenn sie ihn nicht anrief, müsste er zu ihr fahren.

Er rührte die Tomatensoße auf dem Herd um und testete die Nudeln. Sie waren fast fertig. Pasta war eine einfache Mahlzeit und meistens hatte Benny noch Reste für den nächsten Tag. Er bereitete die Soße immer von Grund auf selbst zu, es gab nichts Schlimmeres als den fertigen Mist aus dem Laden.

Benny hörte, wie sein Telefon vibrierte, und sah hinüber. Es war eine SMS von Jess. Er lächelte und nahm das Telefon in die Hand.

Ich brauche dich.

Benny spannte sofort alle Muskeln an. Die drei Wörter auf dem Telefonbildschirm sahen ernst aus. Er zögerte keine Sekunde.

Wo bist du?

Sitze auf der Treppe vor dem Haus.

Bin unterwegs.

Benny nahm sich gerade noch die Zeit, den Herd auszuschalten, aber das war es auch schon. Er stopfte schnell sein Handy in die Tasche und lief zur Tür. Ungefähr dreißig Sekunden, nachdem er den letzten Buchstaben in sein Handy getippt hatte, saß er in seinem Wagen und war auf dem Weg zu Jess.

Er wusste, dass es gefährlich war, während der Fahrt zu schreiben, kümmerte sich im Moment aber nicht darum. Er schrieb Jess eine SMS, während er zu ihr fuhr.

Geht es dir gut?

Ungeduldig wartete er auf ihre Antwort.

Nein

Scheiße.

Brauchst du einen Arzt?

Vielleicht

Benny drückte das Gaspedal durch. Verdammte Scheiße.

Bist du sicher dort, wo du bist?

Ich glaube schon.

Geh irgendwohin, wo du in Sicherheit bist.

Ich weiß nicht mehr, wo das ist.

Ruf mich an.

Scheiß auf SMS. Benny musste ihre Stimme hören. Sein Telefon klingelte und Benny stellte es auf Lautsprecher, als er das Gespräch annahm.

»Jess?«

»Ja, ich bin's.«

Ihre Stimme klang leise und kratzig.

»Ich bin auf dem Weg. Ich werde wahrscheinlich noch zehn Minuten brauchen. Bist du in Ordnung? Soll ich einen Krankenwagen rufen?«

»Nein.«

»Du machst mir Angst, meine Schöne. Sprich mit mir.«

»Tabitha ist weg.«

»Wie meinst du das? Wer ist Tabitha?« Benny mochte den monotonen Klang von Jessykas Stimme nicht. Sie klang, als stände sie unter Schock.

»Sie hat sich umgebracht.«

Benny beschleunigte noch mehr. Er fuhr weit schneller als die Geschwindigkeitsbegrenzung, aber Jess brauchte ihn, und er war nicht da.

»Jess ...«

»Ich habe ihr gestern gesagt, dass ich gehen werde, und sie hat sich umgebracht.«

Dann erinnerte Benny sich plötzlich, wer Tabitha war. Scheiße. »Warum bist du nicht drinnen?«

Benny musste herausfinden, was los war.

»Brian ist ausgerastet.«

Scheiße. Jetzt wusste er, was los war. »Okay, meine Schöne. Bleib, wo du bist. Ich werde gleich bei dir sein, okay? Setz dich einfach hin und ich bin in einer Sekunde da.«

»Er ...«

»Schhh«, unterbrach Benny sie. Er wollte nicht, dass Jess es noch einmal durchlebte, bevor er bei ihr war. »Ich bin gleich da. Du kannst mir alles erzählen, wenn ich bei dir bin. Warte einen Moment.«

»Ich bin so müde, Kason. Du hast gesagt, du bist mein Freund, oder? Ich brauche einen Freund.«

»Ich bin dein Freund, Jess. Sobald ich da bin, kannst du dich ausruhen, und ich werde mich um dich kümmern.«

»Okay.«

»Du kannst auflegen, Jess, ich bin nur noch einen Block entfernt. Ich werde da sein, bevor du es merkst.«

»Okay«, wiederholte sie mit derselben unheimlich

monotonen Stimme, die sie zuvor benutzt hatte.

Die Verbindung wurde unterbrochen.

Benny ballte die Fäuste um das Lenkrad, bis seine Fingerknöchel weiß wurden. Jesus verdammt, was für ein Mist. Er hatte das Gefühl, nur Bruchteile der ganzen Geschichte zu kennen, aber was er wusste, war schon schlimm genug.

Er näherte sich der Einfahrt zu Jess' Häuserblock, als er sie sah. Sie saß auf dem Bordstein, die Arme um die Knie geschlungen, beugte sich vor und starrte auf den Boden. Sie bewegte sich nicht, selbst als sie von den Scheinwerfern seines Wagens erfasst wurde. Benny hielt an und stieg aus. Vorsichtig ging er auf Jessyka zu, um sie nicht zu erschrecken.

»Jess?«

Bei dem Klang seiner Stimme hob sie den Kopf und sah aus, als wäre sie bereit wegzulaufen. Als sie sah, dass er es war, sackte sie zusammen und seufzte: »Kason.«

Benny zögerte nicht, sondern ging zu ihr und setzte sich neben sie. Am liebsten wollte er sie hochheben und festhalten, aber solange er nicht wusste, was los war und ob sie verletzt war, konnte er es nicht.

Jess' Gesicht war tränenverschmiert und fleckig vom Weinen. Ihr Hemd war am Hals zerrissen und hing an einer Schulter herunter. Benny konnte den Träger ihres BHs auf ihrer Schulter sehen. Viel mehr konnte er nicht erkennen, aber das zerrissene Hemd war Beweis genug, um ihn dazu bringen zu wollen, jemanden zu töten.

Benny legte seine Hand auf Jess' Hinterkopf und hielt sie vorsichtig. »Wo hast du Schmerzen, meine Schöne?«

»Überall.«

»Du musst etwas genauer sein, Jess. Was ist passiert und wo hat er dich verletzt?«

Sie ignorierte den ersten Teil seiner Frage und beantwortete den zweiten. »Es tut weh zu atmen. Brian hat mich in den Bauch geschlagen. Mein Rücken tut weh, weil ich gegen die Tischkante geflogen bin, als er mich gestoßen hat. Mein Bein tut weh, weil es immer wehtut, wenn ich es überanstrengt habe. Mein Gesicht tut weh, weil er mich ein paarmal ins Gesicht geschlagen hat, und mein Nacken tut immer noch weh vom letzten Mal.« Sie hielt einen Moment inne und sagte dann leise: »Und mein Zeh tut weh, weil ich ihn mir gestoßen habe, als ich mich hier hingesetzt habe, um dir eine SMS zu schreiben.«

Über diesen letzten Teil musste Benny lächeln. Es gab absolut nichts zu lachen, aber Jess war so ehrlich, was ihren armen Zeh anging.

»Glaubst du, du kannst bis zu meinem Wagen gehen?«

Jess sah zu dem noch laufenden Fahrzeug hinüber, das ungefähr einen Meter von ihr entfernt stand, und sagte mutig: »Ich glaube, das kann ich schaffen.«

Benny lächelte nicht einmal. »Okay, dann los. Ich muss dich hier rausholen.« Er half Jess aufzustehen und stützte sie, als sie schwankte. Benny legte einen Arm um ihre Taille und stützte den größten Teil ihres Gewichts, als sie unsicher zu seinem Wagen humpelte. Obwohl es nur ein paar Schritte bis zur Autotür waren, war Benny nicht überzeugt davon, dass Jess es alleine geschafft hätte.

Er schloss die Tür und ging zur Fahrerseite. Benny hatte eine Million Fragen an sie, aber er musste sie zuerst von hier wegbringen.

Bevor er losfuhr, beugte Benny sich über Jessyka, nahm den Sicherheitsgurt und schnallte sie an. Sie hatte sich kein Stück bewegt, seit er ihr beim Einsteigen geholfen hatte, und es machte ihm wirklich Sorgen.

»Halte durch, Jess.«

Er sah, wie sie nickte.

Benny hatte nicht vorgehabt loszurasen, als wären sie auf der Flucht, aber er hörte die Reifen quietschen, als er eine Kehrtwende machte und dann in Richtung Notaufnahme fuhr. Er wollte kein Risiko eingehen. Jess sah verdammt schlecht aus und er mochte den entrückten Blick in ihren Augen nicht. Sie hatte gesagt, sie hätte überall Schmerzen. Die Ärzte müssten prüfen, ob etwas gebrochen war und ob sie innere Blutungen hatte. Sie hatte nicht zugegeben, dass sie vergewaltigt worden war, aber vielleicht war sie zu verlegen oder beschämt dafür. Vielleicht hatte sie nicht das Gefühl, ihn gut genug zu kennen, um es zuzugeben. Allein der *Gedanke* daran, dass sie auf diese Weise verletzt worden war, ließ seinen Adrenalinspiegel steigen.

Benny hielt an der Notaufnahme und strich mit seiner Hand sanft über Jess' Wange. »Wir sind da.«

Sie hatte ihre Augen während der ganzen Fahrt geschlossen gehalten. Jetzt drehte sie den Kopf herum, um zu sehen, wo sie waren. Benny bemerkte, wie ihr Gesicht bleich wurde. »Nein, bitte nicht. Ich will das nicht.«

»Ich werde bei dir sein. Du musst, Jess. Das weißt du.«

Sie schwieg einen Moment und als sie nicht weiter protestierte, wusste Benny, dass sie mehr als nur ein bisschen Schmerzen hatte. Er wollte Brian töten. Er wusste nicht, wie er aussah oder wo er sich gerade aufhielt, aber nie zuvor in seinem Leben wollte er jemanden so sehr töten wie Brian in diesem Moment.

»Komm schon, meine Schöne, ich werde dich reinbringen.«

Benny half Jess aus dem Wagen und als sie bei ihrem ersten Schritt ins Stocken geriet, hob er sie einfach hoch. Er spürte, wie etwas in ihm dahinschmolz, als sie ihre Arme um seinen Hals schlang und ihren Kopf auf seine Schulter legte.

Benny ging zur Rezeption. »Wir brauchen einen Arzt.«

»Was ist das Problem?« Die Frau klang geschäftig und gelangweilt zugleich. Benny knirschte mit den Zähnen.

»Das Problem ist, dass meine Freundin verdammt noch mal zusammengeschlagen wurde. Sie hat Schmerzen und muss untersucht werden, um sicherzugehen, dass nichts gebrochen ist und sie keine inneren Blutungen oder Ähnliches hat, an dem sie sterben wird.«

Für einen Moment starrte die Dame Benny überrascht an.

Benny spürte, wie Jess ihre Hand um seinen Nacken legte, um ihn zu beruhigen, und die Gänsehaut, die er bei ihrer Berührung bekam, schoss bis zu seinen Zehenspitzen. Das war ihm noch nie passiert ... und dass es jetzt in dieser Situation geschah, war fast unglaublich. Er verstärkte den Griff und hielt sie ein wenig näher.

»Okay, wenn Sie mir einfach den Flur entlang folgen würden. Wir werden Ihre Personalien aufnehmen und eine Krankenschwester wird sie so schnell wie möglich untersuchen.«

Benny knirschte mit den Zähnen bei dem offensichtlich aufgesetzt höflichen Ton und hielt Jess fest, während er der Schwester den Flur entlang folgte.

Er legte Jess vorsichtig auf das Bett und setzte sich auf den Stuhl daneben.

Die Frau machte ein fragendes Geräusch und sagte: »Entschuldigen Sie, aber nur Verwandte dürfen bei der Patientin bleiben. Sie müssen im Wartezimmer warten.«

»Oh, verdammt nein«, sagte Benny ungeduldig. »Ich bleibe.« Er setzte sich auf den Stuhl und griff nach Jess' Hand. Er küsste sie auf den Handrücken und ignorierte das Stottern der Frau, die immer noch versuchte, ihn zum Gehen zu bewegen.

Als sie endlich ging, wandte Jess sich an Benny und hatte zum ersten Mal, seit er sie abgeholt hatte, ein leichtes Lächeln auf dem Gesicht. »Du wirst Schwierigkeiten bekommen.«

»Das ist mir egal. Ich werde nicht gehen.«

Fünf Minuten später zog eine Krankenschwester den Vorhang zur Seite und ein Mitarbeiter des Sicherheitsdienstes stand neben ihr.

»Sir, Sie müssen in den Wartebereich gehen, während Ihre Freundin untersucht wird«, erklärte die Krankenschwester.

»Nein.«

»Sir ...«

Benny unterbrach ihre Erklärung und sah den Sicherheitsbeamten an, während er sprach. »Ich habe heute Abend eine SMS von meiner Freundin Jess bekommen.« Er deutete mit dem Kinn auf Jessyka auf dem Bett und fuhr fort: »Sie sagte, sie brauche mich. Sie hat keine unmittelbare Verwandtschaft in der Gegend. Das Mädchen, das sie wie eine Schwester geliebt hat, hat sich heute das Leben genommen. Ihr Mitbewohner und Ex-Freund hat sie verprügelt, wie Sie selbst sehen können. Sie hat Schmerzen und Angst und hat mich um Hilfe gebeten. Ich bin ein Navy SEAL und werde sie beschützen. Ich werde ihr nicht von der Seite weichen. Ich werde meine Ohren schließen, wenn es um medizinischen Mist geht, den ich sowieso nicht hören will. Ich werde tun, was immer Sie wollen ... aber ich werde nicht gehen.«

Seine Stimme wurde leiser, als er die Fremden bat, ihn bleiben zu lassen. »Bitte. Sie braucht mich.«

Und das tat sie. Sie alle konnten es sehen. Jess hatte fest seine Hand gepackt und sah besorgt zwischen Benny und dem Wachmann hin und her.

»Ma'am? Möchten Sie, dass er bleibt?«

Benny wusste, dass sie fragen mussten, aber es machte ihn trotzdem wütend. Er wusste, dass sie wahrscheinlich dachten, dass er derjenige wäre, der sie verprügelt hatte, aber es war ihm egal. Er wollte nicht gehen, egal was sie dachten.

Jessyka wusste offensichtlich auch, was sie dachten. »Ja. Gott, bitte lassen Sie ihn bleiben. Ich fühle mich sicherer mit ihm. Wenn er bei mir ist, weiß ich, dass Brian mir nichts mehr antun kann. Bitte ...«

Die Krankenschwester starrte Benny an. »Okay,

aber wenn Sie irgendwelche Probleme machen, werde ich Sie so schnell rausschmeißen lassen, dass Sie nicht wissen, wie Ihnen geschieht. Navy SEAL hin oder her.«

Benny nickte nur kurz. Sie ließen ihn bleiben. Er vergaß sofort die Krankenschwester und sah zurück zu Jess. »Du hast verdammt recht, er wird dir nichts mehr antun, solange ich hier bin. Entspann dich. Sie werden dafür sorgen, dass du keine Schmerzen mehr hast, und dann werde ich dich hier rausholen. Halte durch für mich.«

Benny saß neben Jess, während erst die Krankenschwester und dann der Arzt sie untersuchte. Er machte Platz, wenn er darum gebeten wurde, aber er unterbrach nie den Kontakt zu Jess. Benny legte eine Hand auf ihren Kopf, dann auf ihren Arm, dann ihren Fuß und dann wieder auf ihren Kopf. Wo immer der Arzt sie nicht untersuchte, war Benny da, um sie zu berühren und ihr zu versichern, dass sie nicht allein war.

Jetzt im hellen Licht hatte Benny zum ersten Mal einen guten Blick auf Jess' Hals. Er musste sich schwer beherrschen, sich nicht aus dem Raum zu schleichen und Brian zur Strecke zu bringen. Sie hatte blaue Flecke am Hals, die eindeutig seinen Handabdruck zeigten. Der Drecksverl hatte sie gewürgt. Es war offensichtlich, dass die Abdrücke ein paar Tage alt waren, also waren sie nicht von heute Abend. Kein Wunder, dass sie einen Rollkragenpullover getragen hatte, als er sie das letzte Mal gesehen hatte.

Benny holte tief Luft und versuchte, sich auf den Moment zu konzentrieren. Er konnte nicht Hals über Kopf davonstürmen, wenn Jess ihn brauchte.

Als der Arzt mit der Untersuchung fertig war, setzte Benny sich wieder auf den Stuhl, auf dem er ursprünglich gesessen hatte, und nahm Jess' Hand.

»Es sieht so aus, als lägen keine schwereren Verletzungen vor. Sie hatten Glück, Jess«, sagte der Arzt sanft. »Sie werden wahrscheinlich blaue Flecke im Gesicht bekommen und höchstwahrscheinlich ein blaues Auge. Ich fühle aber keine gebrochenen Rippen oder Ähnliches. Die Prellung auf Ihrem Rücken wird für eine Weile schmerzen, aber ich werde Ihnen ein Schmerzmittel geben. Wenn Sie es in den nächsten Tagen ruhig angehen lassen, können Sie ohne Probleme aufstehen.«

»Sie muss mit der Polizei sprechen, bevor sie geht«, sagte Benny zu dem Arzt.

Benny dachte, Jess würde gegen seine Worte protestieren, aber sie nickte nur, als hätte sie sich bereits mit dem Unvermeidlichen abgefunden.

»Okay, ich werde mit dem Beamten und dem Schmerzmittel zurückkommen. Entspannen Sie sich.«

Nachdem der Arzt gegangen war, herrschte für einen Moment Stille im Raum. Benny hob seine freie Hand, mit der er nicht ihre umklammerte, und streichelte ihr leicht über die Stirn. Dann ihre Wange. Dann ihre Schulter. Schließlich strich er mit seinem Handrücken über jeden blauen Fleck an ihrem Hals.

»Ich hätte dich nicht dahin zurückgehen lassen, wenn ich das gewusst hätte.«

Jess war offensichtlich auf der gleichen Wellenlänge wie er, denn sie antwortete: »Ich weiß.«

»Ich hasse es, dass er dir das angetan hat.«

»Ich weiß.«

»Du wirst nicht mehr dorthin zurückgehen.«

»Ich weiß.«

Benny lächelte zum ersten Mal an diesem Abend. »Wirst du niemals wieder etwas anderes sagen?«

»Vielleicht.«

Er wurde wieder ernst. »Ich meinte, was ich vorhin gesagt habe. Brian wird dich nicht wieder anfassen.«

Benny hörte ihre Antwort nicht, weil ein Polizeibeamter das kleine Zimmer betrat. Für die nächsten dreißig Minuten erzählte Jess, was an diesem Abend passiert war.

Schließlich, als sie fertig war, fragte der Polizist sie: »Könnte ich einen Moment allein mit Ihnen sprechen?«

Benny wusste, was das bedeutete. Wie jeder gute Polizist musste er sich davon überzeugen, dass Benny nichts mit dem zu tun hatte, was ihr passiert war, und dass *er* nicht derjenige gewesen war, der Jess verprügelt hatte.

Benny sah, dass Jess protestieren wollte. Er brauchte einen Moment, um sich nach allem, was er gehört hatte, zusammenzureißen. Er stand auf und beugte sich zu Jess hinüber. Er küsste sie auf die Stirn und sagte leise, aber laut genug, dass der Polizist ihn hören konnte: »Ich warte draußen, meine Schöne. Niemand kommt an mir vorbei, okay? Bring das hier zu Ende und dann gehen wir.« Er beugte sich vor und sah ihr selbstbewusst in die Augen.

Was auch immer Jess in seinen Augen entdeckte, war offensichtlich genug, denn sie nickte und entgegnete leise: »Okay.«

Benny nickte dem Polizisten zu, als er den Raum verließ. Er tat genau das, was er Jess versprochen hatte. Er lehnte sich an die Wand vor ihrem Zimmer und wartete. Er schloss die Augen und hörte, wie ihre Worte in seinem Kopf widerhallten. Er wusste, dass er sie nie vergessen würde.

»Er sagte, es sei meine Schuld.«

»Er hat mir in den Bauch geschlagen und behauptet, ich sei hässlich.«

»Er wollte meinen Hals nicht loslassen, obwohl ich meine Fingernägel in sein Handgelenk gebohrt habe.«

»Er hat mir gegen die Hüfte getreten und gesagt, dass es keine Rolle spielen würde, da ich sowieso ein Krüppel bin.«

Benny biss die Zähne zusammen, zog sein Handy heraus und wählte Wolfs Nummer.

»Hey, Benny.«

»Wolf, es ist etwas vorgefallen und ich brauche ein paar Tage Urlaub.«

Wolfs zunächst entspannte Stimme wurde augenblicklich ernst. »Na sicher. Ich werde es mit dem Kommandanten klären. Können wir etwas für dich tun?«

»Vielleicht. Ich werde euch auf dem Laufenden halten. Erinnerst du dich an Jess, die schwarzhaarige Kellnerin aus der Kneipe?«

»Natürlich.«

»Sie hat mich heute Abend angerufen. Ich bin mit ihr im Krankenhaus und werde sie mit zu mir nach Hause nehmen. Ich weiß, dass Ice und die anderen ... gib mir nur ein paar Tage, bevor du sie auf uns loslässt, okay?«

»Selbstverständlich. Können wir irgendwie helfen?«

»Ja, setze Tex auf einen Brian Thompson an.« Benny gab Wolf die Adresse. »Er hat Jess heute Abend zusammengeschlagen und tut das anscheinend schon eine Weile. Die Tochter seiner Schwester hat sich heute das Leben genommen.«

»Scheiße, Benny. Bist du sicher, dass du uns nicht brauchst?«

»Danke, Mann, aber ich habe alles im Griff. Die Polizei ist gerade hier, aber auf keinen Fall will ich riskieren, dass dieses Arschloch auf dumme Ideen kommt und vielleicht Rache üben will.«

»Wir kümmern uns darum. Ruf einfach an, wenn du noch etwas brauchst.«

»Das werde ich. Und Wolf? Danke.«

»Gern geschehen. Dafür ist ein Team da.«

Benny legte auf und fühlte sich ein bisschen besser, war aber immer noch viel zu aufgeregt. Jess' Worte hallten immer noch in seinem Kopf wider. *»Er hat mich getreten«* … *»Er hat mich geschlagen«* … *»Er wollte meinen Hals nicht loslassen«* …

Jess war eine verdammt starke Frau und er kannte viele starke Frauen. Benny wusste, dass Jess nicht so über sich selbst dachte, aber er musste sie dazu bringen, es auch zu sehen.

Der Polizist streckte den Kopf durch die Tür und als er Benny sah, informierte er ihn darüber, dass er mit Jessyka fertig wäre. Benny nickte und ging zurück an Jess' Seite.

Zehn Minuten später waren sie auf dem Heimweg. Der Arzt hatte Jessyka einige Schmerzmittel zusammen mit einem Rezept gegeben, das sie bei Bedarf einlösen konnte, und ein paar Belehrungen, es ruhig angehen zu lassen.

Jess hatte darauf bestanden, allein hinauszugehen, aber Benny war den ganzen Weg an ihrer Seite. Langsam gingen sie durch den Wartebereich. Als Benny sah, dass sie blass wurde, brachte er ihr einen Stuhl, um sich darauf zu stützen. Mit sanfter Stimme befahl er: »Warte hier.«

Benny wusste, dass Jess immer noch Schmerzen hatte, als sie ihm nicht folgte, sondern dort sitzen blieb.

Schnell fuhr er den Wagen vor und ging wieder hinein, um Jess zu holen. Sie saß auf dem Stuhl und klammerte sich so fest an die Stuhllehnen, dass ihre Fingerknöchel weiß wurden.

»Komm schon, meine Schöne, lass uns von hier verschwinden.«

Benny bückte sich, nahm Jess in die Arme und seufzte erleichtert, als sie nicht protestierte.

Mit Jess in den Armen ging er aus dem Krankenhaus. Er setzte sie auf den Beifahrersitz und fuhr mit ihr zu seiner Wohnung.

»In welches Hotel bringst du mich?«, hörte Benny Jess benommen neben ihm fragen.

Er drehte den Kopf herum und sah sie ungläubig an. »Du gehst in kein verdammtes Hotel. Du kommst mit zu mir nach Hause.«

»Aber Kason, das ist nicht fair.«

»Hast du mich im Krankenhaus nicht gehört, als ich sagte, ich würde dir nicht von der Seite weichen?«

»Kason, du kannst nicht die ganze Zeit bei mir bleiben. Ich dachte, du meintest, nur solange wir dort waren. Ich weiß es zu schätzen, aber das ist verrückt. Du kennst mich doch gar nicht.«

»Ich wünschte, du würdest verdammt noch mal aufhören, das zu sagen. Ich kenne dich, Jessyka mit y, k, a Allen. Ich weiß, ich kann nicht rund um die Uhr an deiner Seite sein. Das ist für keinen von uns machbar. Aber für die nächsten paar Tage kann ich es. Wir werden besprechen, was mit dir passiert ist. Wir werden über Tabitha sprechen. Du wirst weinen und ich werde dich halten, während du das tust. Mein Team wird dafür sorgen, dass Brian dich nie wieder kontaktieren wird. Sobald das erledigt ist, werden wir uns mit der Frage beschäftigen, was wir mit dem Rest deiner Lebenssituation anstellen. Aber jetzt kommst du erst mal mit in meine Wohnung, und ich möchte keine Widerworte mehr hören.«

Benny holte tief Luft und warf Jess einen kurzen Blick zu, um zu sehen, wie sie auf seine Worte reagierte. Unglaublicherweise lächelte sie.

»Wieso lächelst du?«

»Danke, Kason. Ich hatte keine Ahnung, wo ich heute Abend bleiben sollte. Vielen Dank, dass du mir diese Last für den Moment abgenommen hast.«

»Gern geschehen. Jetzt mach die Augen zu und entspann dich.«

»Das habe ich irgendwie schon einmal gehört.«

»Ja, aber dieses Mal werden wir vor meinem Haus halten, wenn du sie wieder aufmachst, anstatt in einem Park.«

Jessyka tat, was Kason verlangte, und schlief innerhalb weniger Momente ein.

KAPITEL FÜNF

Jess wurde langsam wach. Sie drehte den Kopf, öffnete die Augen und sah, wie Kason sie vom Fahrersitz des Wagens aus anschaute.

»Oh, sind wir da?«

»Ja.«

Als er nichts anderes sagte, fragte Jess: »Gehen wir rein?«

»Ja. Du hast nur so friedlich und entspannt ausgesehen, ich wollte dich nicht wecken.« Kason hob eine Hand und strich Jess die Haare hinters Ohr. »Bleib sitzen. Ich komme rum.«

Jess nickte nur. Kason hatte einen seltsamen Ausdruck in den Augen. Sie konnte es nicht genau deuten, aber es sah sehr nach Zärtlichkeit aus. Jess konnte sich nicht erinnern, wann jemand sie das letzte Mal so angesehen hatte. Es gefiel ihr sehr.

Kason öffnete für Jess die Tür und stützte sie am Ellbogen, als sie aus dem Wagen stieg. Er beugte sich vor, griff nach ihrer Handtasche und half ihr in seine Wohnung, die im Erdgeschoss lag. Bevor sie sich wirklich einen Eindruck von der Umgebung machen konnte, hatte er sie bereits hineingebracht.

»Ich dachte, das Leben im Erdgeschoss wäre gefährlicher als weiter oben?«, fragte Jess und platzte einfach mit ihren Gedanken heraus, ohne wirklich darüber nachzudenken. Sie sah, wie Kason sie anlächelte.

»Für eine alleinstehende Frau? Ja, natürlich. Für mich? Nicht so sehr. Außerdem fühle ich mich nicht wirklich wohl, mit anderen Menschen im selben Gebäude zu leben. Man weiß nie, was sie tun, und wenn sie das Haus niederbrennen, möchte ich gern rauskönnen, ohne von einem Balkon springen zu müssen oder so.«

»Daran hatte ich nicht gedacht.«

Kason lachte und ermutigte Jess mit seiner Hand an ihrem Rücken, weiter in seine Wohnung zu gehen, wobei er darauf achtete, den großen blauen Fleck auf ihrem Rücken nicht zu berühren, den sie von ihrem Sturz gegen den Tisch am Abend hatte.

Jess sah sich um. Kasons Wohnung war nichts Besonderes. Sie hasste es, überhaupt darüber nachzudenken, aber es war so. Die Wände waren weiß und natürlich hatte er einen riesigen Fernseher an der

Wand. Davor stand eine große Sofagarnitur mit einem alten Couchtisch. Die Küche war hinter der Couch. Sie war typisch für ein amerikanisches Apartment, mit Kühlschrank, Herd mit vier Herdplatten, Mikrowelle, Geschirrspüler und einer kleinen Theke mit zwei Barhockern. Jess konnte zwei Töpfe auf dem Herd stehen sehen. Einer mit Wasser und Nudeln und der andere war mit einer Art roter Soße gefüllt.

Sie wandte sich an Kason: »Habe ich dich beim Abendessen unterbrochen? Das tut mir leid.«

»Keine große Sache, Jess.«

»Nein, wirklich. Es tut mir leid.«

Kason brachte Jess zur Couch und half ihr, sich hinzulegen. Er hatte sie in die Mitte gesetzt, hob ihre Füße hoch und schwang sie aufs Sofa.

Ohne ein Wort zu verlieren, zog er ihre Schuhe aus und stellte sie unter den Couchtisch. Benny nahm eines der Kissen von der Seite der Couch und schob es Jess unter den Kopf. Als er fertig war, beugte Benny sich vor und stützte sich mit beiden Händen neben ihr ab. Seine Stimme war leise und kontrolliert.

»Ich mache mir keine Gedanken über das Abendessen. Das kann ich neu zubereiten. Dich kann ich nicht so einfach wieder reparieren, Jess. Also ja, wenn du mir eine SMS schreibst und mir sagst, dass du mich brauchst, ist es mir egal, was ich gerade tue. Ich werde alles stehen und liegen lassen und zu dir kommen.« Er machte eine Pause, als wollte er seine Worte wirken lassen. »Verstanden?«

Jess konnte nur nicken. Sie war sich nicht sicher, ob sie es verstanden hatte, aber es war offensichtlich, dass es Kason sehr wichtig war, also ging sie nicht weiter darauf ein.

»Bist du hungrig?«

Jess schüttelte den Kopf.

»Hast du Schmerzen? Kann ich dir irgendetwas bringen?«

Jess schüttelte erneut den Kopf.

»Okay, mach es dir bequem. Ich bin gleich wieder da.«

Jess sah, wie Kason aufstand und in den Flur ging. Sie schloss die Augen und versuchte verzweifelt, sich auf den Augenblick zu konzentrieren und nicht darüber nachzudenken, was an diesem Abend passiert war.

Ein paar Minuten später war Kason zurück. Er trug jetzt eine unsauber abgeschnittene Trainingshose und ein T-Shirt, das aussah, als hätte es vor etwa zwanzig Jahren seine Blütezeit gehabt. Er war barfuß und sein Haar war verstrubbelt, als wäre er ein paarmal mit den Fingern hindurchgefahren. Unterm Arm hatte er zwei Kissen und eine flauschige Decke. Er legte alles auf den Couchtisch und ging wortlos in die Küche.

Jess hörte das Geräusch des Wasserhahns und wie er den Kühlschrank öffnete. Kason kam zur Couch zurück und hielt zwei Gläser Wasser in den Händen. Er stellte sie ebenfalls auf den Tisch. Dann drehte er sich um und sah sie an, als überlegte er, wo er sich hinsetzen sollte. Schließlich ging er zu ihrem Kopf, hob sanft das Kissen und setzte sich. Dann legte er das Kissen auf seine Beine und ließ ihren Kopf sanft darauf sinken. Benny legte eine Hand auf ihre Stirn und ließ sie dort. Hin und wieder strich er mit dem Daumen liebevoll über ihren Haaransatz, aber sonst war er still.

Als er nichts sagte, sah Jess zu ihm auf. Kason hatte den Kopf nach hinten geneigt und ruhte mit geschlossenen Augen auf der Rückenlehne der Couch.

»Kason?«

»Ja, Jess?«

»Bist du in Ordnung?«

Er hob den Kopf und sah auf sie hinunter. »Ja. Mir geht es gut. Ich bin nur so erleichtert, dass du hier bist und dieser Dreckskerl dich nicht noch schlimmer verletzt hat. Ich versuche, einen Weg zu finden, wie du mit mir über das sprechen kannst, was passiert ist, ohne alles noch einmal durchleben zu müssen. Aber bisher fällt mir nichts ein.«

Jess schloss bei Bennys Worten die Augen und sagte mit leiser Stimme: »Muss ich darüber reden?«

»Ja, ich denke, das solltest du. Jess, sieh mich an.«

Jess holte tief Luft und öffnete die Augen. Kason

beugte sich jetzt über sie. Eine Hand hatte er auf ihre Wange gelegt und die andere auf ihren Bauch.

»Ich war einmal in einer ähnlichen Situation, meine Schöne. Nicht genau wie deine, aber ich wurde während einer Mission gefangen genommen. Wir wurden ... gebeten ... Informationen preiszugeben ... taten es aber nicht. Und ich hatte einen Cousin, der sich ebenfalls umgebracht hat. Cookies Frau hat die Hölle durchlebt, als sie von Sexhändlern nach Mexiko entführt wurde, und sie ist zusammengebrochen, weil sie mit niemandem darüber gesprochen hat.

Jess, aus eigener Erfahrung weiß ich, wie wichtig es ist, darüber zu sprechen. Ich bin wahrscheinlich nicht die beste Person, mit der du reden kannst, aber ich bin jetzt hier und ich bin dein Freund. Sprich mit mir. Erzähl mir, was passiert ist. Lass es raus. Dann können wir morgen im Licht des neuen Tages entscheiden, wie es weitergehen soll. Aber jetzt, heute Abend, lass es meine Sorgen sein. Ich bin dein Freund, Jess. Erzähl es mir.«

Jess kniff die Augen zusammen. »I-ich ...«

Bevor sie ihren Satz beenden konnte, obwohl sie nicht wirklich wusste, was sie sagen wollte, stand Kason auf. Er ermutigte Jess, sich ebenfalls hinzusetzen. Dann legte er sich seitlich gegen die Rücklehne und zog Jess zu sich herunter, bis sie vor ihm mit ihrem Rücken an seinem Bauch lag. Einen Arm legte er um ihre Taille und zog sie so fest an sich, bis sie vollständig von ihm umgeben war.

»Tue ich dir weh?«

»Nein«, flüsterte Jess, obwohl ihr jede Bewegung wehgetan hatte. Sie schloss wieder die Augen, zog die Arme an und schob die Hände unter ihre Wange. Sie konnte jeden Zentimeter von Kason hinter sich fühlen. Seine Beine waren angewinkelt, genau wie ihre, und sie berührten sich von Kopf bis Fuß. Die Wärme seines Körpers strömte in ihren, als wäre er ihre persönliche Heizdecke. Bis zu diesem Moment hatte sie nicht bemerkt, wie kalt ihr gewesen war. Sie zitterte.

Kason beugte sich über sie und schnappte sich die Decke vom Couchtisch. Ungeschickt breitete er sie über ihrem Körper aus und schlug sie vorsichtig um Jess, sodass jeder Zentimeter ihres Körpers bedeckt war. Er legte sich wieder hin und Jess spürte seine Lippen auf ihrem Kopf.

Jess konnte fühlen, dass Kason wartete. »Ich weiß nicht, wo ich anfangen soll«, sagte sie ehrlich. Es ging ihr so viel durch den Kopf, dass sie nicht wusste, wie sie beginnen sollte.

»Nimm dir Zeit. Ich gehe nirgendwohin. Fang mit dem an, was dir richtig erscheint.«

Ein paar Augenblicke später fing Jess an.

»Ich habe Tabitha kennengelernt, als sie zehn war. Sie war übergewichtig und traurig. Ich konnte die Traurigkeit sofort erkennen. Aber sie war schlau. Sie konnte Geschichten schreiben, die mich zum Weinen gebracht haben. Mit zehn, Kason. Sie war so gut. Ihre Mutter hatte zwei Jobs, also war sie nie zu Hause. Brian ... war kein guter Onkel für sie. Ich habe versucht, das auszugleichen. Ich habe ihre Plätze eingenommen und mich um sie gekümmert. Wir haben miteinander gelacht und hatten viel Spaß. Jedes Mal wenn ich sie nach Hause zurückbrachte, war sie glücklich. Wenn ich sie dann das nächste Mal sah, musste ich sie wieder von Neuem aufmuntern. Derselbe Ablauf wiederholte sich immer und immer wieder. Als sie älter wurde, zog sie sich noch mehr in sich zurück. Ich habe versucht zu helfen. Ich habe versucht, mit Tammy darüber zu sprechen, aber sie wurde nur sauer auf mich. Ich habe versucht, mit Brian zu sprechen, aber er sagte mir, dass es ihm egal wäre, dass Tabitha fett und hässlich war, und es keine Rolle spielte, ob ich mich dafür interessierte.«

Jess holte Luft und fühlte, wie Kason mit seiner Hand an der Seite ihres Körpers auf und ab streichelte. Es war rhythmisch und beruhigend. Er hatte sie nicht unterbrochen, um Fragen zu stellen, er hörte nur zu. Es fühlte sich gut an.

»Anfang des Jahres fing Brian an, mich auch körperlich zu attackieren. Ich hatte immer gewusst, dass er Aggressionsprobleme hat, aber seit wir uns getrennt hatten und nur noch Freunde waren, schien er es im Griff gehabt zu haben. Deshalb bin ich bei ihm eingezogen. Er war wieder der lebenslustige Typ gewesen, den ich aus der Highschool kannte. Ich weiß nicht, was passiert ist. Irgendetwas muss passiert sein. Es war, als wäre ein Schalter in ihm umgelegt worden. An einem Tag lachte er noch, als ich in der Küche etwas verschüttet habe, und am nächsten Tag packte er mich am Arm, schleuderte mich durch die Küche und sagte zu mir, was für ein wertloser Krüppel ich sei.«

»Drogen.«

»Was?«

»Drogen. Das ist die einzige Erklärung, die ich mir vorstellen kann, warum seine Persönlichkeit sich so drastisch geändert hat«, sagte Benny mit leiser, selbstbewusster Stimme.

Jess dachte darüber nach. Kason hatte wahrscheinlich recht. Sie wusste nicht, mit wem Brian auf der Baustelle rumhing, aber etwas musste seine Persönlichkeitsveränderung ausgelöst haben. Drogen machten genauso Sinn wie alles andere.

»Daran, dass er unter Drogen stehen könnte, habe ich nicht gedacht«, sagte Jess. »Was auch immer es war, es hat mich erschreckt. Aber als Brian anfing, Tabitha fertigzumachen, wenn sie uns besuchte, wusste ich, dass ich mich mit ihr nicht mehr dort treffen konnte. Ich hatte Angst um sie. Ich hatte Angst um mich. Ich wusste nicht, was ich tun sollte. Ich wollte raus. Ich bin keine Idiotin, Kason, ich schwöre, das bin ich nicht. Ich wusste, dass ich nicht bei jemandem bleiben sollte, der mich schlägt, aber ich hatte Angst, Tabitha allein zurückzulassen. Ich habe eine ganze Weile dagegen angekämpft.«

»Ich weiß. Ich konnte deinen Kampf sehen, wenn ich bei *Aces* war.«

Jess nickte Kason zu, verstummte aber.

»Was ist heute Abend passiert?«

»Ich wusste, dass ich da rausmusste, nachdem Brian mich gewürgt hatte. Wer wusste, wie weit er noch gehen würde? Ich wusste, dass ich nicht bis zum Ende des Monats bleiben konnte, auch wenn das bedeutete, dass ich Tabitha nicht jeden Tag sehen könnte. Ich habe ein Frauenhaus kontaktiert und mir wurde gesagt, dass ich dort für eine Weile unterkommen könnte, bis ich das Geld für meine eigene Wohnung zusammen hätte.«

Jess spürte, wie Kasons Muskeln sich anspannten. Der Arm um ihre Taille zog sich ein bisschen fester zusammen. Sie konnte fühlen, wie er bewusst seinen Griff um sie lockern musste.

Als sie nicht fortfuhr, drängte Kason: »Erzähl weiter.«

»Also habe ich ein paar Sachen zusammengepackt und an die Tür gestellt. Dann bin ich rübergegangen, um mit Tabitha zu sprechen. Tammy war nicht da, also sind wir bei ihr geblieben und haben uns etwa eine Stunde unterhalten. Ich habe ihr erklärt, was mit Brian los war und warum ich gehen musste. Ich sagte ihr, dass ich *sie* nicht verlassen würde, aber ich könnte nicht mehr mit Brian zusammenwohnen. Ich habe sie außerdem vor ihm gewarnt und sie gebeten, auf nichts zu hören, was er zu ihr sagt, weil sie ein wunderschöner Mensch sei, innerlich und äußerlich.« Jess stockte der Atem und sie unterdrückte ein Schluchzen. Sie musste das durchstehen.

»Sie hat mich umarmt und mich gebeten, mir keine Sorgen um sie zu machen, weil es ihr gut gehen würde. Wir haben beide ein bisschen geweint. Sie hat mir eine Kopie ihrer neuesten Geschichte gegeben, die sie geschrieben hatte. Ich fühlte mich eigentlich ziemlich gut, als ich gegangen bin. Ich hatte solche Angst, es ihr zu sagen, aber Tabitha war stark. Sie hat mich ermutigt und mir versichert, sie würde es verstehen. Aber Kason ... das hat sie nicht. Sie hat gelogen.«

»Es ist okay, Jess, ich bin bei dir. Erzähl zu Ende.«

Jess konnte fühlen, wie Kason seine Arme um sie schloss. Sie vergrub sich tiefer unter der Decke und in seinen Armen.

»Eine Weile später, nachdem ich wieder zu Hause war, kam Brian. Ich hatte gerade die letzten Sachen zusammengesucht, als er die Tür aufstieß. Er kam direkt auf mich zu und schlug mir in den Bauch, ohne etwas zu sagen. Ich flog zurück gegen den Couchtisch und er schrie mich an. Er schrie, dass Tabitha tot sei. Dass sie Tabletten geschluckt hatte und tot war. Es gab keinen Brief oder so, aber ich weiß genau, warum sie es getan hat.«

»Nein, Jess. Diese Schuld wirst du nicht auf dich nehmen. Das werde ich nicht zulassen«, sagte Benny entschlossen.

»Aber Kason ...«

»Nein. Du hast nichts falsch gemacht. Du hast sie nicht getötet. Sie war ein vierzehnjähriges Mädchen, dessen Mutter sich nicht um sie gekümmert hat. Sie war übergewichtig und wurde wahrscheinlich auch in der Schule gehänselt. Sie war eine Einzelgängerin, die keine Freundinnen hatte. Sie war ein kreativer Typ. Ich könnte immer so weitermachen, aber es waren *nicht* deine Worte, die sie heute dazu gebracht haben, das zu tun. Offensichtlich hatte sie es schon länger geplant. Denk eine Sekunde darüber nach.«

Jess wollte nicht darüber nachdenken. Kason fuhr trotzdem fort, selbst als Jess den Kopf schüttelte.

»Vielleicht hat sie nur deinetwegen durchgehalten. Vielleicht hat sie ihr Leben nur so lange auf diese Weise weitergeführt wie du deines, weil sie sich Sorgen um dich gemacht hat. Sobald sie wusste, dass es dir gut gehen würde und du da rauskommst, konnte sie endlich das tun, was sie für notwendig hielt. Ich unterstütze ihre Entscheidung nicht. Ich denke nicht, dass jemand sein Leben beenden sollte, um emotionalen Problemen zu entkommen, aber Jess, du darfst dir keine Vorwürfe machen. Du bist selbst ein Opfer hier.«

Jess konnte nicht sprechen. Es tat einfach zu sehr weh.

»Dreh dich um, meine Schöne, ich möchte dich halten.«

Jess drehte sich unbeholfen in Kasons Armen um, bis sie ihn ansah. Sie vergrub den Kopf an seiner Brust und schniefte.

»Erzähl zu Ende, Jess. Was hat Brian noch getan?« Benny wusste es. Er hatte die Geschichte gehört, als sie alles dem Beamten im Krankenhaus erzählt hatte, aber er wollte, dass sie hier und jetzt, sicher in seinen Armen, alles herausließ.

»Nichts, was er nicht schon vorher getan hätte. Er nannte mich einen Krüppel. Hat sich über mich lustig gemacht. Hat mich getreten, geschlagen, mich herumgeschubst und gegen die Wand geworfen. Er sagte, wenn ich gehen wolle, dann solle ich mich zum Teufel scheren. Ich habe keine Sekunde länger gezögert. Ich habe nur meine Handtasche genommen und bin gegangen. Ich habe nichts von meinen Sachen. Ich habe nichts.«

»Du wirst deine Sachen bekommen, Jess. Mach dir darüber keine Sorgen. Ich werde mich darum kümmern. Und du hast mehr als nichts. Du hast mich. Ich bin dein Freund. Ich unterstütze dich. Du musst nicht ins Frauenhaus gehen. Ich habe zwei Schlafzimmer. Es ist eine beschissene kleine Wohnung, aber du bist nicht obdachlos. Du kannst so lange hierbleiben, bis du genügend Geld für eine eigene Wohnung gespart hast.«

Bei Kasons Worten brach Jess in Tränen aus. Sie konnte sie nicht mehr zurückhalten. Kason sagte ihr nicht, sie sollte sich beruhigen, er sagte ihr nicht, dass alles in Ordnung kommen würde, er hielt sie einfach fest. Er wiegte sie langsam und fuhr mit seinen Händen über ihren Rücken.

Jess hatte keine Ahnung, wie lange sie geweint hatte, bis sie endlich keine Tränen mehr hatte. Sie war völlig erschöpft. Sie öffnete die Augen und sah, dass Kasons Hemd durchnässt war.

»Ich habe dich ganz nass gemacht.«

Kason lachte über ihre Bemerkung. »Ich bin auf Missionen durch Dreckslöcher gekrochen. Ich habe die schlimmsten Wochen während der Grundausbildung durchgemacht. Ich bin eine Woche lang ohne Dusche durch den Dschungel gewandert. Ein paar Tränen und etwas Rotz machen mir bestimmt nichts aus.«

Bei seinen Worten wurde Jess rot. Sie hatte nicht einmal an den Rotz gedacht. »Jesus. Es tut mir trotzdem leid, schließlich sind wir hier weder im Dschungel noch in der Grundausbildung.«

Sie konnte fühlen, wie Kason sich ein Lachen verkneifen musste. Es fühlte sich gut an.

»Willst du etwas Wasser oder so?«

Jess schüttelte den Kopf. Sie fühlte sich wohl dort, wo sie war. »Ich möchte mich nicht bewegen.«

»Okay.« Jess spürte Kasons Hand auf ihrem Hinterkopf. Er drückte ihren Kopf, bis ihre Wange wieder auf seinem Oberkörper ruhte. »Schlaf jetzt. Wir werden morgen früh weiterreden.«

»Aber ...«

»Jess, ich bin müde. Du bist müde. Es war ein verdammt schwerer Tag. Entspann dich. Vertrau mir. Bei mir bist du in Sicherheit. Schlaf einfach.«

»Okay.« Jess machte eine Pause und sagte dann schnell: »Danke. Für alles.«

»Gern geschehen, Jess. Ich danke *dir*, dass du mich kontaktiert hast. Das bedeutet mir viel. Schlaf jetzt.«

Jessyka glaubte nicht, dass sie schlafen könnte, aber überraschenderweise war sie innerhalb weniger Minuten weggetreten. Sie wusste nicht, dass Kason noch eine Stunde wach blieb und einfach das Gefühl von ihr in seinen Armen genoss. Sie hörte nicht, wie er leise murmelte: »Wenn es nach mir geht, wirst du von jetzt an immer in Sicherheit sein.«

KAPITEL SECHS

Benny versuchte, leise in der Küche zu sein, als er für Jessyka ein herzhaftes Frühstück zubereitete. Er ging immer wieder alles durch, was sie ihm gestern Abend erzählt hatte. Er würde viel zu tun haben, wenn er ihr helfen wollte, aber zuerst sollte sie etwas essen.

Benny hatte sein ganzes Leben lang das Bedürfnis verspürt, Menschen zu beschützen, aber seine Gefühle für Jess gingen weit über alles hinaus, was er jemals zuvor empfunden hatte. In der Vergangenheit war er ein Casanova gewesen. Wenn er mit Frauen geschlafen hatte, hatte er keinen Gedanken daran verschwendet, wie sie sich fühlten, wenn er sie danach nie wieder anrief. Bisher hatte Benny keine Frau gefunden, die er wirklich mochte. Eine Frau, die er auch außerhalb des Schlafzimmers kennenlernen wollte. Aber bei Jess stellte er fest, dass er alles über sie herausfinden wollte. Er wollte etwas über ihre Freundinnen erfahren, ihre Lieblingsspeisen, ihren Alltag, einfach alles.

Benny war noch nie zuvor mit einer Frau befreundet gewesen. Er nahm an, dass es ein Klischee war, aber so war es. Er hatte die Frauen benutzt und sie ihn. Wenn er näher darüber nachdachte, war er mit den Frauen seiner Teamkollegen befreundet, aber das war irgendwie etwas anderes. Sie waren bereits vergeben. Es war ausgeschlossen, dass sie mit ihm ins Bett wollten, und er wollte es bestimmt nicht mit ihnen. Aber Jess? Ja, Benny musste zugeben, dass er sich vorstellen konnte, mit ihr ins Bett zu gehen, aber darüber hinaus mochte er sie einfach. Sie war stark, fleißig, witzig und einfühlsam. Sie sah ihn nicht an wie eine weitere Eroberung. Zumindest glaubte er das.

Er wusste, dass Jess anders war, weil ihn der Gedanke, sie in seiner Küche zu haben, nicht ausflippen ließ. Er mochte es nicht, wenn Leute versuchten, ihm beim Kochen zu »helfen«. Er war sehr pedantisch, wenn es ums Kochen ging, und seine Teamkollegen und ihre Frauen hatten sich schon mehr als ein Mal darüber lustig gemacht. Aber so war er eben.

Der erste Gedanke, den er an diesem Morgen hatte, war die Vorstellung von ihm und Jess in der Küche bei der Zubereitung des Frühstücks. Benny vermutete, es lag daran, dass er sie die ganze Nacht über festgehalten hatte. Das Gefühl ihres Körpers an seinem war anders als alles, was er zuvor gespürt hatte. In der Vergangenheit hatte er mit Frauen nach dem Sex gekuschelt, weil er dachte, dass es von ihm erwartet wurde, nicht weil er eine echte Verbindung zu ihnen fühlte. Wahrscheinlich machte ihn das zu einem Arschloch, aber er konnte keine Gefühle erzwingen, wo es keine gab.

Aber Jess die ganze Nacht nur in seinen Armen zu halten war für Benny befriedigend gewesen. Er hatte nicht das Bedürfnis verspürt, mit ihr Sex zu haben. Er wollte sie nur festhalten und dafür sorgen, dass sie in Sicherheit war.

Benny wurde aus den Gedanken gerissen, als er Jessykas Kopf über der Couch auftauchen sah.

»Gut geschlafen?«, fragte er und rührte weiter die Eier in der Schüssel, die er festhielt.

Jess drehte den Kopf herum und sah ihn in der Küche. »Überraschenderweise ja.«

»Ich habe dir eine Zahnbürste und Zahnpasta ins Badezimmer gelegt. Ich habe leider kein Mädchen-Duschbad oder -Shampoo, aber du kannst meins verwenden, wenn du duschen willst.« Benny sah, wie Jess große Augen bekam. Ja, sie wollte duschen.

»Frische Kleidung wird ein Problem sein, bis Dude später deine Sachen vorbeibringt. Bis dahin kannst du eines meiner Hemden und Boxershorts von mir tragen. Ich habe dir beides ins Bad gelegt. Die Sachen werden etwas groß sein, aber für den Augenblick wird es wohl genügen.«

Jess wurde rot und hoffte, dass Kason es nicht bemerkte. Allein bei dem *Gedanken*, seine Unterwäsche zu tragen, bekam sie Gänsehaut am ganzen Körper. Sie versuchte, ihre Reaktion zu verbergen. Kason war ihr Freund, egal wie sexy er war. Auf keinen Fall wollte sie das Beste, das ihr seit Langem passiert war, ruinieren.

»Ich würde liebend gern duschen, danke.« Sie stand auf, schwankte ein wenig und fing sich an der Couch ab.

Bevor sie einen weiteren Schritt machen konnte, war Kason neben ihr und stützte sie am Ellbogen.

»Bist du in Ordnung? Das hätte ich dich zuerst fragen sollen.«

»Mir geht es gut. Ich bin einfach zu schnell aufgestanden.«

»Wie geht es der Hüfte?«

»Kason, mir geht es gut, wirklich.« Jess sah, wie er sich besorgt zurückzog.

»Wenn es dir nichts ausmacht, geh ein paar Schritte, damit ich mir sicher sein kann, dass du nicht stürzt, sobald ich mich umdrehe«, forderte Benny und wollte selbst sehen, dass Jess sicher gehen konnte.

Jess tat, was er verlangte. Es schien in Ordnung zu sein. Sie lief mit ihrem normalen Hinken, aber es sah nicht schlimmer aus, als er es von ihr gewohnt war. Er ging zurück in die Küche und bevor er die Worte aufhalten konnte, schossen sie aus seinem Mund.

»Brian ist ein Vollidiot. Du bist kein Krüppel. Ich liebe deinen Gang.« Benny sah, wie Jess sich mit einem ungläubigen Gesichtsausdruck zu ihm umdrehte. Er beschloss, so lässig wie möglich zu wirken. Irgendwann zwischen der Zubereitung des Frühstücks und dem Moment, an dem er an ihre Seite geeilt war, um dafür zu sorgen, dass sie sich nicht verletzte, hatte er beschlossen, dass sie ihm gehörte. Benny konnte nicht diesen Beschützerinstinkt für sie haben, ohne sie behalten zu wollen. Er würde ihr so viel Zeit geben, wie sie brauchte, aber er hoffte, dass sie ihn am Ende genauso wollen würde. Wann auch immer das sein würde.

»Ich weiß nicht, warum du hinkst, aber ich nehme an, dass dein linkes Bein irgendwie kürzer ist als das rechte. Ich beobachte dich jetzt schon seit ein paar Monaten, Jess. Es ist wahnsinnig sexy. Du wirst das nicht verstehen, aber ich – und meine Teamkollegen auch. Durch deinen schwankenden Gang aufgrund des Längenunterschieds deiner Beine bewegen sich deine Hüften übertrieben hin und her. Wenn man dir hinterhersieht, bittet dein Hintern förmlich darum, gestreichelt zu werden. Von vorne betrachtet geraten deine Brüste durch das Schwanken auf eine verdammt sexy Art und Weise in Bewegung. Wenn Brian dich als Krüppel bezeichnet, heißt das nur, dass er deine weiblichen Rundungen nicht zu schätzen weiß. Und Jess, deine Rundungen sind absolut perfekt. Steh dazu, denn ich schwöre bei Gott, jeder Mann in dieser Kneipe weiß es zu schätzen. Das schwöre ich!«

Jess stand im Eingang zum Flur, der anscheinend zu den Schlafzimmern und dem Badezimmer führte. Sie starrte Benny einfach nur an und wusste nicht, was sie sagen sollte.

Benny lächelte und rührte weiter die Eier, um die richtige Konsistenz zu erhalten, bevor er sie in die Pfanne goss, um ein Omelett zu machen. Er hatte sie überrascht, so wie er es beabsichtigt hatte, aber jedes Wort aus seinem Mund war die reine Wahrheit gewesen. Es war an der Zeit, dass sie aufhörte, den Worten dieses Arschlochs zu glauben.

»Gehst du jetzt duschen, meine Schöne, oder willst du weiter da stehen und mich anstarren?«

Jess drehte sich um, floh den Flur hinunter und ignorierte Bennys Lachen, als sie davoneilte.

Dreißig Minuten später hörte Benny, wie sich die Badezimmertür wieder öffnete. Er schaute in Richtung Flur und wartete darauf, dass Jess auftauchte.

Sie kam in den Wohnbereich und er starrte sie einen Moment lang nur an. Ihr schwarzes Haar war glänzend und sauber und er konnte riechen, wie der Duft seines Duschbads ins Zimmer wehte. Aber was seine Aufmerksamkeit wirklich auf sich zog war ihr Körper. Jess hatte seine Sachen an und das ließ sein Herz schneller schlagen.

Langsam ging sie zu den Barhockern an der Theke

und richtete sich auf. Benny konnte mehr von ihrem Körper sehen, als er seit langer Zeit gesehen hatte. Die Boxershorts ließen freien Blick auf ihre Beine und das Hemd bedeckte nur ihre Oberarme. Außerdem war das Hemd zu groß, sodass es immer wieder über eine Schulter herunterrutschte. Er sah, wie sie es mit einer Hand festhielt, während sie saß.

Benny ballte die Hände zu Fäusten und versuchte, sich zu beruhigen. Die blauen Flecke auf ihren Unterarmen waren auf ihrer blassen Haut gut sichtbar. Die Flecke an ihrer Kehle verblassten langsam, waren aber immer noch offensichtlich. Ihre Beine hatte er nicht genau gesehen, bevor sie sich hingesetzt hatte, aber Benny wusste, dass er dort auch blaue Flecke finden würde.

Er drehte sich zum Herd und goss die Eiermischung in die Pfanne. »Ich hoffe, Omelett ist in Ordnung zum Frühstück.« Benny fand, dass er ziemlich normal klang, besonders angesichts der Gedanken, die durch sein Gehirn gingen.

»Es ist mehr als in Ordnung. Ich hatte schon seit Ewigkeiten kein Omelett mehr. Danke, Kason.«

»Du musst mir nicht für alles danken, was ich tue, Jess.«

»Ich habe aber das Gefühl, dass ich es muss.«

»Nun, du musst es aber nicht. Du bist kein Gast in diesem Haus. Du lebst jetzt auch hier. Ich bin sicher, dass du deinen Beitrag leisten wirst. Überleg mal, wie nervig es sein würde, wenn wir uns die ganze Zeit gegenseitig danken.« Benny versuchte, seine Worte durch ein Lächeln freundlicher wirken zu lassen.

Jess grinste zurück. »Okay. Ich werde es versuchen. Ich bin es einfach nicht gewohnt, dass jemand so etwas für mich tut. Brian hat das nie getan.«

»Nun, erstens bin ich definitiv nicht Brian und zweitens solltest du dich besser daran gewöhnen.«

Es war offensichtlich, dass Jess seine vorherigen Worte ignorieren würde, und das war okay für Benny. Er wollte sie nicht überwältigen, aber er würde alles in seiner Macht Stehende tun und sagen, um die verletzenden Worte aus ihrem Gehirn zu löschen, die dieser Trottel ihr höchstwahrscheinlich viel zu oft an den Kopf geworfen hatte.

Er stellte ein Glas Orangensaft vor ihr ab und wandte sich wieder dem Herd zu, um die Eier zu wenden.

»Wann gehst du zur Arbeit?«, fragte Jess.

Benny drehte sich wieder zu ihr um und legte seine Handflächen auf den Rand der Theke. »Ich werde für ein paar Tage nicht zur Arbeit gehen. Ich habe mir einige Tage freigenommen.«

»Das kannst du doch nicht machen.«

»Warum nicht?«

»Weil ... deswegen.«

Benny lachte sie an. »Das ist keine Antwort. Du kannst unmöglich glauben, dass ich dich einen Tag, nachdem ich dich in die Notaufnahme gebracht habe, einfach alleine hierlasse, oder?«

»Äh ...«

»Das wird nicht passieren, Jess. Wir haben eine Menge zu tun. Als Erstes bringt Dude einige deiner Sachen vorbei. Irgendwann müssen wir selbst zu Brians Haus fahren und den Rest deiner Sachen holen. Ich werde dir nicht gestatten, ohne mich oder einen der Jungs dorthin zurückzukehren. Dann müssen wir die Details über Tabithas Beerdigung herausfinden. Ich werde nicht zulassen, dass du von Tammy oder Brian belästigt wirst. Wenn ich also einen Termin vereinbaren muss, damit du dich persönlich von Tabitha verabschieden kannst, werde ich das tun. Du musst das Frauenhaus anrufen und den Mitarbeiterinnen dort mitteilen, dass du den Raum, den sie für dich frei gehalten haben, nicht benötigst. Außerdem musst du mit deinem Chef sprechen und ihm erklären, was los ist, und herausfinden, was das für deinen Arbeitsplan bedeutet. Darüber hinaus möchten die Frauen vorbeikommen, um sich selbst davon zu überzeugen, dass es dir gut geht. Ich habe uns etwas Zeit verschafft, aber ich gehe davon aus, dass es höchstens ein oder zwei Tage dauern wird, bis sie uns die Tür einrennen.«

»Ich verstehe nicht«, flüsterte Jess völlig überwältigt.

»Was verstehst du nicht?« Benny kam zur Theke,

stützte sich auf und schenkte Jess seine volle Aufmerksamkeit.

»Ich kann das alles auch alleine tun, deswegen musst du nicht von der Arbeit wegbleiben.«

»Jess, das ist es, was Freunde füreinander tun. Du bist nicht mehr alleine. Ich unterstütze dich. Meine Freunde werden dich unterstützen.«

»Ich glaube nicht, dass es das ist, was Freunde tun. Jedenfalls hatte ich noch nie Freunde, die so etwas getan hätten.«

Benny griff über die Theke und legte seine Handfläche an Jess' Wange. »Du hast jetzt Freunde, die so etwas tun, meine Schöne.«

Jess konnte nicht anders, sie lehnte den Kopf gegen seine Hand und legte ihre eigene darüber. »Danke«, flüsterte sie.

Lächelnd neckte Benny: »Was habe ich dir gesagt, wenn es darum geht, die ganze Zeit ›Danke‹ zu sagen?« Er legte seine andere Hand in ihren Nacken, zog sie sanft über die Theke und küsste sie auf den Kopf. »Musst du noch deine Schmerztablette nehmen?«

Jess hatte nur einen Moment Zeit, darüber enttäuscht zu sein, dass Kason seine Hände entfernt hatte, bevor er das Thema wechselte. Sie dachte einen Moment darüber nach. »Nein, ich denke, mir geht es gut.« Bei Kasons Stirnrunzeln fügte sie schnell hinzu: »Aber wenn ich später Schmerzen habe, nehme ich eine, versprochen.«

»Okay, ich wollte nur vorschlagen, dass es gut wäre, sie zusammen mit dem Essen einzunehmen. Los geht's, Omelett mit Tomaten, grüner Paprika, Zwiebeln, roter Paprika, Chorizo, ein bisschen Speck und natürlich einer Tonne geriebener Käse. Ich habe auch saure Sahne und Salsa, wenn du etwas Aroma aus dem Südwesten hinzufügen möchtest.«

»Willst du mich verscheißern?«

»Nein, hau rein.«

»Ich habe noch nie einen Mann getroffen, der kochen kann.«

»Nun, jetzt hast du einen getroffen. Iss.«

Jess nahm die Gabel und sah zu Kason auf. »Was isst du?«

»Meins ist gerade in der Pfanne.«

»Ich werde warten.« Jess legte ihre Gabel hin.

»Nein, wirst du nicht. Iss, Jess. Es wird kalt. Meins ist gleich fertig.«

»Aber das ist unhöflich«, schmollte sie.

Benny lachte. Gott, sie war so süß. »Nein, ist es nicht. Nicht wenn ich dir sage, du sollst essen. Tu es. Im Ernst, es schmeckt viel besser, wenn es noch heiß ist.«

»Okay, alles klar. Aber das nächste Mal isst *du* zuerst.«

Benny stimmte Jess nicht zu, aber er lächelte sie trotzdem an. Er war froh, sie relativ gut gelaunt zu sehen. Benny hatte keine Ahnung gehabt, wie ihre

Stimmung an diesem Morgen sein würde. Sie hatte gestern einen harten Tag gehabt und die nächsten Tage würden nicht viel einfacher werden. Jess würde den Verlust von Tabitha vermutlich niemals vollständig verschmerzen können, aber vielleicht, und nur vielleicht, mit ein bisschen Glück und viel Unterstützung würde sie damit umgehen und nach vorn schauen können.

Benny stimmte ihr schließlich zu, obwohl er wusste, dass er sie anlog. »Okay, Jess, das nächste Mal esse ich zuerst.« Zufrieden sah er, wie sie die Augen schloss und stöhnte, als sie den ersten Bissen des Omeletts kaute. Erstaunlicherweise spürte Benny, dass er hart wurde. Scheiße. Er musste sich beherrschen. Er wollte sie nicht abschrecken. Er wandte sich wieder dem Herd zu.

»Jesus, Kason, das ist fantastisch.«

Benny zuckte mit den Schultern. »Es ist nur ein Omelett.«

»Oh nein, das ist es nicht. Es ist ... verdammt, ich habe keine Worte dafür, aber ich bin mir sicher, solltest du in einer dieser Reality-Kochshows mitmachen, würdest du zweifellos gewinnen.«

»Danke, denke ich. Jetzt hör auf zu reden und iss.«

Jess schüttelte nur den Kopf und tat, was er verlangte.

Kurz nachdem sie das Frühstück beendet hatten

und Jess darauf bestanden hatte, den Abwasch zu erledigen, klopfte es an der Tür.

»Bleib, wo du bist, ich gehe«, sagte Benny.

Jess wusste, dass es ein Befehl war, obwohl er einen sanften Ton verwendet hatte. Sie stand neben der Küchentheke und wartete darauf zu erfahren, um wen es sich handelte. Benny öffnete die Tür und einer seiner Freunde vom Militär kam herein.

»Hey, Dude, danke, dass du gekommen bist. Gab es irgendwelche Probleme?«

»Nein, ich habe niemanden gesehen. Ich bin nur reingegangen und habe die Tasche mitgenommen. Sie stand genau dort, wo du gesagt hast.«

Der Mann schaute Jess mit durchdringendem Blick an. Sie fühlte sich quasi nackt nur mit Kasons Hemd und Boxershorts bekleidet, zwang sich aber, zur Tür zu gehen und dem großen Mann dafür zu danken, dass er ihre Tasche geholt hatte. »Vielen Dank.«

»Verarschst du mich?«

Jess war erstaunt über die harten Worte aus dem Mund von Bennys Freund und trat unwillkürlich einen Schritt zurück.

»Dude ...«, warnte Benny mit leiser Stimme.

»Du hast mir nicht erzählt, dass er versucht hat, sie zu erwürgen, Benny.«

Jess hob die Hand an ihren Hals und versuchte, die Spuren zu verdecken. Sie hatte sie ehrlich gesagt vergessen. Dank Benny hatte sie sich so wohl und entspannt gefühlt, dass sie sich nicht einmal mehr an ihre blauen Flecke erinnert hatte.

»Ich habe dir gesagt, es gab einen Grund dafür, dass sie einen Rollkragenpullover getragen hat.«

»Eine Frau trägt nur einen verfluchten Rollkragenpullover, wenn es draußen verdammte zweiundzwanzig Grad sind, weil sie die Spuren eines wütenden Mannes von der Nacht zuvor an ihrem Hals verstecken muss, weil dieses Arschloch nicht will, dass jemand irgendwelche Fragen stellt und sein Arsch im Gefängnis landet.«

Heiliger Strohsack. Bei seinen Worten geriet Jess ins Schwanken. Dieser Typ war intensiv, aber er hatte sich keinen Zentimeter auf sie zubewegt, und seine Worte klangen irgendwie besorgt und zugleich beängstigend. Es war offensichtlich, dass er sauer auf Brian war, nicht auf sie. Sie hatte schon bei *Aces* gespürt, dass er irgendwie intensiver war als die anderen Männer, aber aus der Nähe erschreckte er sie irgendwie.

Dude setzte seine Mini-Tirade fort. »Diese Spuren an deinem Hals bedeuten, dass dieses Arschloch, bei dem du gewohnt hast, eine Lektion in Manieren braucht. Ihm muss unbedingt beigebracht werden, wie man Frauen richtig behandelt.« Dude ging jetzt auf Jess zu.

Jessyka schaute zu Kason. Er hatte ihr versichert, er würde nicht zulassen, dass jemand sie verletzt. Zum einen konnte sie aufgrund ihrer verletzten Hüfte nicht sehr schnell laufen, zum anderen würde sie in der kleinen Wohnung nicht weit kommen. Sie holte tief Luft. Kason sah ruhig aus. Was auch immer sein Freund von ihr wollte, es würde ihr nicht wehtun. Seine Unbesorgtheit beruhigte sie und sie fasste den Mut, stehen zu bleiben, als der große SEAL auf sie zukam.

Dude nahm sanft ihr Kinn in seine Hand und hob ihren Kopf. Jess spürte, wie er sie mit seiner anderen Hand im Nacken berührte. Dann ließ er ihr Kinn los, nahm einen ihrer Arme und schob den Ärmel des Hemdes hoch, um die blauen Flecke an ihrem Oberarm zu untersuchen, bevor er dasselbe auf der anderen Seite tat. »Ist er auch für das Hinken verantwortlich?«

Jess schüttelte den Kopf, sie konnte kein Wort aus ihrem zugeschnürten Hals bekommen.

Dude legte den Kopf schief, als wollte er prüfen, ob sie die Wahrheit sagte. Was er sah, genügte anscheinend, denn er drehte sich auf dem Absatz um und ging zurück zur Tür. »Ich rufe Wolf an. Wir werden heute den Rest ihrer Sachen holen. Du kümmerst dich um sie.« Dann ging er durch die Tür und war weg.

Jess stieß einen Atemzug aus und sah Kason erneut an. Er stand an der jetzt geschlossenen Tür.

»Komm her.«

Jess konnte nicht klar denken. Sie ging zu ihm. Sie

humpelte durch den Raum, direkt in Kasons Arme. Als er seine Arme fest um sie schloss, beruhigte sich ihr Atem zum ersten Mal wieder, seit es an der Tür geklopft hatte.

»Er ist ein bisschen intensiv«, kommentierte Jess, auch wenn es sich wie die Untertreibung des Jahrhunderts anhörte.

Benny lachte. »Du hast ja keine Ahnung. Bist du okay? Dude würde dir niemals wehtun, aber das konntest du nicht wissen.«

»Ich wusste es. Okay, nicht gleich, aber du hast gesagt, du würdest nicht zulassen, dass mich jemand verletzt, und du hast dich nicht bewegt, als er auf mich zukam, also dachte ich, es wäre okay.«

»Jesus, Jess. Danke, dass du mir vertraust.«

»Ich dachte, wir sollten uns nicht mehr bedanken«, sagte Jess mit einem Grinsen und sah zu Kason auf, während er sie in den Armen hielt.

Er lachte. »Da hast du mich aber erwischt. Okay, lass uns heute eine Sache nach der anderen angehen. Zuerst zieh dich an. Ich gehe davon aus, dass du ein paar Klamotten in der Tasche hast, die Dude mitgebracht hat.« Benny deutete auf die Tasche auf dem Boden, die Dude an der Tür fallen gelassen hatte, als er hereinmarschiert war.

»Sobald du angezogen bist, kümmern wir uns um den anderen Mist. Offensichtlich können wir das

Thema ›deine Sachen holen‹ von der Liste streichen, denn Dude und die Jungs kümmern sich darum.«

»Woher wissen sie, was mir gehört und was Brian?«

»Sie werden es herausfinden und wenn nicht, wen verdammt interessiert das. Wenn sie etwas vergessen, besorge ich Ersatz für dich.«

»Das kann ich nicht von dir verlangen ...«

»Du hast ja auch nicht darum gebeten, sondern ich habe es angeboten.« Benny unterbrach Jess, bevor sie ihren Gedanken beenden konnte, und beugte sich vor, griff nach ihrer Tasche und reichte sie ihr. »Jetzt zieh dich um. So gern ich dich in meinem Hemd sehe, wir haben eine Menge zu erledigen und ich lasse dich nicht aus der Wohnung, wenn du wie Sex am Stiel aussiehst. Beweg dich.« Benny ließ Jess los, drehte sie sanft herum und gab ihr einen kleinen Schubser.

»Ihr Jungs müsst Unterricht zum Thema ›Herumkommandieren‹ genommen haben«, sagte Jess lachend, als sie in Richtung Flur humpelte. Sie schaute zurück und sah, wie Kason ihr auf den Hintern starrte. Sie stockte ein wenig und erinnerte sich an das, was er ihr zuvor gesagt hatte.

Sie sah, wie Benny seine Aufmerksamkeit von ihrem Hintern löste und ihrem Blick begegnete. Er zwinkerte nur und schaute dann nach unten. Jess konnte nur lachen und den Kopf schütteln, während sie den Flur entlanghumpelte.

KAPITEL SIEBEN

Jessyka saß auf der Couch in Kasons Wohnung und versuchte, nicht zu weinen. Sie hatte für einen Tag genug geweint.

Während der Morgen gut angefangen hatte, war der Rest des Tages beschissen gewesen. Sie hatte ihren Chef in der Kneipe angerufen und er war entsetzt gewesen über alles, was passiert war. Zum Glück hatte er ihr eine ganze Woche freigegeben, da sie eine gute Angestellte war.

Danach hatte Jess das Frauenhaus kontaktiert und die Mitarbeiterinnen dort wissen lassen, dass sie in Sicherheit und bei einem Freund untergekommen war. Jess hatte es sehr gefallen, dass Kason seine Hand auf ihre gelegt hatte, als sie das sagte.

Dann hatte Kason übernommen und Wolf angerufen. Dude hatte bereits mit ihm gesprochen und der

Rest des SEAL-Teams hatte vereinbart, sich bei ihrer alten Wohnung zu treffen und ihre Sachen zu holen. Caroline, die offenbar mit Wolf verheiratet war, hatte darauf bestanden, sie zu begleiten. Jess hatte auch gehen wollen, aber Kason hatte abgewinkt und alles Weitere ohne sie organisiert.

Jess war sauer gewesen, aber nachdem Kason ihr erklärt hatte, dass sie sich um Tabithas Beerdigung kümmern musste, hatte sie nachgegeben. Er hatte recht. Warum sollte sie sich einmischen, wenn seine Freunde ihre Sachen auch ohne sie holen könnten? Tief im Inneren war sie erleichtert, dass sie weder Brian noch sein Haus wiedersehen musste, an das sie nur schreckliche Erinnerungen hatte.

Der letzte Punkt auf ihrer Liste war Tabitha gewesen und auch der eigentliche Grund, warum der Rest ihres Tages so beschissen gewesen war. Kason hatte seine Beziehungen spielen lassen und mit dem Geschäftsführer des Bestattungsunternehmens gesprochen. Der Typ hatte erklärt, dass Tammy darum gebeten hatte, Tabithas Leiche einfach einäschern zu lassen. Sie hatte weder eine Trauerfeier noch eine Beisetzung arrangiert.

Kason hatte dafür gesorgt, dass Jessyka sich verabschieden konnte. Jess hatte keine Ahnung, wie er es gemacht hatte ... er konnte sicherlich nicht einfach dort anrufen und fordern, die Leiche zu sehen, technisch gesehen war sie nicht einmal mit Tabitha verwandt … aber irgendwie hatte Kason es hinbekommen. Am Nachmittag waren sie ins Bestattungsinstitut gefahren. Der Geschäftsführer hatte sie in ein Hinterzimmer geführt und mit Tabithas Leiche alleine gelassen.

Jess blieb wie gelähmt an der Tür stehen und starrte auf die Trage. Sie wusste, dass Tabitha unter dem Laken lag, aber sie wusste nicht, ob sie es ertragen könnte, sie zu sehen.

»Ich kann nicht«, sagte sie mit leiser Stimme.

»Nimm dir Zeit, Jess.« Kason legte seine Arme von hinten um sie und zog sie an seinen Körper. Sie verschmolz mit ihm, verzweifelt nach Unterstützung suchend.

»Ich kann nicht«, wiederholte sie niedergeschlagen.

»Okay.«

Weder Jess noch Kason bewegten sich.

Nach einer gefühlten Ewigkeit, die aber wahrscheinlich nur ein oder zwei Minuten gedauert hatte, machte Jess einen zögerlichen Schritt auf die Trage zu und blieb wieder stehen. Es war fast unverschämt, wie weiß das Tuch war. Sie wünschte, Tabitha würde plötzlich aufstehen und »Überraschung!« schreien und kichern, wie sie es getan hatte, als sie noch jünger gewesen war.

»Was ist, wenn sie nicht wie Tabitha aussieht? So will ich sie nicht in Erinnerung behalten.«

»Bleib hier.« Kason legte seine Hände auf ihre Schultern und drückte sie leicht. Er beugte sich vor und sprach leise in Jess' Ohr: »Ich werde einen Blick auf sie werfen und es dich wissen lassen. Vertraust du mir?«

»Ja.« Jessykas Antwort kam sofort und sie klang erleichtert. »Ich sollte dich nicht darum bitten ...«

»Jess, sieh mich an.« Benny ging um sie herum und stellte sich vor sie, um ihr die Sicht auf den Leichnam zu versperren. Er legte einen Finger unter ihr Kinn. »Ich kann damit umgehen. Ich bin ein SEAL. Dies wird nicht die erste Leiche sein, die ich sehe, okay? Glaub mir, ich kann einschätzen, ob du damit umgehen kannst.«

Jess konnte nur nicken. Sie beugte sich kurz vor und lehnte ihre Stirn gegen Kasons Oberkörper. Sie brauchte diesen Kontakt. Mit ihren Händen packte sie sein T-Shirt. Sie fühlte, wie Kason seine Arme um sie legte und sie mit seinem Körper einhüllte. Ungefähr eine Minute standen sie so da, dann spürte sie, wie Kason seine Arme lockerte. Er küsste sie auf den Kopf und drehte sie sanft herum, sodass sie in Richtung Tür schaute.

»Gib mir eine Sekunde.«

Jess nickte einfach noch einmal. Sie hörte das Rascheln des Lakens und dann nichts mehr. Dann war Kason zurück.

»Es ist okay, komm schon.«

Jess holte tief Luft und drehte sich um. Kason legte seinen Arm um sie und sie gingen gemeinsam zu Tabitha.

Kason hatte das Laken nur so weit heruntergezogen, dass Tabithas Gesicht sichtbar war. Jess unterdrückte ein Schluchzen. Sie schien, als würde sie schlafen. Tabitha war blass, aber ansonsten sah sie so aus wie beim letzten Mal, als Jess sie gesehen hatte.

Dann verlor Jess die Fassung. In ihrem ganzen Leben hatte sie noch nie so heftig geweint. Kason war sehr geduldig und rücksichtsvoll. Er hielt sie fest und redete ihr ermutigend zu. Er hetzte sie nicht, wie viele Männer es getan hätten. Jess glaubte, dass sie mindestens eine Stunde in dem Raum waren. Jedes Mal wenn Jess gehen wollte, konnte sie sich am Ende doch nicht dazu durchringen.

Als sie endlich bereit war, hatte Jess den Eindruck, dass sie innerhalb dieser Stunde mit Tabitha alle fünf Phasen der Trauer durchlaufen hatte. Zuerst hatte sie versucht zu leugnen, dass sie wirklich tot war. Tabitha hatte so normal ausgesehen, dass sie zuerst nicht glauben wollte, dass sie tot war. Dann war sie wütend geworden. Tabitha hatte kein Recht dazu gehabt, sich umzubringen. Es war egoistisch und rücksichtslos ihr gegenüber. Dann war Jess zur Verhandlungsphase übergegangen. Kason musste sie da herausholen. Sie hatte wieder mit ihren »was wäre, wenn« Argumenten begonnen, wie bereits am Abend zuvor. Kason hatte sie sanft daran erinnert, dass es nicht ihre Schuld war und dass Jess nichts hätte tun können, um das Geschehene zu ändern.

Schließlich hatte sie geweint. Bitterlich. Es war wahnsinnig deprimierend, diesen wundervollen Menschen leblos dort liegen zu sehen. Die Welt würde niemals ihre fantastischen Geschichten lesen und erfahren, was für ein großartiger Mensch Tabitha war. Schließlich hatte Jess die Tatsachen akzeptiert. Tabitha war tot. Sie hatte keine Schmerzen mehr. Jess musste sich keine Sorgen mehr machen, dass ihre Freundin übermäßig sensibel war.

Jess wusste, dass sie all diese Gefühle später noch einmal durchmachen würde. Eine Stunde war nicht genug, um vollständig zu heilen. Aber sie wusste, dass sie sich besser fühlte, weil Kason bei ihr war.

Jess hatte Tabitha auf die Stirn geküsst und noch einmal geweint, als sie die Kälte ihrer Haut gespürt hatte. Schließlich hatte Kason das Laken wieder über Tabithas Gesicht gezogen.

»Komm schon, meine Schöne, lass uns gehen.«

Jess hatte genickt und sie waren gegangen. Kason hatte sich bei dem Geschäftsführer bedankt und sie in den gleichen Park gebracht wie an ihrem ersten Abend, als er sie von der Arbeit abgeholt hatte. Er hatte nichts gesagt, sondern ihr nur aus dem Wagen geholfen und sie zu einer Parkbank geführt. Sie hatten über zwei Stunden auf der Bank gesessen und über

Tabitha gesprochen. Als Jess schließlich der Magen geknurrt hatte, hatte Kason ihr wieder in den Wagen geholfen und sie waren zurück in seine Wohnung gefahren.

Jetzt saß sie bequem auf seiner Couch und versuchte, nicht zu weinen. Jess hatte das Gefühl, den ganzen Tag geweint zu haben. Sie hasste es, so ein Weichei zu sein, sie hatte Selbstmitleid nie gemocht. Sie brauchte eine Ablenkung. Sie stand auf und ging in die Küche.

»Kann ich helfen?«

Benny sah Jessyka an. Sie war den ganzen Tag stark gewesen und er war so stolz auf sie. Er wollte etwas gute Hausmannskost für sie zubereiten. Er hatte noch nie zuvor einer Frau erlaubt, ihm in der Küche zu helfen. Das war sein Revier, der Ort, an den er ging, um Anspannung abzubauen. Aber der Gedanke, dass Jess neben ihm stehen und ihm helfen würde, fühlte sich gut an. Es fühlte sich wie der nächste natürliche Schritt in ihrer Beziehung an … was auch immer diese Beziehung war.

»Ich möchte nichts lieber, als dass du mir hilfst, Jess.«

Jessyka neigte den Kopf und wusste irgendwie, dass seine Worte mehr beinhalteten, als sie in diesem Moment verstand, aber sie hatte gerade keine Lust, mehr darüber herauszufinden.

»Wo soll ich hin?«

Benny lachte. Wenn Jess wüsste, wo er sie wirklich haben wollte, würde sie wahrscheinlich schreiend aus der Wohnung laufen.

»Komm her. Du schneidest das Gemüse, während ich die Lasagne vorbereite.«

»Du machst Lasagne? Ist das nicht ... kompliziert?«

Benny beugte sich zu Jess hinüber und kam ihr dabei sehr nahe. »Traust du mir nicht zu, dass ich mit kompliziert umgehen kann?«

Jess schluckte schwer. Es gab Momente, in denen sie glaubte, dass Kason mehr von ihr wollte als nur Freundschaft. Wie jetzt, aber dann benahm er sich wieder nur wie ein Kumpel, wie ein Freund. »I-i-ich bin mir sicher, dass du das kannst«, stotterte sie schnell.

»Ich kann kompliziert meistern, meine Schöne. Glaub mir. Ich koche gern. Ich bin gut darin. Das wird die beste Lasagne werden, die du jemals gegessen hast.«

»Nach dem Omelett heute Morgen zu urteilen, bin ich mir sicher, dass es so sein wird.«

Sie arbeiteten dicht nebeneinander. Jess griff um Kason herum nach dem Messer, während er die Soße und die Nudelplatten in der Auflaufform schichtete. Er reichte über sie hinweg, um ein Stück grünen Paprika vom Schneidebrett zu nehmen, während sie weiterschnitt. Sie lachten und scherzten miteinander. Es war genau das, was Jess gebraucht hatte. Sie fühlte sich ein bisschen normal.

»Hier, koste mal.«

Jess drehte sich um und sah, wie Kason ihr einen Holzlöffel mit einem Klecks Soße hinhielt. Eine Hand hielt er unter den Löffel, um die Soße aufzufangen, falls es tropfte. »Ich garantiere dir, dass ist die beste Soße, die du jemals probiert hast.«

Ohne nachzudenken, griff Jess nach Kasons Hand, mit der er den Löffel hielt, und beugte sich zu ihm vor. Sie öffnete den Mund und sah ihm in die Augen, als sie ihre Lippen um den Löffel schloss. Bei dem heißen Ausdruck in seinen Augen hätte sie sich beinahe verschluckt. Sie zog sich zurück, leckte sich über die Lippen und ließ seine Hand wieder los.

»Gut, nicht wahr?«, fragte Benny, ohne von Jess' Lippen aufzublicken. Er nahm seinen Daumen und wischte damit über ihren Mundwinkel, wo etwas Soße hängengeblieben war. Er unterdrückte ein Stöhnen, als sie mit ihrer Zunge genau über die Stelle leckte, an der er sie gerade berührt hatte.

»Jesus, Kason, das ist das Beste, was ich je probiert habe.«

Bei ihren unschuldigen Worten erwachte Bennys Libido ... schon wieder. Sie hatte sich bei ihrer Aussage sicher nichts gedacht, aber seine Gedanken liefen sofort Amok. Bei ihren Worten, begleitet von dem Bild, wie sie ihren Mund geöffnet, ihn am Handgelenk festgehalten und ihn voller Ehrlichkeit und Vorfreude angesehen hatte, wurde er sofort hart. Er wusste, dass sie genau so aussehen würde, wenn sie vor ihm knien und sich darauf vorbereiten würde, ihn in den Mund zu nehmen.

»Warte nur, bis das Gericht fertig ist, meine Schöne«, brachte Benny heraus und wandte seinen Unterkörper von ihr ab, während er schwer schluckte und versuchte, sich an den harten Tag zu erinnern, den sie gehabt hatte. Nach allem, was passiert war, sollte sie sich nicht auch noch mit seinen offensichtlichen Lüsten befassen müssen.

Nachdem Benny die Lasagne in den Ofen gestellt hatte, schlug er vor, den Salat als Vorspeise zu essen, während sie auf den Hauptgang warteten. Er konnte hören, wie Jess' Magen knurrte, und wollte nicht, dass sie noch eine weitere Stunde warten musste, bis es etwas zu essen gab. Sie saßen an der Küchentheke und aßen Salat. Sie sprachen über nichts Besonderes, bis Benny die aufsteigende Traurigkeit bei Jess bemerkte.

Kurz zuvor hatte Benny über den Tresen nach dem Salzstreuer gegriffen und Jess wäre fast vom Hocker gefallen, als sie versuchte, der Berührung seines Armes auszuweichen.

Benny hatte sofort innegehalten und sie besorgt angesehen. »Ich hole nur das Salz, Jess«, beruhigte er sie.

»Ja, ich weiß ... es tut mir leid.« Sie errötete vor Verlegenheit und wich seinem Blick aus.

Kason legte seine Hand leicht auf ihren Unterarm und streichelte sie mit dem Daumen, während er sprach. »Es braucht dir nicht leidzutun, aber ich hoffe, du weißt, dass du von mir oder einem meiner Teamkollegen nichts zu befürchten hast. Wir mögen groß und gemein aussehen, aber wenn einer von uns in der Nähe ist, brauchst du keine Angst zu haben, verletzt oder angegriffen zu werden.«

»Ich weiß, Kason. Ich *weiß*. Ich habe nur ... es war unterbewusst. Jahrelang auf der Hut sein zu müssen lässt sich nicht innerhalb eines Tages wieder abstellen. Hab einfach Geduld mit mir.«

Benny hob langsam seine Hand an Jess' Wange. »Solange du weißt, dass du bei mir in Sicherheit bist, werde ich versuchen, geduldig zu sein.«

»Ich weiß, dass ich bei dir in Sicherheit bin.«

»Okay, also würdest du mir bitte das Salz geben? Ich hätte gleich fragen sollen, anstatt unhöflich über dich zu greifen. Meine Mutter hätte mir wohl einen Klapps auf den Hinterkopf gegeben.« Er lächelte sie an und versuchte, die Stimmung aufzuhellen.

Jessyka lachte und schüttelte den Kopf. Kason tat nie, was sie erwartete. Sie beugte sich vor, nahm das Salz und gab es ihm.

Später, nach dem Abendessen, hatte Jess zugegeben, dass es tatsächlich die beste Lasagne war, die sie jemals gegessen hatte. Sie saßen auf der Couch und sahen sich ein Footballspiel im Fernsehen an. Jess konzentrierte sich nicht wirklich darauf, aber sie wollte nicht unhöflich sein und Kason sagen, dass sie dieses Spiel hasste. In ihrem Kopf ging sie alles noch einmal durch, was passiert war, und dachte darüber nach, was sie als Nächstes mit ihrem Leben anfangen sollte.

Es klopfte an der Tür und Benny stand auf. »Bleib sitzen.«

»Was bin ich, ein Hund?«, grummelte Jess, bewegte sich aber nicht, als Benny aufstand und in Richtung Tür ging.

Er öffnete sie und sah seine Teamkollegen davorstehen. »Hallo.«

»Hey, Benny. Hier sind die Sachen«, sagte Mozart schroff.

Benny betrachtete seine Freunde, die irgendwie unglücklich aussahen. »Was zum Teufel ist passiert?«, fragte er leise und wollte nicht, dass Jess sie hörte, falls etwas schiefgegangen war.

»Lass uns rein, Benny«, sagte Wolf ernst.

Benny öffnete die Tür und die fünf Männer traten ein. Alle sahen Jessyka an, die jetzt neben dem Couchtisch stand. Sie bemerkten, wie sie die Couch als Sicherheitsabstand zwischen sie gebracht hatte.

»Hallo Leute ...«, begann sie, verstummte jedoch, als niemand ihren Gruß erwiderte.

Benny kam zu ihr, legte seine Hand sanft auf ihren Oberarm und führte sie zu den Männern. »Bevor ihr mit der Sprache rausrückt, was los ist, möchte ich euch offiziell einander vorstellen. Ich weiß, dass ihr Jess kennt, verdammt, wir haben sie fast jedes Mal gesehen, wenn wir bei *Aces* gegessen haben, aber trotzdem, das ist Jessyka mit y, k, a, Allen. Jess, das sind Wolf, Abe, Mozart und Cookie. Und Dude hast du ja bereits kennengelernt.«

Jess sah die Männer an. Sie sahen auf jeden Fall gut aus. Sie waren groß und im Moment war es ein bisschen unangenehm, dass ihre ganze Aufmerksamkeit auf sie gerichtet war. Sie war es gewohnt, dass sie mit ihren Frauen zusammen waren und ihr nicht wirklich Aufmerksamkeit schenkten. »Hi«, war alles, was sie herausbekam. Sie sah zurück zu Kason.

»Hat dieses Arschloch dir das alles angetan?«, knurrte Cookie.

»Jetzt geht es wieder los«, sagte Jess leise. Sie hatte heute bereits Dudes Inspektion überstehen müssen, aber sie fühlte sich nicht in der Lage, das noch einmal durchmachen zu können – oder sogar noch viermal.

»Ja, Brian hat mich geschlagen. Er hat mir wehgetan. Mir geht es gut. Ich habe blaue Flecke, aber sie werden verheilen. Ich bin jetzt hier und nicht mehr da. Ich humple nicht seinetwegen. Ich wurde so geboren, mit einem Bein kürzer als das andere. Ich hatte gerade die beste Lasagne, die ich je gegessen habe, und ich bin nach einem langen, beschissenen Tag ziemlich fertig. Können wir das also bitte hinter uns lassen?«

Überraschenderweise sah sie, wie die Männer ihre Münder verzogen, als wollten sie lachen, aber sie taten es nicht.

»Ja, Süße, wir können das hinter uns lassen«, antwortete Mozart für die Gruppe.

»Gott sei Dank«, kommentierte Jess und widerstand dem Drang, mit den Augen zu rollen.

»Also, wir sind zu deinem alten Zuhause gefahren, um deine Sachen zu holen«, sagte Wolf grimmig. »Es stand eine Menge Zeug draußen neben dem Müllcontainer. Wir hatten gleich ein schlechtes Gefühl dabei und es hat sich herausgestellt, dass es deine Sachen waren.«

Jess schnappte nach Luft. Brian hatte ihre Sachen weggeworfen?

Wolf fuhr fort: »Wir haben alles eingeladen, um es hierherzubringen, während Dude und Abe mit Brian ›gesprochen‹ haben.«

»Ich nehme an, das Gespräch lief nicht sehr gut«, sagte Jessyka. Sie vermutete, dass Brian wahrscheinlich versucht hatte, sich vor den Männern als Macho aufzuspielen. Er hatte nie gewusst, wann er den Mund halten sollte und wann es angebracht war, sein Missfallen zu äußern.

»Nein, es ist nicht gut gelaufen«, antwortete Abe trocken.

»Was hat er getan?«

»Zunächst einmal ist er uns dumm gekommen, was nicht sehr klug war. Dann hat er dich, seine Schwester und jemanden namens Tabitha beleidigt.«

Jess holte tief Luft und spürte nur, wie bei Tabithas Namen der intensive Schmerz zurückkam, den sie früher an diesem Tag gefühlt hatte. Während des Abendessens und während sie mit Kason zusammengesessen hatte, war es etwas abgeklungen, aber nur ihren Namen zu hören brachte alles sofort zurück.

Kason legte seine Hand an ihren Rücken und massierte sie sanft. Seine Berührung gab ihr gerade so viel Halt, dass sie sich wieder konzentrieren konnte.

Abe fuhr fort, ohne ihre Emotionen zu kommentieren. »Wir wollten uns eigentlich nur umschauen und dann wieder verschwinden, bis er anfing, uns zu drohen.«

Die Luft im Raum war wie elektrisiert. Jess wusste nicht, wie sie es sonst beschreiben sollte. Die Männer waren sauer. Sie waren sauer gewesen und waren es offensichtlich immer noch. »Er hat euch gedroht?«

»Ja, uns zu sagen, dass er dich beim nächsten Mal, wenn er dich sieht, noch schlimmer zurichten würde, war keine geschickte Wortwahl. Dude hat ihn dann davon überzeugt, sein Vorhaben noch einmal zu überdenken«, sagte Abe.

»Was hast du gemacht?«, flüsterte Jess entsetzt und sah Dude an.

»Mach dir keine Gedanken darum, Jess«, sagte Wolf zuversichtlich. »Brian wird dich nicht mehr anfassen.«

Jess war entsetzt. »Aber was, wenn ihr in Schwierigkeiten geratet? Ich verstehe nicht, warum ihr eure Karriere für mich riskiert. Ich weiß, dass es hier in der Gegend nur eines Menschen bedarf, der sich über euch auf dem Stützpunkt beschwert. Das könnte eurer Militärkarriere wirklich schaden.«

Wie bereits an diesem Morgen ging Dude auch jetzt auf Jess zu und legte seinen Finger unter ihr Kinn. Jess dachte, dass sie wahrscheinlich ausflippen sollte, aber wie Kason ihr versichert hatte, wusste sie, dass diese Jungs ihr niemals wehtun würden. Aber es war offensichtlich, dass sie ihrem Gesprächspartner gern in die Augen sahen. Kasons Hand an ihrem Rücken trug wesentlich dazu bei, dass sie sich sicher fühlte.

»Er wird dich nie wieder anfassen.« Damit wiederholte Dude genau das, was Wolf gerade gesagt hatte. »Aber solltest du ihm zufällig mal über den Weg laufen, dreh dich um und geh in die andere Richtung. Konfrontiere ihn nicht. Du wirst uns informieren und einer von uns kümmert sich dann darum.«

Er fragte nicht. Er stellte fest.

Jess zog den Kopf aus Dudes Griff und sah die Männer an. »Ich verstehe nichts davon, aber gut. Ich möchte ohnehin nie wieder etwas mit ihm zu tun haben, daher ist es für mich kein Problem.«

»Wir haben uns in deinem alten Haus umgesehen und das mitgenommen, was wir für deine Sachen gehalten haben«, sagte Cookie. »Leider sah es so aus, als hätte er das meiste bereits entsorgt. Was wir im Müllcontainer gefunden haben, war entweder kaputt oder zerstört. Wir haben allerdings ein paar Koffer mit deinen Klamotten gefunden. Aber keine Sorge, Fiona und unsere Frauen haben bereits mit ihrer Mission begonnen, dir jedes Kleidungsstück zu ersetzen, das möglicherweise zerstört wurde ... und dir darüber hinaus so viel Kleidung zu besorgen, dass du im kommenden Jahr jeden Tag ein anderes Outfit tragen kannst.«

Die anderen Männer lachten. Sie kannten offensichtlich ihre Frauen und deren Einkaufsgewohnheiten.

»Aber das kann ich niemals zurückzahlen«, wandte Jess sich verärgert an Kason.

»Du musst es nicht zurückzahlen, Jess«, beruhigte Benny sie.

»Aber ...«

Wolf unterbrach Jessyka, bevor sie weiter protestieren konnte. »Jess, das ist es, was Freunde füreinander tun. Wir kennen dich und wir mögen dich. Du warst in einer verdammt beschissenen Situation. Jeder von uns hätte viel früher etwas tun sollen, aber wir haben es nicht getan.«

»Ich verstehe nicht.«

»Wir haben dich gesehen, Jess. Ich bin sicher, dass Benny es dir erklärt hat. Woche für Woche haben wir gesehen, wie du dich vor unseren Augen verändert hast. Wir wussten nicht genau, was Brian mit dir gemacht hat, aber wir hatten einen Verdacht. Aber keiner von uns hat etwas unternommen. Das war unsere Schuld. Auf diese Weise wollen wir es wiedergutmachen. Und ich würde wirklich gern sehen, wie du Ice oder die anderen Frauen davon abbringen willst, dir diese Sachen zu besorgen. Wenn du glaubst, dass wir streng sind, dann hast du sie noch nicht erlebt.«

Die Männer lachten. Jess wusste nicht, was sie sagen sollte.

Dude hatte sich nicht vom Fleck bewegt, beugte sich jetzt aber vor und küsste Jess auf die Wange. »Ich rate dir einfach mitzuspielen, Jess. Du hast keine andere Wahl.« Er stupste sie ans Kinn und trat einen Schritt zurück. »Ich werde die Sachen holen, dir wir mitgebracht haben.«

Wolf kam als Nächstes auf Jessyka zu und küsste sie auf die andere Wange. »Halte durch, Süße. Die Dinge werden bald besser, versprochen.«

Nacheinander kamen die anderen Männer und küssten sie ebenfalls. Alle beteuerten ihre Unterstützung und gingen dann, um ihre Sachen zu holen.

Jess sah zu Benny auf. »Deine Freunde sind alle so nett zu mir.«

»Sie sind jetzt auch *deine* Freunde, Jess.«

Sie blinzelte. Sie nahm an, dass sie es waren. Jess wusste nicht, wie sie so viel Glück gehabt haben konnte, aber schweigend richtete sie ein Dankesgebet gen Himmel. Vielleicht hatte Tabitha auf sie aufgepasst und dafür gesorgt, dass es ihr gut gehen würde. Jess schloss die Augen und lächelte leise.

KAPITEL ACHT

»Komm schon, Jess, das musst du anprobieren!« Summers Stimme schrillte durch den Laden.

Jess schüttelte den Kopf. »Summer, ich habe schon fast alles im Laden anprobiert. Ich bin müde, pleite und will nach Hause.«

»Nur noch einen Laden. Du musst die neuen Sachen sehen, die sie reinbekommen haben.«

Jess seufzte und folgte Summer aus dem Laden. Die Frauen von Kasons Teamkollegen waren großartig. Sie waren lustig und bodenständig und Jess mochte sie von dem Moment an, in dem sie sich das erste Mal trafen. Sie war davon ausgegangen, dass sie sie mögen würde, nachdem sie sie jede Woche in der Kneipe gesehen hatte. Sie hatten niemals mit dem Finger nach ihr geschnippt und sie waren immer höflich und großzügig mit dem Trinkgeld gewesen.

Sie zog ihr Handy heraus, um Kason eine SMS zu schicken. Sie hatte sich daran gewöhnt, ihm stets eine Nachricht zu schreiben, wenn ihr ein lustiger Gedanke kam. Er antwortete immer. Manchmal nicht sofort, aber zumindest innerhalb weniger Stunden.

Summer treibt mich in den Wahnsinn. Rette mich!

Seine Antwort kam diesmal fast sofort. *Zu viel Einkaufen?*

Ja!

Danach schrieb Kason keine SMS zurück, aber Jess machte sich keine Sorgen. Er versäumte es nie, für sie da zu sein, wenn es wichtig war. Der letzte Monat war für Jessyka unwirklich gewesen. Sie war furchtbar nervös gewesen, bei Kason einzuziehen, obwohl es unnötig gewesen war. Er hatte sein Gästezimmer für sie eingerichtet und ihr einen kleinen Fernseher zur Verfügung gestellt. Wenn sie Freiraum brauchte, hatte sie somit einen Rückzugsort. Er hatte ihr fünfhundert Dollar gegeben, damit sie sich kaufen konnte, was sie brauchte. Jess hatte darauf bestanden, dass es ein Darlehen war, und Kason hatte zugestimmt. Aber sie hatte das Gefühl, dass es ein Kampf werden würde, sollte sie wirklich versuchen, ihm das Geld zurückzuzahlen.

Also versuchte Jess, sich so gut es ging am Haushalt zu beteiligen. Wenn sie ihre Wäsche wusch, kümmerte sie sich auch um seine Sachen. Sie saugte Staub und wusch das Geschirr ab, wenn er kochte.

Sie hatte schnell gelernt, dass er in Bezug auf seine Küche und das Kochen sehr penibel war. Caroline hatte sie angesehen, als wäre sie von einem anderen Stern, als Jess ihr erzählt hatte, dass sie häufig mit Kason zusammen das Abendessen zubereitete. Caroline hatte ihr erklärt, dass Kason sich sonst niemals helfen ließ. Nicht einmal von seinen Teamkollegen. Die Küche war seine Domäne und für niemanden zugänglich, wenn er kochte.

Jess war überrascht gewesen; Kason hatte ihr gegenüber nie etwas darüber erwähnt. Eines Abends hatte sie ihn damit konfrontiert und alles, was er gesagt hatte, war: »Es macht mir nichts aus, wenn du mir hilfst.«

Jess hatte nicht weiter nachgehakt. Ehrlich gesagt genoss sie die Zeit sehr, wenn sie gemeinsam in der kleinen Küche standen und das Abendessen zubereiteten.

Wenn Kason lange arbeiten musste, sorgte Jess dafür, dass etwas zu essen auf ihn wartete, wenn er nach Hause kam. Jess wusste, dass sie nicht so gut kochen konnte wie er, aber Kason gab ihr nie das Gefühl, dass ihre Speisen weniger lecker waren als das, was er selbst zubereitete.

Er hatte zugegeben, dass er meistens nur ein Fertiggericht in der Mikrowelle erhitzt hatte, als er noch allein gelebt hatte. Jess war entsetzt gewesen, aber Kason hatte nur gelacht.

Jessyka gab zu, dass sie an einem Punkt angekommen waren, an dem sie sich mehr von Kason wünschte, aber sie hatte ehrlich gesagt keine Ahnung, was er über sie dachte. Er berührte sie ständig. Er küsste sie auf den Kopf und legte seine Hand an ihre Taille oder ihren Rücken, um sie irgendwohin zu führen. Wenn sie fernsahen, legte er seinen Arm um sie und sie kuschelte sich an seine Seite, aber Jess hatte bisher keine Anzeichen gesehen, dass er mehr als nur Freundschaft wollte.

Seit dieser ersten Nacht hatte Kason sie nicht mehr so in seinen Armen gehalten. Hin und wieder, wenn Jess einen Albtraum hatte, sehnte sie sich nach Kasons Armen, um sich sicher zu fühlen. Aber sie lag nur hellwach allein in ihrem Bett und wartete darauf, dass der Schreck nachließ.

Das Zusammenleben mit Kason zeigte ihr, was er und seine Teamkollegen durchmachten, um so in Form zu bleiben, wie sie es waren. Fast jeden Morgen trainierten sie. Sie liefen fünfzehn Kilometer am Strand entlang, schwammen, fuhren Rad und stemmten Gewichte ... ganz zu schweigen von den Kampfübungen, die sie auf dem Stützpunkt machten, um Rettungseinsätze oder was auch immer zu proben. Sie hatten ständig Besprechungen und andere Dinge, über die sie nicht sprechen durften.

Sie waren sehr beschäftigte Männer. Aber jedes Mal, wenn Jess Kason anrief oder ihm eine SMS schickte, antwortete er. Jess hatte keine Ahnung, wie er es machte, aber sie fühlte sich dadurch besonders. Sie hatte sich noch nie so gefühlt. Brian war niemals zu ihr geeilt, selbst wenn sie auf Knien um seine Hilfe gebettelt hatte. Sie erinnerte sich an einen Abend, als sie noch zusammen waren. Sie hatte ihn angerufen, weil sie eine Reifenpanne hatte und nervös war, weil es schon spät und dunkel gewesen war. Er hatte sie gerügt, dass sie ihn so spät angerufen hatte, da er früh aufstehen und zur Arbeit gehen musste. Jess hatte schließlich den Pannendienst anrufen müssen und es hatte über eine Stunde gedauert, bis der Reifen gewechselt war, bevor sie endlich nach Hause fahren konnte. Sie hatte schnell begriffen, dass es keinen Sinn hatte, Brian um Hilfe zu bitten.

Jessyka hatte keine Ahnung, wie sie herausfinden sollte, ob Kason sie mehr als nur als Freundin mochte. Sie hatte Angst davor. Was, wenn er es nicht tat? Sie würde sich in seiner Gegenwart unbehaglich fühlen und wahrscheinlich würde es ihre Freundschaft ruinieren. Sie fühlte sich wie ein Schulmädchen, das von ihrem Schwarm besessen war. Jess wusste, dass der erste Schritt, um ihre Beziehung auf die nächste Ebene zu bringen, darin bestand, aus seiner Wohnung auszuziehen. Sie musste sich eine eigene Wohnung suchen. Dann könnte sie vielleicht vorsichtig in tiefere Gewässer vorstoßen und ausloten, ob Kason ihre

Beziehung über eine Freundschaft hinaus vertiefen wollte.

Jess erschrak, als Summers Telefon klingelte. Sie gingen gerade durch das Einkaufszentrum in Richtung des großen Kaufhauses am anderen Ende.

»Hey, Mozart. *Pause.* Ich bin mit Jessyka einkaufen. *Pause.* Wirklich? *Pause.* Aber ... *Pause.* Okay, bis gleich. *Pause.* Ich liebe dich auch. Tschüss.«

Jess versuchte, ein Lächeln zurückzuhalten, das aus ihr herauszubrechen drohte.

»Oh Jess, es tut mir leid, aber das war Mozart. Ich muss los.«

»Ist alles in Ordnung?«

Jess konnte das Grinsen nicht länger unterdrücken, als Summer rot wurde. »Ja, er hat den Rest des Nachmittags frei ... er will, dass ich nach Hause komme.«

»Kein Problem, Summer. Wir können später weiter einkaufen.«

»Ja.«

Jess holte ihr Handy heraus, als sie mit Summer durch das Einkaufszentrum zurück in Richtung Ausgang ging. Sie schickte eine kurze SMS ab.

Danke. Du hast mir das Leben gerettet.

Für dich tue ich doch alles, meine Schöne.

»Summer, kannst du mich bei *Aces* absetzen? Da ich etwas Zeit habe, will ich dort vorbeischauen und meinen Zeitplan für die nächsten zwei Wochen abholen. Ich will meinen Chef auch fragen, ob ich ein paar Extraschichten arbeiten kann.«

»Alles okay? Brauchst du Geld?«

»Immer bietet ihr mir Geld an«, grummelte Jess. »Nein, mir geht es gut. Ich denke darüber nach, Kason nicht länger zu nerven und mir eine eigene Wohnung zu suchen. Ich habe schon etwas gespart und wenn ich noch einige Extrastunden arbeite, werde ich in ein paar Wochen genug haben.«

Summer bekam einen seltsamen Gesichtsausdruck und sah Jess an. »Hast du schon mit Kason darüber gesprochen?«

»Nein, aber ich hatte es vor.«

»Ich denke, das solltest du tun, bevor du weitere Pläne machst oder einen Mietvertrag unterschreibst.«

»Natürlich werde ich das, Summer. Ich würde ihn niemals hintergehen. Er ist der beste Freund, den ich jemals hatte.«

Summer schaute sie weiterhin komisch an.

»Was? Warum siehst du mich so an?«

»Was denkst du über Kason?«

»Warum fragst du mich das? Du weißt, dass ich ihn mag.«

»Ja, aber *magst* du ihn oder magst du ihn nur?«

»Sind wir jetzt wieder in der Schule oder wie?« Jess äußerte den Gedanken, den sie früher gehabt hatte.

»Beantworte einfach meine Frage, Jess.« Als Jessyka schwieg, blieb Summer stehen und drehte sich zu ihrer Freundin um. »Pass auf, normalerweise ist Caroline diejenige, die das macht, aber es sieht so aus, als müsste ich einspringen, jetzt, wo du es angesprochen hast. Jess, Kason mag dich.«

»Ja, ich bin seine Freundin, ich mag ihn auch.«

»Nein, hör auf, dich dumm zu stellen. Er *mag* dich. Jesus, Jess, denkst du, er würde einfach eine Frau in seiner Wohnung wohnen lassen? Dieser Mann ist versessen auf Privatsphäre. Er ist verschlossen. Versteh mich nicht falsch, aber er hatte sein ganzes Leben nur One-Night-Stands. Er hat noch nie jemandem erlaubt, mit ihm zusammen zu kochen. Niemandem. Und dann kommst du, wohnst bei ihm, kochst mit ihm und schreibst mit ihm SMS, damit er dich vor deiner verrückten Freundin rettet, die mit dir einkaufen will.« Summer lächelte bei ihren letzten Worten, um ihnen die Schärfe zu nehmen.

Jess wurde rot, verlegen darüber, dass Summer wusste, dass sie Kason eine Nachricht geschickt hatte, um sie hier rauszuholen.

»Ich will dir damit sagen, dass er mehr möchte, als nur mit dir befreundet zu sein. Wir wissen nicht, worauf er wartet, aber ich gehe davon aus, dass er auf ein Zeichen von dir wartet, dass du das auch willst. Wenn du das nicht tust, dann zieh auf jeden Fall aus. Such dir eine eigene Wohnung. Leb weiter dein Leben. Aber wenn du ihn auch *magst*, dann lass es ihn wissen.

Ich garantiere dir, dass er dich nicht hängen lassen wird.«

»Was ist, wenn es unsere Freundschaft ruiniert?«

»Oh, Jess. Das wird es nicht, das schwöre ich dir. Kason und du kennt euch schon so lange, wie keine von uns Frauen unsere Männer gekannt hat, bevor wir zusammengekommen sind ... das heißt, *falls* ihr zusammenkommt. Für die meisten von uns war es wie Liebe auf den ersten Blick. Wir haben eine Weile dagegen angekämpft, aber es ging trotzdem sehr schnell. Aber im Vergleich zu uns kennt ihr euch schon eine *Ewigkeit*. Ja, ihr lernt euch gerade erst wirklich kennen, aber ihr habt eine Basis, die keine von uns hatte, weil ihr als Freunde zusammengelebt habt. Und das ist gut so. Ich bitte dich nur, ihn anständig zu behandeln. Wir lieben Kason. Denk darüber nach, okay?«

Jess konnte nur nicken. Mochte Kason sie wirklich mehr als nur als Freundin? Sie begann, den letzten Monat noch einmal zu durchdenken. Sie versuchte, ihre Begegnungen und seine Berührungen zu analysieren ... Summer unterbrach ihre Gedanken.

»Hör auf, so viel darüber nachzudenken, Jess. Finde es heraus. Sag ihm, dass du heute Abend mit ihm sprechen möchtest, und lass ihn wissen, wie du dich fühlst. Sag ihm, dass du wissen möchtest, ob er den Wunsch hat, eure Freundschaft auf die nächste Stufe zu heben. Wenn er das nicht tut, wird er es dir sagen und du kannst mit deinen Plänen fortfahren, dir eine eigene Wohnung zu suchen. Aber wenn er es will, dann wirst du keinen anderen Mann finden, der bereitwilliger und engagierter sein wird, dich glücklich zu machen und dich zu beschützen, als ein Navy SEAL. Das kann ich dir versprechen.«

»Es macht mir Angst, aber du hast recht, Summer. Vielen Dank.«

»Gern geschehen.« Summer nahm Jess am Arm und zog sie zum Ausgang. »Jetzt schreib ihm eine SMS und lass ihn wissen, dass ich dich an der Kneipe absetze und er dich in ungefähr einer Stunde abholen soll.«

»Du bist fast genauso herrisch wie dein Mann, wusstest du das?«

»Ja, ich habe vom Besten gelernt. Jetzt komm schon, lass uns von hier verschwinden. Ich erwarte, dass du mich anrufst oder mir eine SMS schickst, sobald er dich wieder zu Atem kommen lässt.«

»Bist du dir so sicher, was Kasons Antwort angeht?«

»Oh ja. Du hast ja keine Ahnung, was auf dich zukommt.« Summer grinste wissentlich, als sie Jess zu ihrem Wagen zog. Sie konnte es kaum erwarten, den anderen Frauen davon zu erzählen, dass sie ihren Plan in Gang gesetzt hatte. Hoffentlich wäre Jess das nächste Mal, wenn sie sich sahen, eine von ihnen.

KAPITEL NEUN

Du kannst mich von Aces abholen, wann immer du Zeit hast.

Ich bin in zwanzig Minuten da. Warte drinnen, bis ich eintreffe.

Bei Kasons SMS verdrehte Jessyka die Augen. Sie tat immer verärgert über seinen Befehlston, aber tief im Inneren machte es ihr nichts aus. Es bedeutete, dass er sich um sie sorgte. Brian war immer verärgert gewesen, wenn sie ihn gebeten hatte, sie irgendwo abzuholen, also war es eine schöne Abwechslung. Sie hasste es, Kason ständig mit Brian zu vergleichen, aber die Unterschiede waren so deutlich, dass sie nicht anders konnte.

Jess legte das Telefon zur Seite und stütze sich wieder mit den Ellbogen auf die Theke. Es war nachmittags. Die Mittagsgäste waren weg und es war noch zu früh für die Gäste, die Abendessen oder einen Drink haben wollten. Sie hatte mit ihrem Chef gesprochen und er war gern bereit gewesen, sie für ein paar Extraschichten einzuteilen.

Jess nahm an, dass die meisten Leute es hassen würden, als Kellnerin zu arbeiten, aber ihr machte es ehrlich Spaß. Jeder Tag war anders und sie war gut darin. Sie brauchte sich die Bestellungen nicht aufzuschreiben, sie konnte sich alles im Kopf merken und im Laufe der Jahre war sie zu genau der Art von Kellnerin geworden, die sich jeder wünschte. Manchmal machte sie auf gute Freundin, manchmal hielt sie sich im Hintergrund und tat eher geschäftsmäßig. Sie wusste sogar, wie weit sie beim Flirten gehen konnte, damit es nicht als »Einladung« interpretiert wurde.

Jess war in Gedanken verloren darüber, wie sie heute Abend mit Kason reden würde, als Brian und ein paar andere Männer hereinkamen. Seit dem Abend, an dem er sie verprügelt hatte und Tabitha gestorben war, hatte sie ihn nicht mehr gesehen. Brian richtete den Blick sofort auf sie. Bei seinem Blick blieb Jess für einen Moment fast das Herz stehen. Brians Arm war von den Fingerspitzen bis zur Schulter eingegipst.

Jess wurde plötzlich übel und sie hatte Angst, obwohl sie sich an einem öffentlichen Ort befanden und überall Menschen waren. Sie griff nach ihrem Telefon und ging in den hinteren Teil der Kneipe zum Büro. Sie klopfte an die Tür und ihr Chef öffnete.

»Kann ich hier warten, bis Kason mich abholt?«

»Sicher. Stimmt etwas nicht?« Mr. Davis war ein großer Mann. Er war selbst einige Jahre bei der Navy gewesen. Jess hatte keine Ahnung wie lange, aber nachdem er ausgestiegen war, hatte er die Kneipe gekauft, die er seitdem betrieb. Er hatte ihr mehrmals erzählt, wie er darüber nachdachte, sich zur Ruhe zu setzen, aber Jess würde es erst glauben, wenn sie es selbst sah. Er liebte *Aces*. Es war sein Baby.

»Mein Ex ist gerade reingekommen. Das ist alles.«

Ihr Chef stand auf und war bereit, in den Barbereich zu eilen. Kason hatte sich mit ihm zusammengesetzt und sich mit ihm unterhalten. Er musste dafür sorgen, dass Mr. Davis wusste, wie gefährlich Brian war und wie wichtig es war, dass er Jessyka fernblieb. Mr. Davis hatte ihm sofort recht gegeben. Er war vielleicht pensioniert und auch kein SEAL, aber er schien trotzdem zu allem bereit zu sein, um Jess zu verteidigen.

Jess streckte ihre Hand nach Mr. Davis aus und versuchte, ihn zu beruhigen, damit er nicht in den Schankraum eilte und Brian rausschmiss. »Nein, es ist in Ordnung. Er hat nichts getan, er macht mich nur nervös. Wenn ich nur hier warten kann, ist alles in Ordnung.«

»Kein Problem. Ich weiß, dass du jetzt diese SEAL-

Freunde hast, aber wenn du etwas brauchst, bin ich für dich da.«

»Danke, Mr. Davis. Das weiß ich zu schätzen. Wirklich.«

Jess wartete im Büro und spielte Solitaire auf ihrem Handy, bis es vibrierte.

Bin da.

Jessyka stand auf und nahm ihre Handtasche. »Danke, Mr. Davis. Kason ist da. Wir sehen uns dann morgen. Nochmals vielen Dank für die Extraschicht.«

»Ich werde dich rausbringen. Und natürlich kannst du mehr arbeiten, Jess. Warum du daran gezweifelt hast, ist mir ein Rätsel. Du bist die beste Kellnerin, die ich je hatte.«

Jess schüttelte den Kopf und lächelte. Sie war sich nicht sicher, ob es stimmte, aber es war nett von ihm, das zu sagen.

Mit ihrem Chef an der Seite ging sie zurück in den Schankraum und sah sich nervös nach Brian um. Er saß am anderen Ende des großen Raumes, auf der anderen Seite der Tanzfläche, und starrte sie an. Er kniff seine Augen zusammen und formte irgendwelche Wörter mit dem Mund. Jess blieb nicht stehen, um herauszufinden, was es war. Sie ging, so schnell sie konnte, zum Ausgang, ohne dabei verzweifelt zu wirken.

Als sie zum Ausgang kamen, öffnete Mr. Davis die Tür für sie. Jess war erleichtert, Kason nicht weit vom

Ausgang entfernt auf der Beifahrerseite seines Wagens stehen zu sehen. Sie winkte ihrem Chef zu und humpelte zu Kason, so schnell ihre Beine sie tragen konnten. Sie umarmte ihn fest, als sie ihn erreichte. Ihr einziger Wunsch war es, seine Arme um sich zu fühlen ... sich sicher zu fühlen.

»Hallo. Stimmt etwas nicht?«

»Nein, können wir einfach fahren?«

Benny zog sich von Jess zurück, hielt sie an ihren Oberarmen fest und sah ihr in die Augen. Er sah zu ihrem Chef, der noch an der Tür der Kneipe stand, und dann zurück zu Jess. Irgendetwas stimmte definitiv nicht, aber der Parkplatz war nicht der richtige Ort, um darüber zu diskutieren. Sie sah ansonsten okay aus, keine sichtbaren Verletzungen, wobei Benny sich besser fühlte.

»Okay, Jess, wir fahren. Steig ein.«

Jess verschwendete keine Zeit und begab sich in die Sicherheit seines Wagens. Kason schloss ihre Tür, ging um die Motorhaube herum und setzte sich auf den Fahrersitz. Wortlos fuhr er los.

Jessyka konnte nicht widerstehen und drehte sich noch einmal nach der Kneipe um, als sie wegfuhren. Die Tür war jetzt geschlossen und niemand kam heraus, niemand folgte ihr. Sie atmete erleichtert auf und wandte sich wieder nach vorne.

Erst als Kason etwas sagte, wurde Jess klar, dass sie

wahrscheinlich etwas umsichtiger mit ihren Handlungen sein sollte.

»Ich weiß nicht, wonach zum Teufel du Ausschau hältst, aber du solltest dich besser darauf vorbereiten, es mir zu erzählen, wenn wir nach Hause kommen.«

Jess sah zu Kason hinüber und bemerkte, wie sein Kiefermuskel zuckte. Mit seinen Händen umklammerte er das Lenkrad und sein Körper war angespannt. Oh, oh.

»Mir geht es gut, Kason. Es ist nichts passiert.«

»Aber irgendetwas hat dich verängstigt.«

Scheiße. Sie konnte ihm nichts vormachen. »Ja.« Jess legte ihre Hand auf Kasons Oberschenkel und spürte, wie er sich unter ihrer Berührung anspannte, bevor er sich ein wenig beruhigte.

Bis sie an seiner Wohnung ankamen, wurde kein Wort mehr gesprochen. Er parkte und ging um den Wagen herum, um Jess beim Aussteigen zu helfen. Er legte seine Hand auf ihren Rücken und folgte ihr zur Tür. Er schloss die Tür auf und führte sie hinein. Sobald sie drinnen waren, warf Kason seinen Schlüssel in den Korb neben der Tür und verschränkte die Arme vor der Brust.

»Wir sind zu Hause. Raus mit der Sprache.«

Jess zögerte nicht. Sie stellte ihre Handtasche neben den Schlüsselkorb auf den Tisch und wandte sich Kason zu. »Brian ist in die Kneipe gekommen, während ich auf dich gewartet habe.«

»Scheiße.«

»Es ist okay, er hat nicht mit mir gesprochen.«

»Warum bist du dann so aufgeregt, Jess?«

»Es klingt dumm.«

Benny trat einen Schritt vor und zog Jess in seine Arme. Er legte ihr eine Hand an den Hinterkopf und drückte sie an seinen Oberkörper. Den anderen Arm wickelte er um ihre Taille, bis sie sich von der Hüfte bis zum Kopf berührten. »Es ist nicht dumm.« Seine Stimme wurde etwas leiser.

»Er hat mich komisch angesehen.«

Anstatt sie auszulachen, fragte Benny einfach: »Auf welche Weise?«

Jess holte tief Luft und atmete Kasons Duft ein. Sie würde nie genug davon bekommen. Er roch nach der Seife, die er an diesem Morgen benutzt hatte, und ... nach Mann. Sie hatte keine Ahnung, wie sie es beschreiben sollte. Es war wahrscheinlich eine Mischung aus seinem Schweiß und seinem natürlichen Geruch, aber es war wie ein Aphrodisiakum für sie. Jess spürte, wie sich ihre Brustwarzen zusammenzogen. Es war in diesem Moment völlig unangemessen, aber sie konnte nichts dagegen tun. Als sie sich daran erinnerte, dass er ihr eine Frage gestellt hatte, antwortete sie ihm schließlich.

»Er war sauer. Er kam mit einer Gruppe von Männern herein und starrte mich direkt an. Ich bin nach hinten in Mr. Davis' Büro gegangen, um auf dich zu warten. Als du kamst und ich gehen wollte, hat er die Augen zusammengekniffen und irgendetwas gemurmelt. Ich weiß nicht, was es war, weil ich nur noch dort rauswollte.«

»Braves Mädchen«, beruhigte Benny sie. »Das hast du gut gemacht.«

Ohne aufzusehen, flüsterte Jess: »Er hatte einen Gipsarm.«

»Ja, ich weiß.«

Dabei sah Jess auf. »Das weißt du?«

»Ja, das waren die Jungs, als sie deine Sachen geholt haben.«

Jess konnte Kason nur überrascht und bestürzt anstarren. Sie konnte seine Worte nur wiederholen. »Das waren die Jungs?«

»Ja. Ich habe dir gesagt, dass er ein Arschloch ist. Sie mussten ihn davon überzeugen, dass sie es ernst meinten. Er weiß jetzt, dass er Ärger bekommt, sollte er sich noch einmal an dir vergreifen. So einfach ist das.«

Jess legte den Kopf zurück auf Kasons Brust und versuchte, ihre Gedanken zu ordnen. Sie war sich nicht sicher, was sie von dem halten sollte, was seine Freunde getan hatten.

»Willst du darüber reden?«

»Vielleicht.«

»Okay, lass mich etwas zu essen für uns machen. Du nimmst ein heißes Bad und versuchst, dich zu entspannen. In ungefähr einer Stunde wird das Essen fertig sein. Ist das genügend Zeit?«

Jess nickte, löste sich aber nicht aus Kasons Umarmung.

Benny liebte das Gefühl von Jessyka in seinen Armen. Er wollte nichts lieber, als sie in sein Schlafzimmer zu tragen, sie auszuziehen und sie zu verwöhnen, aber er musste erst wissen, ob sie das auch wollte. Er zog sich zurück und legte seine Hand an ihre Wange.

»Eine Stunde?«

»Ja, okay, Kason.«

Benny konnte nicht widerstehen, er beugte sich zu ihr vor und küsste sie auf die Stirn. Dann auf ihre Nase und dann zum ersten Mal, seit sie bei ihm eingezogen war, berührte er ihre Lippen mit seinen. Der Kontakt war nur leicht und unaufdringlich. »Los, jetzt nimm dein Bad, meine Schöne.«

Benny sah, wie Jess sich über die Lippen leckte, als würde sie ihn noch einmal schmecken wollen. »Okay«, flüsterte sie, bevor sie sich von ihm entfernte.

Jess drehte sich um und humpelte davon. Benny unterdrückte ein Stöhnen, das aus seiner Kehle zu kommen drohte. Es war kein Witz gewesen, als er ihr vor ungefähr einem Monat gesagt hatte, dass ihr Gang höllisch sexy wäre. Ihre Hüften schwankten verführerisch hin und her, wenn sie ging. Es törnte ihn mehr an als der Gang eines professionellen Laufstegmodels.

Ein Teil der Anziehungskraft kam daher, dass sie absolut keine Ahnung hatte, wie sexy sie war. Überhaupt. Keine. Ahnung. Sie war völlig unwissend.

Benny drehte sich zur Küche um. Er hatte eine Stunde Zeit, um seiner Frau einen Gaumenschmaus zuzubereiten. Er wusste, dass Jess einiges auf der Seele lastete, aber Benny hoffte, dass es ihr besser gehen würde, nachdem sie sich unterhalten hatten.

Fünfzig Minuten später kam Jess den Flur entlang. Sie trug das gleiche T-Shirt, das sie sich am ersten Tag geliehen hatte. Benny lächelte. Sie hatte sich geweigert, es zurückzugeben, und behauptete, er hätte es ihr geschenkt. Benny hatte damit überhaupt kein Problem. Sie könnte jedes Hemd von ihm haben, das sie wollte. Ihm gefiel es, sie in seinen Sachen zu sehen, und er mochte den Gedanken daran, wie sie darunter wohl aussehen mochte.

Ihre Haare waren noch nass. Es war noch nicht lang genug, um es wieder zu einem Zopf binden zu können, aber es würde nicht mehr lange dauern. Jess hatte ihm erklärt, dass sie sich die Haare hatte schneiden lassen, weil Brian immer daran gezogen hatte, um ihre Aufmerksamkeit zu erregen. Kason hatte den scharfen Kommentar, den er von sich geben wollte, zurückgehalten und ihr einfach versichert, dass er sie mit kurzen oder langen Haaren mochte, solange es ihr selbst gefiel.

Jess' Wangen waren von dem heißen Bad gerötet

und Benny konnte einen leichten Schweißfilm auf ihrer Stirn sehen. Sie war wunderschön und Benny wusste, dass er nie eine Frau so sehr gewollt hatte, wie er sie wollte.

»Setz dich auf die Couch, wir werden dort essen.«

»Kann ich helfen?«

»Nein danke. Ich habe alles unter Kontrolle. Lass dich von mir verwöhnen.«

»Du verwöhnst mich immer.«

»Nun, dann lass mich damit weitermachen. Setz dich.« Benny lächelte, als er das sagte, damit Jess wusste, dass er sie neckte. Er entspannte sich, als sie zurücklächelte und seiner Bitte nachkam.

Benny nahm einen befüllten Teller zusammen mit einigen Servietten, klemmte sich zwei Flaschen Wasser unter den Arm und ging hinüber zu Jess.

»Jesus, Kason, du solltest mich helfen lassen. Ich hätte etwas tragen können.«

»Ich sagte doch, ich habe alles unter Kontrolle.« Benny beugte sich vor, sodass Jess ihm die Flaschen abnehmen konnte. Er drehte sich um, stellte den Teller auf den Couchtisch und setzte sich neben sie. Er zog die Decke von der Rückenlehne der Couch und zog Jess an seine Seite. Die Decke legte er über ihren Schoß, damit sie nach ihrem Bad nicht fror.

Dann nahm er den Teller mit den Speisen, lehnte sich wieder zurück und zog Jess gegen sich.

»Was hast du gemacht?«

»Pizzabrötchen.«

»Komplett selbst gemacht?«

»Ja.«

Jess lächelte. Mit Worten sagte er: »Ja«, aber sein Tonfall drückte aus: »Natürlich, was sonst.«

Jessyka griff nach einem der Pizzabrötchen, aber Kason hielt es außerhalb ihrer Reichweite.

»Na, na. Lass mich das machen.« Benny nahm eines der hausgemachten Pizzabrötchen und pustete, damit sie sich beim Hineinbeißen nicht verbrennen würde. Er probierte kurz und befand die Temperatur als akzeptabel, bevor er es Jess hinhielt.

Sie sah ihn ungläubig an.

»Mund auf.«

Als Jess mit ihrer Hand danach greifen wollte, hielt Benny es erneut außerhalb ihrer Reichweite. »Mund auf«, wiederholte er.

Jess öffnete den Mund, ohne den Blick von Kason abzuwenden, während er ihr das Pizzabrötchen in den Mund schob. Er steckte es zwischen ihre Zähne und sie biss ab. Ein Teil der Soße tropfte heraus, aber Kason fing sie mit dem Finger auf. Er hob den Finger an seinen Mund und leckte die rote Soße ab, die er gerade von ihrem Mund abgewischt hatte.

Sie sahen sich weiter in die Augen. Jess kaute den ersten Bissen zu Ende und Kason hielt den Rest des Pizzabrötchens an ihre Lippen. Pflichtbewusst öffnete sie den Mund und fühlte, wie Kason mit dem Daumen ihre Lippe berührte, als sie ihren Mund um die Köstlichkeit schloss.

Kason fütterte sie weiter. Er wechselte zwischen Essen und Füttern ab. Jedes Mal nahm er zuerst selbst einen Bissen, um sich davon zu überzeugen, dass es nicht zu heiß war, bevor er sie abbeißen ließ.

Jessyka kam sich komisch vor. Sie wusste, dass sie wegen Brian und dem, was die SEALs ihm angetan hatten, ausflippen sollte, aber im Moment brachte sie es einfach nicht fertig. Nach Kasons Umarmung, dem Bad und der Fütterung jetzt fühlte sie sich weich, wie ein großer Marshmallow.

Als die Pizzabrötchen alle waren, beugte Kason sich vor und stellte den leeren Teller wieder auf den Couchtisch. Er lehnte sich zurück, drehte sich um und zog Jess in seine Arme.

Benny hielt sie fest in seinen Armen, als er sie auf der Couch herumdrehte. Er positionierte sie so, dass er auf dem Rücken lag und Jess halb auf ihm drauf. Ihr Kopf ruhte auf seiner Schulter und ein Arm lag auf seinem Bauch. Er hatte seinen Arm um ihre Schultern gelegt und der andere ruhte leicht auf ihrer Hand auf seinem Bauch. Er seufzte zufrieden.

Seit ihrer ersten Nacht in seiner Wohnung hatte Benny sich nicht mehr den Luxus erlaubt, mit Jess zu kuscheln. Sie hatte sich auf der Couch an ihn gelehnt, wenn sie fernsahen, aber das war nicht dasselbe. Er wollte ihr Freiraum geben. Er wollte sie nicht zu etwas drängen, für das sie möglicherweise nicht bereit war. Aber er wollte sie. Er wollte sie jetzt noch mehr als vor einem Monat. Benny wusste alles über Jess, was er wissen musste, bis auf eins. Was empfand sie für ihn?

Benny hatte den letzten Monat damit verbracht, über sie zu fantasieren. Nicht nur dass er mit einem Ständer aufwachte und sich erst darum kümmern musste, bevor er zum Training aufbrechen konnte, sondern er ging auch jede Nacht mit einer Erektion ins Bett und stellte sich vor, wie Jess in ihrem Bett aussah, nur ein Zimmer von ihm entfernt. Jetzt, wo Jessyka bei ihm lebte, musste er seine Bettwäsche viel öfter waschen.

»Liegst du bequem? Tut dein Bein weh?«

»Mir geht es sehr gut, Kason. Das hier ist perfekt.«

Benny zog Jess an sich und küsste sie noch einmal auf die Stirn, bevor er sich wieder zurücklehnte. »Gut. Jetzt rede mit mir.«

Jess zögerte nicht, sondern sagte, was sie dachte. »Es ist nicht so, dass es mich kümmert, was mit Brian los ist, weil es mich wirklich nicht interessiert. Aber ich mache mir Sorgen um die Jungs. Was ist, wenn Brian zur Polizei geht? Was ist, wenn sie in Schwierigkeiten geraten? Was ist, wenn Brian Caroline oder einer der anderen Frauen nachstellt? Was, wenn …«

»Schhhh, warte, meine Schöne, lass mich auf eine Sorge nach der anderen reagieren, okay?« Benny wartete, bis Jess nickte, bevor er fortfuhr: »Erstens wird

Brian nicht zur Polizei gehen. Die Beamten wissen bereits, was er dir angetan hat. Denk daran, dass sie im Krankenhaus Fotos gemacht haben. Brian weiß, dass sein Wort gegen das eines SEALs stehen würde. Wer glaubst du, würde dabei gewinnen?« Er wartete nicht auf ihre Antwort und fuhr fort: »Wolf hat mit unserem Kommandanten über das gesprochen, was passiert ist, und ihn im Wesentlichen vorgewarnt. Natürlich hat er nicht alle Details erwähnt, aber genügend, um das Team verteidigen zu können, sollte er über offizielle Kanäle etwas davon erfahren. Und schließlich würde Brian nie im Leben einer der Frauen nachstellen. Er weiß, dass er uns hoffnungslos unterlegen wäre. Außerdem werden alle Frauen rund um die Uhr überwacht.«

»Wie meinst du das?«

Benny seufzte. Er hatte keine Ahnung, wie Jess das aufnehmen würde, aber er wusste, dass er ihr Hintergrundinformationen geben musste. »Was weißt du über die Vergangenheit der Frauen?«

Jess sah zu Kason auf. Er klang so ernst. »Ich weiß ein bisschen, aber nach dem Ausdruck auf deinem Gesicht zu urteilen offensichtlich nicht genug.«

Benny legte seine Hand auf Jess' Kopf und ermutigte sie, sich wieder hinzulegen. »Wolf hat Caroline während einer Flugzeugentführung kennengelernt. Sie haben es überlebt, aber die Terroristen haben sie aufgespürt und sie entführt. Alabama ist vor Abe abgehauen, weil er etwas furchtbar Dummes getan und sie verletzt hatte. Es hat Wochen gedauert, bis wir sie ausfindig gemacht hatten. Sie hat auf der Straße gelebt. Cookie hat Fiona in Mexiko auf einer Rettungsaktion für eine andere Frau gefunden. Sie und die andere Frau waren von Sklavenhändlern entführt worden. Sie war ungefähr drei Monate in Gefangenschaft gewesen, als wir sie da rausgeholt haben, und niemand hatte gewusst oder sich dafür interessiert, dass sie weg war. Summer wurde von einem Mann gefangen genommen, der Mozarts kleine Schwester entführt, gefoltert und ermordet hatte, als er noch an der Highschool war. Cheyenne wurde als Geisel genommen und man hat ihr eine Bombe um den Körper geschnallt ... zweimal. Und was vor nicht allzu langer Zeit mit Cheyenne, Summer und Alabama passiert ist, nachdem sie aus der Kneipe entführt wurden, weißt du ja.«

Benny holte tief Luft. Nun zum schwierigen Teil. »Die Jungs haben sich zusammengetan und waren sich einig, dass diese Scheiße ein Ende haben muss. Wir haben einen Freund, der in Virginia lebt ... Tex. Er war früher auch ein SEAL, wurde aber verletzt und macht jetzt irgendeine Computerscheiße von zu Hause aus. Er kann jeden ausfindig machen. Er hat uns mehrmals geholfen, das Leben jeder einzelnen Frau zu retten. Er macht irgendwelchen illegalen Mist, von dem wir so tun, als wüssten wir nichts davon, und er hat Kontakte zu allen Zweigen des Militärs und wahrscheinlich auch in jedem Bundesstaat. Wir ignorieren alles, was illegal sein könnte, weil es funktioniert und er uns mehr als ein Mal damit gerettet hat. Er überwacht jetzt die Frauen. Sie werden ständig von ihm geortet. Jeden Tag, egal wo sie sind.«

»Aber Kason ...«

»Ich bin noch nicht fertig. Lass mich zu Ende erzählen, dann beantworte ich alle Fragen, die du hast.« Benny wartete auf Jess' Zustimmung und fuhr dann fort: »Sie wissen davon. Sie haben zugestimmt. Sie haben alle Probleme mit dem, was ihnen zugestoßen ist. Sie fühlen sich besser, wenn ihre Männer immer wissen, wo sie sind, falls – Gott bewahre – ihnen wieder etwas passieren sollte. Die Arbeit, die wir machen, ist gefährlich. Wir müssen verhindern, dass irgendein Arschloch, das wir gefangen genommen, verletzt oder besiegt haben, zurückkommt und versucht, sich zu rächen, indem er unsere Frauen entführt. Ihre Schuhe sind verwanzt, ihre Taschen, einige ihrer Kleider. Sogar in mehreren ihrer Schmuckstücke sind Ortungsgeräte eingebaut. Jess, auch wenn du alles andere vergisst, was ich dir gesagt habe, erinnere dich daran: Die Frauen wissen davon und haben dem zugestimmt. Wir sind keine manipulativen und kontrollsüchtigen Arschlöcher, was wir zugegebenermaßen auch manchmal sein können, aber nicht in diesem Fall.

Obwohl Brian nichts davon weiß, haben die Jungs ihm klar gemacht, dass er bezahlen wird, wenn er auch nur daran *denkt*, sich an ihren Frauen zu vergreifen. Und wenn er dafür bezahlt, wird es keine Verbindung zu uns geben. Tex kennt Leute. Ich weiß, dass er einem Team der Delta Force genauso nahe steht wie uns. Es könnte Rache genommen werden, ohne dass einer von uns in irgendeiner Weise involviert ist.«

»Das klingt ja fast nach der Mafia, Kason. Das gefällt mir nicht.«

»Ich weiß, und es tut mir leid, Jess. Aber so sind wir. Wir sind eine Familie, ja, ein bisschen wie die Mafia, aber wir gehen nicht herum und schüchtern Leute ein oder verletzen sie. Ich glaube sogar, dass es das erste Mal ist, dass die Jungs Tex' wiederholtes Angebot überhaupt in Erwägung ziehen.«

Benny ließ seine Worte wirken. Die Stille dauerte mindestens fünf Minuten, aber es fühlte sich nicht unangenehm an.

Schließlich sagte Jess: »Glaubst du wirklich, ich bin in Sicherheit? Er wird sich nicht an mir rächen?«

»Ich denke wirklich, dass du in Sicherheit bist. Wenn ich das nicht glauben würde, würde ich es dir sagen. Ich würde es dir sagen, damit du wachsamer sein kannst. Das würde ich dir nie vorenthalten.«

»Überwachst du mich auch?«

Auf diese Frage hatte Benny von dem Moment an

gewartet, in dem er erwähnt hatte, dass die anderen Frauen überwacht wurden. »Nein.«

»Warum nicht?«

Das hatte er *nicht* von ihr erwartet. »Ich habe dir ja gesagt, dass die Frauen über die Geräte Bescheid wissen. Ich würde das niemals ohne deine Zustimmung tun.«

Ohne aufzusehen, sagte Jess mit brechender Stimme: »Ich denke, ich würde mich dadurch sicherer fühlen.«

»Dann werde ich es arrangieren.« Benny zögerte nicht.

»Aber Kason, bei mir ist es etwas anderes. Ich bin nur …« Jess hielt inne und dachte darüber nach, wie sie ihre Gedanken ausdrücken sollte und was Summer ihr heute erzählt hatte. »Ich bin nicht mit dir zusammen. Ich bin nur eine Freundin. Das ist nicht das Gleiche.«

Benny rutschte unter Jessyka hervor und rollte sie herum, bis sie flach auf dem Rücken auf der Couch lag und er sich über sie beugen konnte. Eine Hand hatte er unter ihren Nacken geschoben.

»Darf ich ehrlich mit dir sein, Jess? Ich war heute Abend bereits ziemlich offensiv. Kannst du noch mehr aushalten?«

»Von dir? Ja.«

Benny zögerte nicht und suchte keine Ausflüchte mehr. »Ich will dich. Ja, du bist eine Freundin, aber ich möchte mehr. Ich möchte dein Liebhaber sein. Ich möchte, dass du in meinem Bett schläfst. Ich möchte sehen, wie du nackt in meinem Bett liegst und auf mich wartest. Ich möchte dich morgens unter der Dusche sehen, während ich mich rasiere. Du machst schon meine Wäsche und kochst für mich, wenn ich nicht zu Hause bin, um es selbst zu tun. Wir benehmen uns bereits wie ein Paar, nur ohne die Intimität. Ich wollte dir Freiraum geben. Ich wollte, dass du dir sicher bist. Ich bin mir jetzt schon eine ganze Weile sicher. Seit ungefähr einer Woche nach deinem Einzug will ich dich in meinem Bett haben.«

»Ist das alles, was du willst, Kason? Weil ich nicht glaube, dass ich mit einer rein sexuellen Beziehung mit dir umgehen könnte. Dazu bin ich emotional zu involviert.«

»Zur Hölle, nein, das ist nicht alles, was ich will. Wenn ich nur auf eine schnelle Nummer aus wäre, könnte ich das jeden Tag haben. Ich will *dich*, Jess. Du hast keine Ahnung, wie sehr ich dich will. Ich möchte unbefangen deine Hand halten, wann und wo immer ich will. Ich möchte dich auf meinen Schoß ziehen und meine Arme um dich legen, wenn du bei *Aces* auf mich zukommst. Ich möchte dich für mich beanspruchen, damit kein anderer Kerl dich mehr ansieht, wenn du dich mit deinem sexy Gang fortbewegst. Ich möchte, dass jeder weiß, dass du mir gehörst. Kannst du damit umgehen?«

»Ja, ich denke, das kann ich.« Jess lächelte Kason an, so glücklich wie seit langer Zeit nicht mehr.

Sie sahen sich beide schwer atmend an.

»Haben wir uns gerade darauf geeinigt, miteinander zu gehen?«

Benny lachte. »Diesen Begriff habe ich seit der siebten Klasse nicht mehr gehört. Und nein, wir haben uns nicht darauf geeinigt, miteinander zu gehen. Du hast dich damit einverstanden erklärt, dass du ab jetzt mir gehörst. Du hast zugestimmt, dass ich mich um dich kümmern und dich beschützen werde. Du hast zugestimmt, in meinem Bett zu schlafen und in meinem Bad zu duschen, wenn ich auch dort bin. Und dass ich meine Hände und Lippen auf dich legen darf, wann und wo immer ich will.«

»Äh ...«

»Ich werde dich jetzt küssen, Jess, und ich werde nicht damit aufhören, bis wir beide so erschöpft sind, dass wir in meinem Bett ins Koma fallen.«

Benny wartete auf ihre Zustimmung. Er würde niemals etwas tun, was sie nicht wollte.

»Gott, bitte, Kason. Ich warte schon seit einer Ewigkeit darauf, deine Lippen endlich auf meinen zu spüren.«

Benny senkte den Kopf, um sich das zu nehmen, was ihm endlich gehörte.

KAPITEL ZEHN

Benny ließ den Kuss nicht langsam angehen, er presste seine Lippen auf Jessykas und spürte, wie sich Gänsehaut auf seinen Armen bildete, als sie sofort den Mund für ihn öffnete. Jess war nicht schüchtern, sie zögerte nicht, sie nahm alles, was er ihr zu geben hatte.

Er steckte seine Zunge in ihren Mund und schwelgte in ihrem Geschmack. Benny war noch nie zuvor durch einen Kuss so erregt worden. Wenn er nicht so lange darauf gewartet hätte, genau da zu sein, wo er jetzt war, in ihr, hätte er die ganze Nacht damit verbringen können, sie einfach nur zu küssen. Aber er war zu ungeduldig. Er musste alles von ihr sehen. Benny brauchte Jess in seinem Territorium, in seinem Bett.

Er unterbrach den Kuss und richtete sich auf. Benny presste seine Härte gegen Jess' Bein. Er lächelte und stöhnte, als er spürte, wie sie ihre Hüften gegen ihn drückte.

»Du bist so verdammt sexy und du bist die Meine. Komm schon, ich muss dich in mein Bett bringen.« Es schien nicht schnell genug gehen zu können. Sie hatten sich im Laufe des letzten Monats sehr gut kennengelernt und es fühlte sich richtig an, den nächsten Schritt zu tun, jetzt, da sie die Ungewissheit zwischen ihnen ausgeräumt hatten.

Benny stand von der Couch auf und streckte Jess eine Hand entgegen. Sie zögerte nicht, sondern legte sofort ihre Hand in seine und erlaubte ihm, sie von der Couch hochzuziehen, wobei die Decke unbemerkt auf den Boden fiel.

»Geh vor mir, Jess. Ich möchte deine Hüften in der Gewissheit schwanken sehen, dass ich sie bald für mich allein habe. Du hast keine Ahnung, wie sehr ich diese Hüften und diesen Arsch in meinem Bett sehen will.«

Jess wurde rot, tat aber, was Kason verlangte. Sie war mutig und übertrieb ihr Hinken noch etwas, als sie den kurzen Flur entlangging. Sie lächelte, als sie hörte, wie Kason stöhnte. Es machte Spaß, ihn anzutörnen, besonders wenn sie wusste, dass es mit ihrer Befriedigung enden würde. Zumindest hoffte sie, dass es so sein würde.

Sie betrat sein Schlafzimmer und holte tief Luft. Es

roch nach ihm. Sie drehte sich um, als sie eintrat, und sah Kason an.

Er riss sich das Hemd über den Kopf. »Zieh dein Hemd aus, meine Schöne. Lass mich dich sehen.«

Ohne nachzudenken, begann Jess, die Knöpfe an ihrem Hemd zu öffnen.

Benny ging zu ihr und schob ihre Hände beiseite. »Zu langsam, heb die Arme.«

Jess lächelte nur über die Ungeduld in seiner Stimme. Sofort war Kasons Mund an ihrem Hals. »Ich erinnere mich noch, wie du vor ein paar Wochen auf Dudes Worte über Flecke am Hals einer Frau reagiert hast. Ich muss *mein* Zeichen auf dir sehen und ich will, dass es alle anderen auch sehen.«

Jess hatte noch nie zuvor so viel Spaß beim Vorspiel oder beim Sex gehabt. »Jetzt, wo wir miteinander gehen, ist es wahrscheinlich Pflicht, auch einen Knutschfleck zu haben.«

Sie spürte, wie sich Kasons Lippen an ihrem Hals zu einem Lächeln verzogen, bevor sie stöhnte und den Kopf zurückfallen ließ. Er saugte fest an ihrem Hals und sie spürte, wie er mit den Zähnen knabberte und mit seiner Zunge über ihre Haut fuhr. Ein Hand war mit ihrer Brust beschäftigt. Kason hatte ihr noch nicht den BH ausgezogen, aber mit seinen Fingern spielte er über und unter dem Stoff und streichelte ihre Brustwarze, bis sie hart wurde.

»Oh Gott, Kason. Ja. Das fühlt sich so gut an.«

Ohne seine Hand von ihrer Brust zu nehmen, strich er mit der anderen Hand über Jessykas Körper. Benny hob den Kopf gerade lange genug, um mit zufriedener Stimme »Gänsehaut« zu murmeln, bevor er sich wieder ihrem Hals zuwandte.

Er hielt seine Lippen auf ihrer Haut, drückte sie aber langsam rückwärts, bis sie mit den Beinen gegen die Matratze stieß. Benny drückte sie weiter, bis Jess keine andere Wahl hatte, als sich zu setzen. Schließlich hob er den Kopf und sah ihr in die Augen, während er beide Hände zu ihren Brüsten schnellen ließ. Er spielte mit ihr, fuhr mit den Fingern unter ihren BH und über ihre Brustwarzen, bevor er sich zurückzog und mit den Händen über den BH strich.

Jess fuhr mit ihren Fingern über seinen Körper, während er sie streichelte. Kasons Oberkörper war unglaublich. Hart und muskulös. Er hatte keine einziges Gramm Fett am Körper, zumindest nirgends, wo Jess es hätte sehen können. Sie konnte sich nicht helfen und hob ihre Finger an seine Brustwarzen und drückte sie zusammen.

Benny stöhnte und packte Jess an den Handgelenken. »Oh nein, noch mehr davon und das hier wird zu Ende sein, bevor wir überhaupt richtig angefangen haben.«

Jess schmollte: »Aber ich möchte auch spielen.«

»Oh, du wirst spielen können, keine Sorge, aber zuerst

bin ich an der Reihe. Du hast den Vorteil, mehrmals zum Höhepunkt kommen zu können, während wir armen Männer uns mit einem Mal zufriedengeben müssen.«

»Mehrmals?«, fragte Jess verwirrt.

»Oh scheiße. Wirklich? Das weißt du noch nicht? Verdammt, das wird mir Spaß machen. Zieh deinen BH aus und lehne dich zurück.«

Jess konnte Kason nur dabei zusehen, wie er einen Schritt von ihr zurücktrat. Sie spürte sofort den Verlust. Schnell nahm sie ihre Arme auf den Rücken und löste den Verschluss des BHs. Sie ließ ihn auf den Boden fallen, rutschte zurück auf das Bett und lehnte sich zurück, wie Kason es verlangt hatte.

»Schließe die Augen und gib dich einfach deinem Gefühl hin.«

Sie schloss sofort die Augen. Jess wusste, dass sie in diesem Moment fast alles tun würde, was Kason von ihr verlangte. Sie beide wussten das.

Jess spürte Kasons Hände an ihrem Hosenbund. Er öffnete den Knopf ihrer Jeans und sie hörte, wie er den Reißverschluss öffnete. Aber anstatt ihr die Hose sofort herunterzuziehen, fuhr er nur mit den Fingern über ihren Bauch und den Hosenbund.

»Ich habe mich wochenlang gefragt, wie du hier unten aussiehst. Rasierst du dich? Bist du völlig nackt? Oder lässt du ein kleines Büschel stehen? Vielleicht machst du auch gar nichts und bist so wild wie deine

Persönlichkeit. Soll ich mich trauen zu raten, meine Schöne?«

Als Jess den Mund öffnete, um seine rhetorische Frage zu beantworten, spürte sie, wie er seine Finger auf ihre Lippen drückte. »Nein, sag es mir nicht. Ich möchte es selbst herausfinden.«

Schließlich zog Kason ihre Jeans aus. Sie war jetzt fast vollständig nackt und nur noch von ihrem schwarzen Baumwollslip bedeckt. Jess' Atem glich beinahe einem Hecheln. Sie war so bereit für das hier.

»Öffne die Augen und sieh mich an.«

Jess öffnete die Augen und ihre Blicke trafen sich. »Wunderschön. Du siehst einfach wunderschön aus in meinem Bett.« Bei seinen Worten zogen sich ihre Brustwarzen zusammen. Er ließ den Blick über ihren Körper wandern und dann zurück zu ihren Augen.

»Sobald wir das tun, lasse ich dich nicht mehr gehen, Jess. Also, sei dir sicher.«

»Ich bin sicher.« Ihre Worte kamen stark und unmittelbar. »Wenn wir das tun, gehörst du auch mir. Es gilt in beide Richtungen.«

»Scheiße, ja, das tut es. Ich bin dein, du bist mein. Verflucht, ich liebe das.«

Jess lächelte. Kasons Sprache wurde immer schmutziger, je erregter er war.

Benny zögerte den Augenblick weiter hinaus herauszufinden, wie sie unter ihrem Höschen aussah. Er beugte sich vor und nahm zum ersten Mal ihre

Brustwarze in den Mund. Jess' Brüste waren nicht übermäßig groß, aber sie waren perfekt. Benny kannte sich nicht aus mit den Größen, aber sie passten perfekt in seine Hände. Er drückte ihre Brüste und nahm dann ihre Brustwarzen zwischen Zeigefinger und Daumen.

»Magst du das, Jess?«

Jessyka drückte den Rücken durch. Gott, seine Finger fühlten sich so gut an. Unruhig bewegte sie sich unter ihm. »Jesus, Kason, bitte!«

»Bitte was, meine Schöne?«

»Ich weiß es nicht!« Jess schaute hoch und sah das breite Lächeln auf Kasons Gesicht.

»Oh ja, das wird Spaß machen.«

Er nahm seine Hände von ihrem Körper und beugte sich auf seinen Knien über sie. Benny führte seine Hände an seine eigene Jeans und öffnete quälend langsam den Reißverschluss. Sobald er sein Werk vollbracht hatte, schaute sein Schwanz durch den Schlitz in seinen Boxershorts hindurch.

Jess konnte nicht anders als zu kichern.

Benny lächelte. Er hatte noch nie beim Sex gelacht. Mit Jess fühlte sich alles neu an.

»Es sieht so aus, als würde er sich bereits darauf freuen, herauszukommen und zu spielen.«

»Oh ja, er freut sich allerdings, aber er muss noch etwas warten. Ich habe da noch ein paar Dinge, die ich vorher erledigen muss.«

»Dinge?«

»Dinge«, bestätigte er mit einem Lächeln.

Jess sah zu, wie Kason sich zur Seite beugte und die Jeans über seine Beine zog. Dann rutschte er auf das Bett, bis sein Gesicht direkt über ihrem feuchten Slip war. Mit seinem Zeigefinger strich er über die Naht und dann wieder nach oben.

»Ganz feucht.«

Jess stöhnte. »Ja ... Bitte.«

»Für mich.«

»Ja, Kason. Für dich.«

»Das gefällt mir.«

Jess erwiderte diesmal nichts, weil sie wusste, dass er mit ihr spielte. Stattdessen zog sie die Knie an und spreizte die Beine.

»Oh ja, ich kann riechen, wie sehr du mich willst. Du willst es doch, oder, Jess?«

»Ja, Kason. Jaaa. Bitte mach weiter! Ich sterbe sonst.«

Anscheinend lösten ihre Worte in Kason jede verbliebene Hemmung, denn er griff zum Nachttisch und schnappte sich das Messer, das dort lag. Er klappte es auf und sah Jess an.

Sie zuckte nicht einmal zusammen, hob nur die Hüften und murmelte: »Oh ja, verdammt ja.«

Benny lächelte. »Machst du dir keine Sorgen, was ich damit machen werde?«

»Du solltest damit besser mein Höschen

aufschneiden und dich über mich hermachen, wenn du weißt, was gut für dich ist.«

Benny lachte. Jess war verdammt noch mal perfekt für ihn. Er hatte gespürt, dass diese Seite von ihr unter der niedergeschlagenen Person gelauert hatte. Brian hatte sie verletzt, aber nicht gebrochen. »Beweg dich nicht.« Er legte eine Hand auf ihren Bauch und drückte sie nach unten, damit sie nicht versehentlich zuckte oder sich bewegte. Benny wollte sie nicht schneiden, sondern nur das Gummiband an ihrer Unterwäsche durchtrennen. Er schob die Klinge unter den Stoff an ihrer Hüfte und zog das Messer nach oben. Er brauchte nicht viel Druck. Wie bei jedem guten SEAL war die Klinge rasiermesserscharf. Dann wiederholte er den Vorgang auf der anderen Seite. Er klappte das Messer wieder zu und warf es auf den Nachttisch. Klappernd rollte es über den Tisch und blieb an der Wand liegen.

Benny wusste, dass ihn jetzt nichts mehr aufhalten würde, also zog er sich langsam von Jess' Slip zurück und seufzte anerkennend. Sie war nicht komplett nackt, aber ordentlich rasiert. Ihre Lippen waren rasiert, aber oben hatte sie einen kleinen Streifen stehen lassen. Mit seinen Fingern fuhr er darüber. »Verdammt, Frau«, hauchte er und senkte dann den Kopf.

Jessyka war nervös gewesen in Bezug darauf, was er von ihrer Intimrasur halten würde, vergaß aber bald schon alles, einschließlich ihres eigenen Namens. Kason hatte recht gehabt, Frauen konnten sicherlich mehr als ein Mal kommen, solange sie einen Mann hatten, der wusste, was er tat.

Und Kason wusste *definitiv*, was er tat. Erst nachdem sie ihn gebeten hatte aufzuhören, setzte er sich und wischte sich mit der Hand über den Mund. »Gott, du schmeckst so gut. Ich schwöre, Jess, das könnte ich die ganze Nacht machen.«

Jessyka lächelte ihn schwach an. Sie hatte vor Kason nur einen einzigen Liebhaber gehabt, und Brian war mit Sicherheit nicht hiermit zu vergleichen. »Du bist dran, Kason.«

»Nein, jetzt sind *wir* dran.«

Kason rutschte vom Bett und stand auf, damit er seine Boxershorts ausziehen konnte. Sein Schwanz war hart und stand steif nach oben. Es sah für Jessyka nicht gerade angenehm aus. Er öffnete die Schublade neben dem Bett und holte eine brandneue Schachtel Kondome heraus. Schnell öffnete er sie, schnappte sich ein Kondom und zog es über. Er kroch zurück aufs Bett und zu Jess hinüber.

»Bist du bereit für mich?«

»Ich glaube, ich bin schon mein ganzes Leben lang bereit für dich.«

Bei ihren Worten sah Jess, wie Kasons Gesichtsausdruck sanft wurde und er sich vorbeugte, um sie zu küssen. Gleichzeitig spürte sie, wie er in sie hineinglitt.

Er senkte sich langsam in sie hinein, als ob er irgendwie wüsste, wie lange es für sie her war. Als er schließlich vollständig in ihr war, seufzte er und zog sich gerade weit genug zurück, um ihr Gesicht zu sehen.

Jess konnte die Anspannung in seinem Gesicht sehen. Er hielt sich zurück. Sie hasste es. »Lass dich gehen, Kason. Ich will dich. Du wirst mich nicht kaputt machen.«

»Es ist schon eine Weile her für dich, meine Schöne, ich möchte dir nicht wehtun.«

»Du wirst mir nicht wehtun. Gott, Kason, du hast mich so gut vorbereitet. Nach zwei Orgasmen bin ich so durchnässt, dass ich alles nehmen kann, was du zu bieten hast. Lass endlich los. Mach mich zu deiner Frau.«

»Du *bist* verdammt noch mal meine Frau.« Es war, als ob ihre Worte etwas in ihm lösten. Er zog sich zurück und hämmerte in sie hinein. Jess konnte fühlen, wie seine Hoden gegen ihren Körper schlugen, wenn er in sie hineinstieß. Sie legte ihre Arme um ihn und packte seinen Hintern.

»Ja, Kason. Noch mal. Mach das noch mal.«

Er tat es wieder und wieder. Kason hob seinen Oberkörper und schlug mit seinen Hüften gegen sie. Jess beugte sich vor, klammerte sich um seinen Rücken und drückte ihr Gesicht auf seine Brustmuskeln direkt neben seiner Brustwarze. Sie saugte so fest sie konnte und knabberte mit den Zähnen daran. Wenn Kason sie als die Seine markieren konnte, könnte Jess das Gleiche bei ihm tun.

Als sie mit der Spur zufrieden war, die sie hinterlassen hatte, zog sie sich zurück und sah ihn an. Kason lächelte. Er hatte sie offensichtlich dabei beobachtet, wie sie ihn markierte. »Zufrieden?«

»Oh ja, meiner.«

»Deiner. Scheiße ja, Jess. Deiner.«

Benny hatte sich noch nie in seinem Leben so verbunden mit einem anderen Menschen gefühlt. Die Bindung, die er zu seinem SEAL-Team hatte, empfand er als eng, aber das war nichts im Vergleich hierzu. Zu sehen, wie sie seine Haut markierte, war höllisch sexy. Er wollte in Jessyka hineinkriechen und niemals wieder herauskommen. Er wollte sie auf seine Haut prägen und sich im Gegenzug auf ihre. Bei diesem Gedanken beschleunigte sich Bennys Herzschlag und er konnte den Gedanken nicht mehr loswerden, sein Sperma auf ihre Haut zu spritzen.

»Ich will etwas tun.«

»Ja, alles.«

Benny lächelte. Jess wusste nicht einmal, was er wollte, aber sie stimmte trotzdem zu.

»Ich will dich mit meinem Sperma markieren. Ich will auf deine Haut spritzen.«

»Ja, Kason, Gott ja. Das ist so verdammt heiß.«

»Gib es mir noch einmal, meine Schöne, noch

einmal, dann bin ich an der Reihe.« Benny beugte sich vor und griff zwischen ihre Körper, um Jess' Klitoris zu streicheln, während er weiter gegen ihren Körper hämmerte. Benny spürte, wie sich Jess' innere Muskeln um seinen Schwanz zusammenzogen, als sie sich ihrem Orgasmus näherte.

»Das ist es, Jess, das ist es. Lass dich gehen. Gib es mir.«

Jess warf den Kopf zurück und bohrte ihre Fingernägel in Kasons Oberarme. »Oh ja. Gott, das fühlt sich so gut an. Ich komme ...«

Benny konnte Jessykas Höhepunkt spüren, als sich ihre inneren Muskeln zusammenzogen und ihn fest umklammerten, während er weiter in ihre enge Muschi hineinstieß. In dem Augenblick, in dem Jess aufhörte zu zittern, zog er seinen Schwanz heraus und riss das Kondom ab. Er konnte seinen Erguss keine Sekunde länger zurückhalten. »Schau mich an, Jess. Sieh dir an, was du mit mir tust.«

Jessyka öffnete die Augen und sah nach unten. Sie hatte in ihrem ganzen Leben noch nie etwas Erotischeres gesehen. Kason kniete immer noch zwischen ihren Schenkeln, aber in schnellen Zügen strich er auf seinem Schwanz auf und ab und zielte dabei auf ihren Bauch. Sie griff nach ihm und wollte seine Härte in ihrer Hand spüren, aber es war zu spät. Er warf den Kopf zurück und es brach aus ihm heraus. Fasziniert beobachtete Jess, wie Kason sich während seines

Höhepunkts in Impulsen über sie ergoss. Sie legte eine Hand auf ihren Bauch und verrieb sein Sperma auf ihrer Haut, während er sich weiter entleerte.

Nach dem scheinbar intensivsten Höhepunkt, den er jemals hatte, öffnete Benny schließlich die Augen, nur um zu sehen, wie Jess mit ihren Händen über sein Sperma auf ihrem Bauch fuhr. Als sie bemerkte, dass er sie ansah, griff sie nach seinem Schwanz und strich die letzten Tropfen seines Ergusses heraus.

»Gott, das war so wahnsinnig sexy«, sagte sie vollkommen ehrlich zu ihm. »Ich liebe es, dich dabei zu beobachten und dich auf mir zu spüren.«

Benny hob eine Hand an ihr Gesicht. »Probiere mich.« Er konnte nicht anders, er musste sie darum bitten. Und Jess zögerte keine Sekunde. Sie nahm seine Hand und führte seinen Daumen in ihren Mund. Benny konnte seine Nässe an ihrer Hand spüren, als sie sein Handgelenk festhielt. Sie leckte und saugte das Sperma von seinem Finger.

Sanft ließ Benny sich auf sie fallen. Er konnte die Nässe zwischen ihren Beinen spüren, als sie ein Bein über seine Hüfte schob. Er konnte seinen eigenen Erguss zwischen ihnen auf ihrem Bauch spüren, genauso wie er spüren konnte, wie sie mit ihrer feuchten Hand über seinen Rücken und zu seinem Hintern fuhr.

Er grinste. »Wir brauchen eine Dusche.«

»Ich mag es so. Es ist echt. Roh. Ich hatte es noch nie so. Es war immer anständig und fromm.«

»Ich möchte nichts darüber hören, was früher war«, warnte Benny, ohne den Kopf zu heben.

»Ich meinte nur, dass mir das etwas bedeutet. Ich mag es. Ich mag uns. Manche Leute denken vielleicht, dass es eklig ist, aber ich finde es natürlich und echt. Können wir nur noch ein bisschen so liegen bleiben?«

»Natürlich. Aber mach mir keine Vorwürfe, wenn du nachher klebst und dich unbehaglich fühlst.«

Jess lachte. »Okay. Werde ich nicht, versprochen.«

Später an diesem Abend, viel später, nach einer Dusche, bei der beide erneut zum Höhepunkt kamen, dachte Benny darüber nach, wie er diesen Punkt in seinem Leben erreicht hatte. Zum ersten Mal war er glücklich. Wirklich glücklich. Er wusste vielleicht nicht genau, wie es dazu gekommen war, aber er wusste, dass er es nie wieder anders haben wollte.

KAPITEL ELF

Jessyka sah zu Fiona hinüber, als sie zu Carolines und Wolfs Haus fuhren. Sie war sich nicht sicher, ob sie das wirklich wollte. Sie mochte die anderen Frauen, aber eine Pyjamaparty ging doch weit über das hinaus, was sie gewohnt war.

»Vielleicht solltest du mich lieber nach Hause bringen, Fiona.«

»Auf keinen Fall. Das ist Tradition. Immer wenn die Männer auf eine Mission geschickt werden, verabreden wir uns, um uns zu betrinken, zu weinen und uns gegenseitig beizustehen. Dann machen wir mit unserem Leben weiter, bis sie wieder nach Hause kommen. Du bist jetzt eine von uns, also gehörst du dazu.«

Dieses ganze »jetzt eine von ihnen zu sein« war für Jessyka immer noch unwirklich. Es hatte nicht lange gedauert, bis die anderen Jungs und ihre Frauen herausgefunden hatten, dass sich die Beziehung zwischen Kason und ihr verändert hatte. Zur Hölle, die Männer hatten beim nächsten Training nur einen Blick auf den Knutschfleck auf Kasons Brust werfen müssen und hatten es sofort gewusst. Dasselbe galt für die Frauen, als sie das nicht weniger auffällige Mal gesehen hatten, das Kason auf ihrem Hals hinterlassen hatte.

Jess war rot geworden, aber Summer hatte sie nur fest umarmt und gesagt: »Ich habe es dir gesagt.«

Eine Woche, nachdem Jess und Kason begonnen hatten, ihre Beziehung zu vertiefen, waren die Teammitglieder zu einer Mission einberufen worden. Sie konnten nicht sagen, wohin sie mussten oder wann sie zurück sein würden. Das war das Schwierigste daran, mit einem SEAL zusammen zu sein. Sie wurden spontan abgezogen und durften nichts darüber sagen, wohin sie geschickt wurden oder wann sie zurück sein würden.

Jess hatte ein bisschen geweint, aber Kason hatte sie nur festgehalten und sie gebeten, ihm zu vertrauen, und ihr versichert, dass er und das Team wussten, was sie taten. Sie würden so bald wie möglich zurück sein.

Nun war sie also hier, ausgerechnet bei einer Pyjamaparty. Mr. Davis hatte ihr den Abend freigegeben und anscheinend steckte sie hier fest, bis sie am nächsten Morgen fliehen könnte.

»Hey Leute! Es wird aber auch Zeit, dass ihr kommt.« Caroline stand an der Haustür und winkte ihnen zu.

»Sieht so aus, als hättet ihr schon ohne uns angefangen«, sagte Fiona lachend, als sie ihre Taschen aus dem Kofferraum des Wagens holte.

Sie hatten tatsächlich ohne sie angefangen. Als sie das Haus betraten, war es offensichtlich, dass Caroline und Alabama bereits ordentlich einen im Tee hatten und Summer und Cheyenne ihnen nicht sehr weit hinterherhinkten.

»Wir sind so froh, dass du hier bist, Jess! Wirklich! Wir *wussten*, dass Kason bald jemanden finden würde, wir hatten aber keine Ahnung, dass *du* es sein würdest! Du bist unglaublich!«

Jess konnte sie nur anlächeln.

»Hier! Du musst aufholen! Probiere das! Wir haben es heute Abend erfunden!« Alabama schob ihr ein Glas hinüber mit etwas, das aussah wie Milch. »Ich weiß, es sieht eklig aus, aber versuche es trotzdem!«

Jessyka nahm einen kleinen Schluck und befürchtete, dass es eklig schmecken würde. Dann sah sie überrascht auf.

»Ha! Ich habe dir gesagt, dass es gut ist! Schmeckt wie die übrig gebliebene Milch in einer Schüssel Zimt-Müsli, nicht wahr?«

»Oh mein Gott! *Genau so* schmeckt es! Was ist das?« Jess konnte nicht glauben, wie gut das Getränk schmeckte. Sie mochte den Geschmack von hartem Alkohol nicht, konnte in dem Getränk aber nicht wirklich etwas herausschmecken.

»Es ist Rum Chata und Vanillekuchen-Wodka.«

»Rum was?«

»Frag nicht, trink einfach!«

Und das taten sie. Schließlich verlegten sie ihr geselliges Miteinander ins Gästezimmer im Keller und lagen ausgestreckt auf dem Bett, dem Boden und einem flauschigen Stuhl, der in der Ecke des Raumes stand.

Der Raum fing langsam an, sich um Jessyka zu drehen, aber sie fühlte sich, als würde sie schweben. Also war es okay.

»Ich mag es nicht, wenn die Männer weg sind«, sagte Cheyenne in die Pause ihrer Unterhaltung hinein.

»Das tut keine von uns, aber wir haben uns, und dadurch wird es einfacher«, sagte Caroline zuversichtlich.

»Wie kann es einfacher werden? Da draußen wird auf sie geschossen oder noch Schlimmeres«, grummelte Cheyenne.

»Weil sie gut in dem sind, was sie tun. Weil sie nach Hause kommen werden. Weil wir als Frauen von Navy SEALs hart im Nehmen sind und damit umgehen müssen«, war Alabamas Antwort.

Schließlich stellte Jess eine Frage, die sie niemals

zu stellen gewagt hätte, wenn sie nicht die letzten drei Stunden getrunken hätte. »Seid ihr nicht nervös, wenn sie weg sind? Ich meine, habt ihr keine Angst um euch selbst?«

Fiona redete nicht um den heißen Brei herum und kam gleich zum Punkt. »Du meinst, weil uns wieder jemand entführen könnte?«

»Ja, oder verletzen oder ausrauben oder so.«

»Nein. Wir haben ja Tex«, sagte Fiona sachlich.

»Tex. Kason hat mir etwas über Tex erzählt«, sagte Jess abwesend.

»Du meinst, er hat seine Nummer noch nicht in deinem Telefon eingespeichert?«, fragte Summer verwirrt.

»Nein, ich glaube nicht«, sagte Jess ehrlich.

Fiona sagte nichts weiter, sondern zog einfach ihr Handy aus der Tasche und drückte ein paar Tasten. Im nächsten Moment hörten alle über den Lautsprecher, wie es klingelte.

»Hey, Fiona, was ist los?«

»Tex!«

»Ja, Mädchen, du hast mich angerufen. Was brauchst du?«

»Kason hat deine Nummer noch nicht in Jess' Telefon eingespeichert«, sagte Fiona, als wäre es eine Straftat.

»Ja, er hat auch noch keine Ortungsgeräte für sie eingerichtet«, antwortete Tex ruhig.

»Machst du Witze?«

Alle Frauen im Raum richteten den Blick auf Jess. Sie sah die Frauen an und hob beide Hände, als wollte sie sagen: »Schaut mich nicht so an.«

»Das ist absolut inakzeptabel!«, rief Fiona aus. Als sie sich daran erinnerte, dass Tex in der Leitung war, beugte sie sich vor und sagte etwas zu laut: »Tex!«

»Wie viel habt ihr heute Abend schon getrunken?«

»Egal, hör zu, Tex, du musst ein paar dieser Dinger für Jess auftreiben!«

»Das werde ich, sobald Benny mir sagt, dass er mit ihr darüber gesprochen hat.«

Jess dachte, es wäre jetzt an der Zeit, sich einzuschalten, um den Ausbruch des dritten Weltkriegs zu verhindern. »Ich weiß doch längst über die Ortungsdinger Bescheid. Kason hat mir davon erzählt.«

Fünf Augenpaare richteten sich auf sie und Jess schluckte schwer.

»Und?«, fragte Cheyenne fordernd.

»Und was?«, erwiderte Jess und wusste nicht genau, was sie sagen sollte.

»Wirst du dich allmächtig darüber hinwegsetzen und sie missbilligen oder was?« Alabamas Ton war etwas aggressiv und Jess ging sofort in die Defensive.

Jess vergaß, dass Tex immer noch zuhörte, und ließ die Frauen wissen, was sie darüber dachte. »Ich missbillige sie nicht. Scheiße, bei dem, was ihr alle durchgemacht habt, bin ich erstaunt darüber, dass ihr immer noch aufrecht stehen und ein normales Leben führen könnt. Wenn ich auch nur ansatzweise das durchgemacht hätte, was ihr durchgemacht habt, würde ich wahrscheinlich weinend und stöhnend in Embryonalstellung auf dem Boden liegen und niemals wieder irgendjemanden sehen wollen. Ich denke, einer der Gründe, warum ihr so großartig seid, sind eure Männer. Wenn ich an eurer Stelle wäre, würde ich mir ein GPS unter meine Haut implantieren lassen, wie einen Mikrochip bei Hunden. Zu wissen, dass eure Männer alles unternehmen, um euch zu beschützen, und dabei so weit gehen, dass sie jede Minute des Tages wissen wollen, wo ihr euch befindet, nur damit sie wissen, dass ihr in Sicherheit seid? Zur Hölle ja, das will ich auch. Aber ich bin nicht ihr. Ich wurde nicht nachts aus meinem Bett entführt. Ich wurde nicht von gruseligen Menschen verschleppt, die gruselige Dinge mit mir anstellen wollten. Ich bin nur ich. Außerdem hat Kason mich nicht gefragt. Er hat mir von euch erzählt, aber er hat mir nicht gesagt, dass er für mich so ein Ortungsding haben möchte. Also, da habt ihr es.«

Es war ein lahmer Schlusssatz ihrer leidenschaftlichen Rede, aber Jess wollte schnell fertig werden, nachdem sie die Wahrheit herausposaunt hatte. Die Wahrheit, die ihr nicht mehr aus dem Kopf gegangen war, seit Kason ihr davon erzählt hatte, wie die anderen Frauen überwacht wurden. Er hatte es nicht noch einmal angesprochen und sie wusste nicht, ob es daran lag, dass er es nicht wollte, oder ob er dachte, dass sie es missbilligen würde.

»Jessyka, geh nach oben und hol deine Handtasche.«

Jess drehte sich um und sah verwirrt auf das Telefon. »Hä?«

»Geh nach oben und hol deine Handtasche. Hole sie in den Keller. Wir werden auf dich warten«, wiederholte Tex, als würde er mit einem Kind sprechen.

»Ich hole sie!«, kreischte Cheyenne, sprang auf und stolperte die Treppe hinauf, als wäre sie acht Jahre alt und nicht zweiunddreißig.

Keine fünfzehn Sekunden später hörten sie, wie Cheyenne die Treppe wieder herunterpolterte. »Ich hab sie!« Sie stolperte schreiend in den Raum und landete fast auf ihrem Gesicht.

»Jessyka, öffne den Reißverschluss und schau in die Seitentasche.« Tex' Stimme war ruhig, aber gleichzeitig war es offensichtlich, dass er nicht bat, sondern forderte.

Jess tat, was Tex verlangte, und zog ein kleines schwarzes Quadrat heraus, ungefähr so groß wie ihr Daumennagel. »Was zur Hölle ist das?«

»Es ist eins von den Ortungsdingern!« Fiona weinte fast vor Glück.

»Aber Tex, du hast gesagt, dass du das nicht getan hast ...«

»Ja, ich sagte, dass *ich* es nicht getan habe. Ich habe nicht gesagt, dass Benny sich nicht schon längst darum gekümmert hat.«

Für einen Moment waren all still und verarbeiteten, was gerade passiert war.

»Kason hat das in meine Handtasche gesteckt?«, flüsterte Jess und sah ungläubig auf das unschuldig aussehende kleine schwarze Gerät in ihrer Hand. »Aber ich dachte, er wollte nicht ...«

»Doch, er wollte«, unterbrach Tex Jessyka, bevor sie weitersprechen konnte. »Er hat mich vor ungefähr einer Woche angerufen und darum gebeten, dass ich dich genauso überwache wie die anderen Frauen. Ich habe mich geweigert.«

»Tex«, mahnte Summer, »das ist gemein!«

»Lass mich doch ausreden, Schätzchen. Ich habe es abgelehnt, weil er Jessykas Erlaubnis noch nicht hatte. Ich würde euch niemals überwachen, ohne dass ihr es gestattet. Benny hatte vorgehabt, mit ihr darüber zu sprechen, aber dann wurden sie zu ihrer Mission abkommandiert. Er war in Panik, weil er noch nicht mit ihr gesprochen hatte. Er wollte es nicht überstürzen, aber er wollte auch nicht auf diese Mission gehen und sie schutzlos zurücklassen. Daraufhin habe ich einem Ortungsgerät in ihrer Handtasche zugestimmt. Ich habe bereits die anderen Geräte hier, die nur darauf warten, eingerichtet zu werden, sobald er nach Hause kommt.«

»Warum ist er in Panik geraten?«, fragte Jess und ihre Worte verschwammen ein wenig. Sie war offensichtlich schon betrunkener, als sie gedacht hatte.

»Weil jedes verdammte Mal, wenn sie auf eine Mission gehen, eine von euch Frauen in Schwierigkeiten zu geraten scheint. Er wollte verhindern, dass dir diesmal etwas passiert, Jess. Er wollte, dass du überwacht wirst, bevor er abreist. Werdet ihr diesmal wieder in Schwierigkeiten geraten? Ich schwöre bei Gott, jedes Mal, wenn eure Männer weg sind, klebe ich an meinem Stuhl fest und sorge mich um eure Sicherheit.«

»Es wird nichts passieren«, sagte Caroline mit fester Stimme. Natürlich wäre ihre Aussage ein bisschen glaubwürdiger gewesen, wenn sie nicht mitten drin gehickst hätte.

»Natürlich. Okay, wenn ihr einfach in diesem Keller bleiben würdet, bis sie wieder nach Hause kommen, dann könnte ich das vielleicht glauben.«

»Tex! Es ist doch nicht unsere Schuld. Es sind diese Arschlöcher«, rief Fiona aus.

Tex seufzte. »Okay, Fee, du hast recht. Jess?«

»Ja?«

»Steck das schwarze Ding wieder in die Seitentasche deiner Handtasche und mach sie wieder zu. Achte darauf, dass du deine Handtasche immer mitnimmst, wenn du ausgehst, okay?«

Jess tat, worum Tex sie gebeten hatte, und fühlte

plötzlich eine angenehme Wärme in ihrem Körper. Kason wollte sichergehen, dass sie in Sicherheit war. Es hätte sich komisch anfühlen sollen, aber stattdessen fühlte es sich einfach nur gut an zu wissen, dass er sich so sehr um sie kümmerte.

»Jetzt hol dein Handy heraus, deshalb habt ihr mich doch überhaupt angerufen.« Er wartete, bis Jessyka ihm bestätigte, dass sie bereit war. »Öffne die Kontaktliste und suche nach meinem Namen.«

Jess scrollte durch ihre Kontakte und fluchte, als sie versehentlich zu fest aufdrückte und einen anderen Kontakt öffnete. »Verdammtes Telefon.« Schließlich kam sie zum Anfangsbuchstaben T und drehte das Telefon herum, als könnten die Frauen es von ihren Plätzen aus lesen, während sie damit betrunken in der Luft herumwackelte. »Hallo! Guckt mal, Leute! Tex ist schon in meinem Handy!«

Tex seufzte nur. »Ja, Benny hat meine Nummer eingespeichert. Jetzt weißt du es. Wenn du etwas brauchst, rufst du mich an, okay?«

»Ja«, antwortete Jess geistesabwesend und dachte darüber nach, wann Kason ihr Telefon genommen und Tex' Nummer eingespeichert haben könnte, ohne dass sie es gemerkt hatte.

»Summer!«, rief Tex plötzlich unerwartet.

»Ja?«, reagierte Summer sofort.

»Wie lautet meine Nummer?«, forderte Tex.

Summer zählte sofort die zehn Ziffern seiner Nummer auf.

»Fiona, du bist dran.«

Fiona nannte ihm ebenfalls pflichtbewusst die Nummer, ohne in ihrer Kontaktliste nachzuschlagen.

Tex wiederholte den Vorgang mit Caroline, Cheyenne und dann Alabama. Alle drei Frauen sagten, ohne zu zögern, seine Nummer auf.

»Merke dir meine Nummer, Jess«, sagte Tex ernst. »Es ist wichtig. Leute machen sich heute nicht mehr die Mühe, sich eine Nummer zu merken. Was tust du, wenn du dein Telefon nicht hast, aber jemanden anrufen musst? Dann steckst du in Schwierigkeiten. Ich rufe dich morgen Abend wieder an und dann solltest du meine Nummer besser auswendig kennen. Ich meine es ernst, Jess.«

»Er meint es tatsächlich ernst«, sagte Cheyenne mit einem Flüstern, das eher wie Schreien klang. »Dasselbe hat er mit mir gemacht und als ich ihm nicht sofort die Nummer sagen konnte, hat er Dude auf mich gehetzt. Und obwohl es mir sehr gefällt, was mein Mann mit mir tut, mag ich es nicht wirklich, als Strafe einen Klaps zu bekommen. Ich bevorzuge es, mir das für unser Vorspiel aufzuheben.«

Jess sah Cheyenne ungläubig an.

Cheyenne kicherte. »Zu viele Informationen?«

»Jesus. Okay, ich lege jetzt auf. Ich hoffe, ihr habt

nicht vor, heute Abend noch irgendwohin zu gehen, ihr seid viel zu betrunken.«

»Mach dir keine Sorgen, Tex, wir bleiben hier«, beruhigte Caroline ihn. »Danke, dass du mit uns gesprochen hast. Wir lieben dich!«

Die anderen Frauen schlossen sich den Liebesbekundungen an, bis er schließlich lachend auflegte.

»Wird er mich morgen wirklich anrufen?«, fragte Jess ungläubig.

»Ja«, antworteten alle fünf Frauen gleichzeitig.

»Wir sollten besser gleich anfangen zu üben, damit du es draufhast.« Cheyenne meinte es völlig ernst.

Die nächsten zwei Stunden lachten und kicherten sie. Jess lernte Tex' Nummer sowohl vorwärts als auch rückwärts. Alle waren sich einig, dass ihr Plan, die Nummer am nächsten Abend in beide Richtungen aufzusagen, genial war.

Schließlich wurden sie müde. Jess merkte, wie viel Spaß sie heute Abend gehabt hatte.

»Danke, Leute, dass ihr mich eingeladen habt.«

»Danke, dass du gekommen bist. Wir wissen, dass wir manchmal etwas übertrieben sein können, aber wir lieben unsere Männer so sehr und wir sind so glücklich, dass sie alle so coole Frauen gefunden haben. Könnt ihr euch vorstellen, wenn eine von uns stocksteif und eine Nervensäge wäre?«

Alle lachten über Carolines Worte und dachten

darüber nach, wie schrecklich es wäre, wenn eine von ihnen gemein wäre.

Gerade als alle kurz davor waren einzuschlafen, sagte Fiona in der Dunkelheit des Raumes: »Es macht keinen Spaß, entführt zu werden und nicht zu wissen, ob jemand weiß, wo man ist. Du hast mit dem, was du vorhin gesagt hast, den Nagel auf den Kopf getroffen, Jess. Zu wissen, dass unsere Männer alles tun, um uns zu beschützen, und dafür sorgen, dass jemand weiß, wo wir uns zu jeder Minute des Tages aufhalten, nur damit sie wissen, dass wir in Sicherheit sind? Das ist ein wahr gewordener Traum und wahrscheinlich einer der wenigen Gründe, warum wir uns nicht in Embryonalstellung auf dem Boden zusammengerollt haben, wie du es so elegant ausgedrückt hast. Ich bin mir sicher, andere Leute würden das merkwürdig finden und es nicht verstehen, aber wir sind uns alle einig, dass wir uns dadurch sicherer fühlen.«

Jessyka war erstaunt darüber, an wie viel Fiona sich noch erinnern konnte. Ihre Meinung über diese Frau stieg um ein Vielfaches, obwohl sie bereits ziemlich hoch war.

Niemand sagte mehr ein Wort und eine nach der anderen schliefen sie ein. In Sicherheit, trotz der Tatsache, dass ihre Männer sich möglicherweise nicht in derselben Zeitzone oder sogar in einem anderen Land aufhielten, überwacht von ihrem persönlichen Schutzengel namens Tex.

KAPITEL ZWÖLF

Alle sechs SEALs atmeten erleichtert aus, als ihr Flugzeug landete. Sie hatten tatsächlich eine Mission abgeschlossen, ohne von Tex zu hören, dass eine ihrer Frauen entführt, vermisst, gefoltert oder auf andere Weise verletzt worden war.

Es schien, als würden sich die Dinge für die Gruppe beruhigen, und die Männer waren dankbar dafür. Ihre Frauen hatten in ihrem Leben alle genug durchgemacht. Es war an der Zeit, dass sie sich niederlassen und ein »normales« Leben führen konnten.

»Jess hat herausgefunden, was ihr mit Brian angestellt habt«, sagte Benny zu Wolf, als sie sich zum Aussteigen vorbereiteten.

»Ach ja?«

»Ja.«

»Und?«

»Sie war mehr besorgt um euch als um ihn.«

»Behältst du sie?«

Die Frage kam nicht unerwartet und Benny antwortete von Herzen: »Zur Hölle, ja.«

»Gut. Ice mag sie.«

»Was denkst du, in welche Schwierigkeiten sind sie wohl diesmal geraten, als wir weg waren?«

»Keine Ahnung, aber es kann nichts Schlimmes gewesen sein, wenn wir nicht von Tex zurückgeholt wurden.«

Benny und Wolf lachten. So sehr Wolf sich über die Schwierigkeiten beschwerte, in die die Frauen von Zeit zu Zeit gerieten, so wussten beide, dass sie um nichts auf der Welt tauschen würden.

»Treffen wir uns morgen Abend bei *Aces*?«, fragte Wolf gerade laut genug, sodass alle Männer ihn hören konnten.

Bevor jemand anderes antworten konnte, fragte Benny: »Kann ich vorher Jess' Arbeitsplan prüfen? Ich möchte, dass sie mit uns zusammen da sein kann und nicht als unsere Kellnerin.«

»Ja natürlich. Es tut mir leid, darauf hätte ich selbst kommen können«, entschuldigte sich Wolf.

»Ist schon in Ordnung. Ich werde euch morgen früh Bescheid geben. Wir treffen uns an ihrem ersten freien Abend, wenn das okay ist«, sagte Benny zu seinen Freunden.

Die Landebahn war verlassen, als sie aus dem

Flugzeug stiegen. Niemand wusste, wann sie zurückkehren würden, also erwartete keiner der Männer ein Begrüßungskomitee.

Zügig gingen die Männer in ein kleines Gebäude zur Nachbesprechung, damit sie schnell zu ihren Frauen nach Hause kämen, die überrascht und glücklich sein würden, dass sie wieder daheim und in Sicherheit waren.

Jess glaubte, etwas zu hören, und setzte sich im Bett auf. Sie bemühte sich, in der Dunkelheit des Raumes etwas zu sehen. Bevor sie sich bewegen oder einen Plan machen konnte, sah sie einen Schatten in der Tür. Jess rollte sich über die Seite des Bettes, die weiter von der Tür entfernt war, und landete hart auf ihren Händen und Knien. Die Bettdecke verhedderte sich um ihren Körper und sie versuchte verzweifelt, sich zu befreien, bevor derjenige, der sich in ihrem Zimmer befand, zu ihr gelangen konnte.

»Jesus, Jess, ich bin es.«

Jessyka erstarrte für eine Sekunde, dann entspannte sich jeder Muskel in ihrem Körper. Sie kannte diese Stimme. »Kason?«

Dann war er da. Er hob sie vom Boden auf, befreite sie aus der Decke, setzte sich auf die Bettkante und hielt sie in seinen Armen. »Scheiße, es tut mir leid, meine Schöne. Ja, ich bin es. Wir sind zurück.«

Jess umarmte Kason, so fest sie konnte, und vergrub ihr Gesicht an seinem Hals. Ihr Herz schlug immer noch eine Million Mal pro Sekunde. Plötzlich lehnte sie sich zurück und schlug ihn auf den Arm. »Du hast mich erschreckt!«

Benny lachte kurz und wurde dann ernst. »Es tut mir leid, Jess. Wirklich. Ich bin es nicht gewohnt, dass jemand in meinem Bett auf mich wartet.«

»Du hättest mir eine SMS schreiben und mich wissen lassen sollen, dass du zurück bist.«

»Du hast recht, das hätte ich, und es wird nicht wieder vorkommen«, stimmte Benny sofort zerknirscht zu. Er vergrub sein Gesicht an ihrem Hals und atmete ihren einzigartigen Duft ein. »Verdammt, es ist gut, wieder zurück zu sein. Und es ist noch besser, nach Hause zu kommen und dich in meinem Bett zu sehen.«

Benny entspannte seine Muskeln, legte sich zurück auf das Bett und zog Jess mit sich. Sie setzte sich mit gespreizten Beinen auf ihn und sah auf ihn hinunter.

»Ich kann dich nicht sehen. Bist du in Ordnung? Keine neuen Löcher? Geht es den anderen auch gut?«

»Keine Löcher, meine Schöne. Uns allen geht es gut. Es war diesmal ein einfaches Rein und wieder Raus.«

»Gott sei Dank. Ich habe mir Sorgen um dich gemacht.«

»Und ich habe mir Sorgen um dich gemacht.« Benny hielt inne und wusste nicht, ob er wirklich sagen sollte, was er dachte, entschied sich dann aber dafür. »Es fühlt sich gut an, jemanden zu haben, um den man sich Sorgen machen kann und der sich im Gegenzug um einen selbst sorgt.«

»Ja.«

Einen Moment lang lagen sie auf dem Bett, bevor Benny sich aufsetzte und Jess mit hochzog. »Okay, lass mich aus diesen Klamotten rauskommen, dann kannst du mich anständig zu Hause willkommen heißen ... also, anstatt auf dem Boden herumzukriechen und dich vor mir zu verstecken.«

»Idiot«, sagte Jessyka lachend. »Ich wäre nicht auf dem Boden herumgekrochen, wenn du Bescheid gesagt hättest, dass du nach Hause kommst.«

»Nun, gib mir eine Sekunde und ich werde dir zeigen, wie leid es mir tut.«

Jess stieg von seinem Schoß und spürte, wie Kason aufstand. »Dann beeil dich, ich habe das dringende Bedürfnis, dass du dich bei mir entschuldigst.« Sie hörte ihn lachen und rutschte auf das Bett, um bereit für ihn zu sein. Jess zog sein T-Shirt aus, das sie im Bett getragen hatte, und wartete. Die Matratze bewegte sich und plötzlich war Kason da.

Jess seufzte erleichtert. Sie hatte nicht gelogen. Sie hatte sich Sorgen um ihn gemacht, und es war das schönste Gefühl der Welt, ihn wieder in den Armen zu halten und selbst wieder in seinen Armen zu liegen. Sie hatte keine Ahnung, wie sie auch nur für einen Moment daran gedacht haben konnte, dass das, was sie mit Brian gehabt hatte, Liebe gewesen war. Ihre Gefühle für Kason waren so viel stärker. Sie kam sich vor wie die glücklichste Frau aller Zeiten.

»Hallo!«

»Hi, Jess!«

»Hi!«

Jessyka lächelte über die Grüße, die sie von den Frauen bekam. Die SEALs nickten ihr nur zu, aber das war okay für sie. »Hallo alle miteinander. Schön, euch zu sehen.« Jessyka ging herum und setzte sich auf den leeren Platz am Tisch. Alle Männer und ihre Frauen waren da. Es war eine lebhafte Gruppe und Jess war froh dazuzugehören. Sie drehte sich um und lächelte Kason an, der sich neben sie gesetzt hatte, nachdem er ihr den Stuhl herausgezogen hatte.

»Danke, dass ihr es auf heute Abend verschoben habt. Ich konnte vorher nicht freinehmen.«

»Hey, danke, dass du zugestimmt hast zu kommen. Wir wissen, dass du fast jeden Abend hier arbeitest. Ich kann mir vorstellen, dass es qualvoll ist, an deinem freien Abend hierherzukommen«, sagte Alabama mit einem Lächeln zu Jess.

»Kein Problem. Ich liebe diesen Ort.«

»Hey, Jess, kann ich deine Bestellung aufnehmen?« Jessyka sah zu Ella auf, einer der Kellnerinnen, die jetzt an ihrem Tisch stand.

»Ja, könnte ich einen Amaretto Sour bekommen?«

»Kein Problem.«

»Ein Bier vom Fass für dich?«, fragte Ella und sah Kason an.

»Hört sich gut an.«

Jess legte ihre Hand auf Kasons Bein. Sie liebte ihn. Sie hatte es ihm noch nicht gesagt, aber sie nahm an, dass es offensichtlich war. Nachdem er nach Hause gekommen war, hatten sie für mindestens einen Tag nicht mehr das Schlafzimmer verlassen. Als sie es gewagt hatte, etwas zu essen zu machen, hatte Kason sie zurück ins Bett gezogen, sobald sie fertig waren.

Zwischen ihren Liebesspielen hatte Kason mit ihr über seinen Job, seine Freunde und seine Erziehung gesprochen. Er hatte wiederholt, dass er ein Grundstück kaufen und sein Leben abseits der Menschen und des ganzen Dramas genießen wollte, sobald er sich zur Ruhe setzte.

Jess hatte sogar das Thema *Tex und Ortungsgeräte* angesprochen.

»Die Frauen haben Tex angerufen, als wir bei

Caroline waren, und diese Ortungsdinger angesprochen«, sagte Jess vorsichtig. Sie wollte nichts vorwegnehmen.

Kason zuckte nicht zusammen. Mit seiner Hand strich er weiter über ihren Rücken, während sie nebeneinanderlagen und sich von einem intensiven Orgasmus erholten. »Ach ja?«

Da es Kason nicht zu stören schien, fuhr Jessyka fort: »Er hat mir erzählt, dass du eins in meiner Handtasche versteckt hast.«

»Ja, ich hatte keine Zeit für mehr als das, bevor ich aufbrechen musste. Ich wollte mit dir darüber reden, sobald ich zurück wäre ... aber dann wurden wir abgelenkt.« Kason lächelte sie an.

Jess biss sich auf die Lippe. Sie wollte nicht nachfragen. Wenn er wollte, dass sie in Sicherheit war wie die anderen Frauen, dann würde er sie fragen.

»Hey.« Kason sah ihr Unbehagen. Er drehte sie auf den Rücken und beugte sich über sie. »Bist du verärgert darüber?«

Jess schüttelte den Kopf und sah zu ihm auf.

»Okay, wir können genauso gut jetzt darüber sprechen.« Kason hatte ihre Hände in seine genommen und sie über ihren Kopf gestreckt. Sein Gewicht hatte er auf ihre Hüften gelegt, damit sie sich nicht bewegen konnte. »Du bedeutest mir mehr, als mir jemals jemand in meinem ganzen Leben bedeutet hat. Wenn dir etwas passiert, weiß ich nicht, was ich tun würde. Ich habe in meinem Leben genügend Scheiße gesehen, sodass ich allein bei dem Gedanken daran, dass du entführt werden könntest und ich dich nicht finden kann, verdammte Angst bekomme. Ich möchte, dass Tex dich auf Knopfdruck finden kann, wenn es sein muss. Bitte sag mir, dass du damit einverstanden bist.«

Einen Moment lang dachte Jess daran, ihn noch ein bisschen zappeln zu lassen, aber unterm Strich war es genau das, was sie wollte. »Ich bin damit einverstanden.«

»Gott sei Dank.«

Der Sex, der darauf gefolgt war, war unglaublich gewesen. Wahrscheinlich noch unglaublicher als jemals zuvor ... und das musste etwas heißen. Auch ohne es auszusprechen, war es für Jess offensichtlich, dass sie tiefe Gefühle füreinander hatten. Im Moment ging es ihr gut, auch ohne es zu verbalisieren, aber sie wusste, dass sie es nicht mehr lange zurückhalten könnte.

Es war eine lebhafte Gesprächsrunde an dem Tisch in der Kneipe. Die Jungs liebten es, sich mit Scherzen gegenseitig aufzuziehen. Es war eine Seite an ihnen, die Jess noch nie gesehen hatte. Bisher hatte sie als ihre Kellnerin nur gesehen, wie freundlich und höflich sie ihr gegenüber gewesen waren und wie sehr sie sich um ihre Frauen sorgten.

Als das Thema auf Bennys Spitznamen zu sprechen kam, beugte Jess sich vor, gespannt auf die Geschichte, die dahintersteckte. Die anderen Frauen hatten ihr bereits erzählt, wie ihre Männer zu ihren Spitznamen gekommen waren, aber sie hatten alle zugegeben, dass sie keine Ahnung hatten, woher Benny seinen hatte.

»Also Benny, jetzt, wo du eine Frau hast, haben wir gedacht, es wäre an der Zeit, deinen Spitznamen zu ändern«, sagte Wolf beiläufig und fuhr abwesend mit seinen Fingern über Carolines Schultern, während er sprach.

»Ja, wir haben da einige im Sinn. Wie wäre es mit *Chefkoch* oder *Schlossi*, weil du im Team am schnellsten Schlösser knacken kannst?«, fragte Cookie und nahm einen großen Schluck von seinem Bier.

»Sicher, beides ganz großartig«, antwortete Benny begeistert.

»Was ist mit *Schnecke* oder *Schildkröte*, weil du als Letzter eine Frau gefunden hast?«, ärgerte Abe ihn.

»Nein, ich weiß. *Faultier*«, stimmte Mozart lachend mit ein.

Benny bemerkte, dass die Jungs sich nur über ihn lustig machten ... schon wieder.

»Was zum Teufel? Arschlöcher«, murmelte er.

Alle lachten.

»Sieh der Wahrheit ins Gesicht, du wirst den Namen ›Benny‹ niemals loswerden«, sagte Dude etwas freundlicher.

»Wie hat er diesen Spitznamen überhaupt bekommen?«, wagte Cheyenne zu fragen.

»Diese Geschichte erzählen wir *nicht*«, befahl Benny seinen Freunden.

Wolf lächelte nur. »Also, eines Abends irgendwo in einem kleinen Land in Afrika haben wir diese heruntergekommene Kneipe besucht ...« Er verstummte und bekam einen harten, wütenden Gesichtsausdruck, als er zur Eingangstür der Kneipe sah.

Wie in einem Monty Python Film drehten alle die Köpfe herum, um nachzusehen, wen Wolf so böse anguckte. Es war Brian, der gerade zusammen mit einer Gruppe von Männern in die Kneipe kam.

Jess kannte keinen der Männer, die mit Brian zusammen waren, aber sie zitterte trotzdem. Sie hasste es, dass Brian weiterhin hierherkam.

»Was zum Teufel macht der hier?«, fragte Dude wütend und sprach damit aus, was alle dachten.

»Er kommt ständig her«, sagte Jess leise zu ihren Freunden.

Alle drehten sich um und starrten jetzt Jessyka an.

»Was?«, fragte Fiona. »Aber ist das nicht ... seltsam?«

»Ja, das ist verdammt seltsam«, rief Benny aus. »Warum hast du mir nichts davon erzählt?«, fragte er fordernd.

»Er tut nichts. Er kommt nur mit seinen Freunden her und trinkt ein paar Gläser Bier. Ich vermeide es immer, sie zu bedienen, und bisher hat er keine Probleme gemacht. Er hat noch nicht einmal mit mir gesprochen.«

»Ich mag das nicht«, sagte Benny frustriert. »Ich traue ihm nicht.«

»Ich auch nicht«, sagte Wolf. »Vielleicht ist es an der Zeit, dass wir noch einmal mit ihm reden.«

»Nein«, sagte Jess, beugte sich vor und löste Bennys Hand von ihrem Rücken. Sie redete schnell und versuchte, einer Konfrontation zuvorzukommen. »Es ist in Ordnung. Im Ernst, ich würde es euch sagen, wenn er etwas getan hätte, aber das hat er nicht. Er hat sich von mir ferngehalten, ehrlich.«

Jess sah jedem der Männer um den Tisch in die Augen. Sie konnte erkennen, dass keiner von ihnen glücklich war.

»Wenn er auch nur ein Wort zu dir sagt, Jess, werden wir ein weiteres ›Gespräch‹ mit ihm führen. Wir erwarten, dass du es Benny sagst, wenn er etwas tut.«

»Das werde ich, ich schwöre es.« Jess sah zu Kason hinüber. Er hatte die Zähne zusammengebissen und sein Kiefermuskel zuckte. Sie drehte sich zu ihm und legte ihre Hand an seine Wange. »Ich schwöre es, Kason. Seit dem einen Mal, von dem ich dir schon erzählt habe, hat er mich nicht einmal mehr angesehen.«

Benny nahm ihre Hand von seiner Wange und

küsste sie auf die Handfläche, bevor er sie auf seinen Oberschenkel legte und dort festhielt. Seine andere Hand legte er in ihren Nacken und zog sie für einen langen, langsamen und für die Öffentlichkeit äußerst unangemessenen Kuss zu sich heran. Als er sich zurücklehnte, strich er mit seinem Daumen über ihre Wange. »Wenn er dich verdammt noch mal auch nur mit geschlossenen Augen ansieht, will ich es wissen.«

Er sah, wie Jess nickte. »Ich werde es dir sagen.«

Benny sah zu dem Tisch hinüber, an dem Brian saß, und ihre Blicke begegneten sich kurz, bevor Brian sich wieder seinen Freunden zuwandte.

Das Gespräch war etwas ins Stocken geraten, nachdem Brian eingetroffen war. Jess seufzte. »Das ist doch scheiße. Es tut mir leid, Leute.«

»Es ist nicht deine Schuld, Jess«, antwortete Dude, bevor jemand anderes es konnte.

»Ich fühle mich immer noch schlecht. Vielleicht sollte ich einfach gehen, dann könnt ihr ...«

»Halt die Klappe, Jess«, sagte Abe. »Das wirst du nicht auf dich nehmen und niemand wird gehen.«

»Aber ...«

»Nein.«

Abes Stimme war hart und Jess wusste, dass sie besser den Mund halten sollte.

Caroline brach als Erste die unangenehme Stille, die darauf folgte. »Also, Jess, hat Tex dich nach unserer Pyjamaparty angerufen?«

Jess lächelte ihre Freundin an, dankbar für den Themenwechsel. »Ja, er hat angerufen und mich angeschrien, dass die Nummer falsch wäre, die ich ihm aufgesagt habe. Als er herausfand, dass ich sie ihm nur rückwärts aufgesagt habe, war er sprachlos.«

»*Tex* war sprachlos? Das glaube ich nicht«, sagte Alabama amüsiert.

»Ja, und dann hat er mir zehn Minuten lang erklärt, warum ich das alles ernster nehmen sollte. Erst als ich mich zum zwanzigsten Mal entschuldigt hatte, ließ er mich endlich vom Haken.«

Die Frauen lachten alle.

Jess beschloss, das Thema *Ortungsgeräte* anzusprechen, bevor eine der anderen Frauen es tun konnte und sie möglicherweise mit dem, was sie bei ihrem Treffen von sich gegeben hatte, in Verlegenheit brachte. »Oh, und Kason hat mit Tex gesprochen und er hat diese Ortungsdinger geschickt.«

»Das wurde auch Zeit, Benny«, sagte Dude mit leiser Stimme.

»Ja, zwischen dem richtigen Zeitpunkt, Jess zu informieren, dass sie in mein Bett gehört, und der letzten Mission hatte ich keine Zeit.« Die Jungs lachten über Bennys Kommentar, während Jess rot anlief.

»Es ist gut, dass ihr das geklärt habt. Jess, was trägst du heute Abend?«, fragte Dude und wollte wissen, welches Ortungsgerät sie bei sich hatte.

Jessyka konnte nicht glauben, dass sie tatsächlich

so offen darüber sprachen, als wäre es keine große Sache. Sie beschloss mitzumachen, da sie es selbst gewesen war, die das Thema überhaupt erst angesprochen hatte. Sie zeigte auf den kleinen goldenen Ohrstecker in ihrem linken Ohr. »Das ist eines davon. Ich habe aber auch noch eins in meiner Handtasche und gestern Abend hat Kason ein verdammtes Loch in meinen Schuh gebohrt, um dort auch noch eins zu verstecken.«

»Das ist noch gar nichts, Jess«, sagte Cheyenne zu ihr. »Faulkner hat eins in meinen BH gesteckt.«

Alle lachten.

»Gute Idee, Dude«, sagte Mozart und sah dann Summer an. »Ich werde gleich morgen früh bei Tex eine neue Bestellung aufgeben.«

»Ja, ich auch. Tolle Idee«, schwärmte Benny.

»Ihr seid doch alle verrückt«, sagte Jess, ohne nachzudenken.

»Verrückt nach unseren Frauen«, sagte Wolf ernst. Dann stützte er sich mit den Ellbogen auf den Tisch und Jess konnte seinem durchdringenden Blick nicht ausweichen. Sie fühlte, wie Kason sie mit seiner Hand in ihrem Nacken liebevoll festhielt, aber ihre Aufmerksamkeit war ganz auf den Mann ihr gegenüber gerichtet.

»Ich bin mir sicher, du hast dieses Gespräch schon mit den Frauen und mit Benny geführt, aber lass mich etwas wiederholen: Wir nehmen das nicht auf die leichte Schulter.« Er deutete über den Tisch zu den anderen Männern. »Es gibt viele böse Menschen auf der Welt und wir werden alles tun, um zu verhindern, dass euch etwas passiert. Aber falls doch, dann werden uns diese kleinen Geräte dabei helfen, euch zu finden und zu verhindern, dass euch etwas Schlimmes widerfährt, verstanden?«

»Ich habe es verstanden, Wolf«, flüsterte Jess und nickte ihm zu. Sie hatte festgestellt, dass es einfacher für sie war, die Männer bei ihren Spitznamen zu nennen, denn so sprach Kason über seine Freunde und so hatte sie ihre Namen gelernt, außer natürlich in Bezug auf Kason selbst.

Mit leiser Stimme fuhr sie fort, damit niemand in der Kneipe hörte, worüber sie sprachen. Jess wusste, dass niemand sonst es verstehen würde. »Und fürs Protokoll, ich bin absolut dafür. Ich hätte dem nicht zugestimmt, wenn es nicht so wäre. Und wenn ich jemals in eine gefährliche Situation gerate, bin ich jetzt beruhigter, weil ich weiß, dass ihr auf dem Weg zu mir seid.«

»Verdammt richtig«, sagte Cookie emotionsgeladen, zog Fiona an seine Seite und küsste sie auf den Kopf.

»Puh, okay, genug von diesem ernsthaften Gerede«, sagte Summer mit einem Lächeln. »Wann verabreden wir uns wieder zum Einkaufen?«

»Du und deine Einkäufe«, lachte Caroline.

Den Rest des Abends verbrachten sie mit Lachen und Scherzen. Der einzige unangenehme Moment war, als Brian und seine Freunde aufstanden, um zu gehen. Aber er schaute nicht einmal zu ihrem Tisch und tat so, als wüsste er gar nicht, dass sie überhaupt da waren.

Jess seufzte erleichtert und war froh, eine weitere Begegnung mit ihrem Ex ohne Drama überstanden zu haben. Sie hatte genug Drama für eine Lebzeit gehabt.

Schließlich stand Wolf auf und zog Caroline mit sich hoch. »Also Leute, Ice und ich werden jetzt gehen. Morgen ist kein Training, also sehen wir uns im Büro.«

»Wann haben wir unseren nächsten Mädchenabend?«, fragte Alabama, bevor Caroline weggeschleppt wurde. Alle am Tisch wussten, warum das Paar jetzt schon ging, und sie alle würden aus demselben Grund nicht viel später ebenfalls aufbrechen.

»Wie wäre es mit diesem Wochenende?«, schlug Jess vor, weil sie wusste, dass sie das Wochenende freihatte.

»Hört sich gut an. Treffen wir uns hier gegen acht?«, fragte Fiona.

Acht war ein bisschen früh, um sich zu betrinken, aber sie wollten alle rechtzeitig nach Hause kommen, um noch die Auswirkung ihres Zustands auf ihre Männer genießen zu können.

»Perfekt. Wer ist diesmal dran, auf uns aufzupassen?«, wollte Cheyenne wissen.

Nachdem Cheyenne, Summer und Alabama während eines Mädchenabends direkt vor ihrer Nase entführt worden waren, hatten die Männer beschlossen, dass einer von ihnen immer mitgehen musste, um auf sie aufzupassen und dafür zu sorgen, dass sie in Sicherheit waren.

»Das müssen wir noch entscheiden, aber es werden mindestens zwei hier sein«, sagte Cookie entschlossen.

»Okidoki«, trillerte Caroline. »Wir sehen uns am Wochenende.«

Nachdem Caroline und Wolf gegangen waren, löste sich die Runde bald auf. Sie leerten ihre Gläser und die Männer bezahlten die Rechnung.

Jess hielt sich an Bennys Seite fest, als sie hinausgingen. Sie sah zu ihm auf. »Ich weiß immer noch nicht, warum sie dich Benny nennen.«

»Und das wirst du niemals erfahren, wenn ich dabei ein Wörtchen mitzureden habe«, sagte Benny und küsste Jess auf den Kopf, als sie zu seinem Wagen gingen.

»Soll ich dich *Chefkoch*, *Schnecke* oder *Schildkröte* nennen?« Jessyka wusste, dass sie Kason ärgerte, aber es machte so viel Spaß.

»Nicht wenn du weißt, was gut für dich ist«, knurrte Kason sie an.

Jess lachte.

Auf dem Heimweg stellte Jess Kason eine Frage, die sie schon eine Weile beschäftigte, seit sie von den Ortungsgeräten erfahren hatte. »Stört es dich nicht, dass Tex jederzeit weiß, wo wir sind, und ihr nicht?«

»Nein.« Kasons Stimme klang entschlossen.

»Warum nicht?«

Kason sah zu Jess hinüber, als sie an einer roten Ampel anhielten. »Es stört mich nicht im Geringsten, weil ich weiß, dass er nur die besten Absichten und ein gutes Herz hat. Ich scheiß drauf, dass er weiß, dass du im Badezimmer, bei der Arbeit, bei Caroline oder im Einkaufszentrum bist. Es beruhigt mich – uns alle –, dass wir nur kurz Tex anrufen müssen, um herauszufinden, wo ihr seid, sollte etwas Schlimmes passieren und eine von euch verschwinden. Das ist es mir wert, in Kauf zu nehmen, dass er rund um die Uhr euren Aufenthaltsort kennt. Es gibt niemanden, dem wir mehr vertrauen als Tex.«

»Okay.«

»Noch irgendwelche Fragen, meine Schöne?«

»Nein.«

»Gut. Denn wenn ich es richtig anstelle, wirst du dich in etwa zehn Minuten nicht mehr an deinen eigenen Namen erinnern, geschweige denn an irgendwelche verdammten Ortungsgeräte.«

Jess lächelte Kason an und fuhr sich mit der Hand über ihre Brust, bis sie den obersten Knopf ihrer Bluse erreichte. Sie spielte mit ihren Fingern daran herum.

Als sie Kasons Blicke auf ihren Fingern sah, sagte sie spielerisch: »Es ist grün, Chefkoch.«

Kason richtete den Blick wieder auf die Straße und trat aufs Gas. »Neun Minuten, meine Schöne.«

Jess lächelte erneut und entgegnete: »Ich kann es kaum erwarten.«

KAPITEL DREIZEHN

Benny beugte sich vor und küsste Jessyka, als wäre es das letzte Mal, dass er sie sehen würde. Er zog sich zurück, ließ sie aber nicht los und lachte über den verträumten Ausdruck auf ihrem Gesicht.

»Gehst du jetzt aus oder willst du die ganze Nacht hier sitzen?«

Jess öffnete die Augen und sah Kason an. Gott, sie liebte es, wenn er sie küsste, als könnte er nicht genug von ihr bekommen. »Vielleicht bleibe ich hier und du kannst mich weiter küssen.«

Benny lächelte sie an. »So verlockend das auch ist, du musst jetzt gehen und dich mit deinen Freundinnen amüsieren. Ich kann es kaum erwarten, dich heute Abend nach Hause zu bringen und dir zu zeigen, was ich mir von Dude ausgeliehen habe.«

Weil Cheyenne den Mund nicht halten konnte,

wusste Jess, dass Dude sehr dominant im Bett war, und wurde sofort feucht. »Willst du mich veräppeln? Kason, das ist gemein.«

Benny zog Jess wieder zu sich, aber diesmal legte er seinen Mund an ihr Ohr. »Ich weiß, dass du mit Cheyenne gesprochen hast, also hast du eine gute Vorstellung davon, was ich meine. Ich habe ein Paar Fesseln am Kopfteil unseres Bettes angebracht, die bereits auf dich warten. Ich kann es kaum erwarten, dich nach Hause zu bringen, dich zu fesseln und dich immer wieder zum Höhepunkt zu bringen, bis du mich anflehst, dich auszufüllen.«

Jessyka zitterte in Kasons Griff. »Jesus, Kason«, hauchte sie, »willst du mich umbringen?«

»Nein, Jess, ich will nur, dass du mich nicht vergisst, während du mit den Mädels einen draufmachst. Ich versuche nur, dich genauso verrückt zu machen wie du mich.«

»Ich könnte dich nie vergessen und ich glaube, es ist dir gelungen, mich verrückt zu machen.«

»Habe ich dir heute Abend schon gesagt, wie schön du bist?«

Jess nickte nur. Ja, er hatte es ihr auch gezeigt. Er hatte sie in ihren engen Jeans und dem Oberteil mit Spaghettiträgern gesehen und ihr erklärt, dass sie zu spät kommen würde. Er hatte sie zurück ins Schlafzimmer geschoben und ihr gezeigt, wie schön er sie fand. Jetzt war sie schon zwanzig Minuten zu spät und wollte am liebsten sofort wieder zurück in ihre Wohnung und die Fesseln ausprobieren, die Kason von Dude ausgeliehen hatte.

»Das bist du. Jedes Mal wenn ich denke, ich habe dich von deiner besten Seite gesehen, kommst du und beweist mir das Gegenteil.« Benny küsste sie noch einmal schnell und hart. »Jetzt geh schon, meine Schöne. Ruf mich an, wenn ich dich abholen soll. Wir sehen uns später.«

»Okay.« Jess stieg aus dem Wagen und drehte sich noch einmal um. Kason ließ das Fenster herunter.

»Alles okay?«, fragte Kason.

Jess nickte und holte tief Luft. Sie hatte sich zu lange zurückgehalten. Wenn er sie so heiß machen und dann hängen lassen konnte, würde sie auch eine Bombe platzen lassen. »Ich wollte dir nur sagen, dass ich dich liebe, Kason Sawyer. Ich werde dich nie vergessen. Ich denke jeden Tag an dich und Gott sei Dank bist du an diesem Tag in die Kneipe gekommen, um nach mir zu sehen. Du bist mehr als nur mein Freund für mich. Du bist mein Ein und Alles. Wir sehen uns nachher.«

Jess entfernte sich vom Wagen und sah, wie Kason die Zähne zusammenbiss und das Lenkrad umklammerte.

»Dafür wirst du heute Nacht bezahlen«, sagte er mit einem Grinsen, während er Jess hinterhersah, als sie zum Eingang der Kneipe ging.

»Darauf zähle ich, Chefkoch«, rief Jess zurück und lächelte ihn an. Sie fühlte sich großartig. Sie hatte Kason endlich gebeichtet, was sie in ihrem Herzen fühlte, und er hatte nichts dagegen gesagt.

Sie hörte, wie sein Wagen den Parkplatz verließ, als sie die Tür zu *Aces* öffnete. Jess sah sich kurz um und seufzte erleichtert, dass Brian nirgends zu sehen war. Er kam neuerdings immer öfter in die Kneipe, und das nervte sie.

Er hatte bis jetzt nie etwas zu ihr gesagt, aber sie wusste, dass er nichts Gutes im Sinn hatte. Die SEALs waren zu Recht unglücklich darüber, dass er hier abhing, aber sie wollte nichts sagen, damit sie Brian nicht wieder etwas antaten. Jess war dankbar, sowohl Cookie als auch Dude an der Bar sitzen zu sehen. Offensichtlich waren sie die Glücklichen, die diesmal das große Los gezogen hatten. Jess fühlte sich sicherer in ihrer Gegenwart.

Caroline und die anderen Frauen hatten Jess ein Geheimnis verraten. Die Jungs murrten zwar immer darüber, wer auf sie aufpassen sollte, aber Caroline wusste, dass sie sich in Wirklichkeit darum stritten, wer mitgehen durfte. Caroline hatte sie zum Lachen gebracht, als sie erzählte, dass Kason verärgert war, heute Abend nicht gewonnen zu haben, und dass er sogar versucht hatte, Cookie und Dude zu bestechen, mit ihm zu tauschen und ihn heute Abend an der Bar sitzen zu lassen.

Caroline hatte die Jungs belauscht, als Kason gesagt hatte, dass er heute Abend auf die Frauen aufpassen sollte, weil es der erste Mädchenabend war, seit Jess und er zusammengekommen waren. Die anderen Männer hatten ihn nur ausgelacht.

Jess ging zu den anderen Frauen an dem runden Tisch in der Ecke. Es war der gleiche Tisch, an dem sie immer saßen.

»Hallo Leute!«

»Jetzt schaut mal, wer sich endlich entschlossen hat, uns Gesellschaft zu leisten«, sagte Summer lachend, als sie Jess umarmte.

»Nun ja ... ihr wisst ja, wie es ist ...«

Alle lachten, weil sie es genau wussten.

Es gab viel zu lachen an diesem Abend. Summer und Alabama waren sich einig, diesmal kein Wetttrinken zu veranstalten, da beim letzten Mal drei von ihnen aus der Kneipe entführt worden waren.

Im Großen und Ganzen übertrieben es die Frauen nicht. Vielleicht wurden sie alt, aber sie waren sich alle einig, dass es auch schön war, sich bei nur ein oder zwei Drinks zu unterhalten, anstatt sich völlig zulaufen zu lassen.

Ein Gesprächsthema des Abends waren Babys.

Während sie mit ihren Fingern eine Serviette zerlegte, erzählte Caroline: »Ich habe letzte Woche meine Periode nicht bekommen. Ich habe es erst gar nicht bemerkt, aber als es mir aufgefallen ist, bin ich fast ausgeflippt. Ich habe mich geweigert, einen Schwangerschaftstest zu machen, bis Matthew mich schließlich dazu gezwungen hat.«

»Willst du uns damit sagen, dass du schwanger bist?« Fiona schnappte nach Luft.

»Nein. Jesus, nein. Ich würde doch hier nichts trinken, wenn ich es wäre«, sagte Caroline. »Aber es hat mich verdammt erschreckt. Matthew ist ganz ruhig geblieben.«

»Wie hat er darauf reagiert, dass du nicht schwanger bist?«, fragte Summer.

»Gut, eigentlich perfekt. Er hat mir gesagt, dass er möchte, was ich möchte.«

»Und möchtest du Kinder?«, fragte Alabama.

»Ich weiß es nicht. Und deshalb fühle ich mich schrecklich«, gab Caroline mit leiser Stimme zu. »Ich meine, in all den Liebesromanen, die ich gelesen habe, und in den meisten Fernsehsendungen ist der Höhepunkt der Liebesgeschichte *immer* ein Baby. Es ist, als würde ihre Liebe erst dadurch bestätigt, dass sie schwanger wird. Dann leben sie glücklich bis ans Ende ihrer Tage. Aber ich genieße meine Zeit mit Matthew. Meine Eltern waren schon älter, als sie mich bekommen haben, und ich bin einfach nicht überzeugt, dass es das ist, was ich will.« Sie hielt einen Moment inne und sah dann ihre Freundinnen an. »Macht mich das zu einem schrecklichen Menschen? Ich komme mir so egoistisch vor.«

Summer stand auf und ging um den Tisch herum, bis sie neben Caroline stand. »Nein, du bist kein schrecklicher Mensch. Und weißt du was? Wen interessiert es, ob es egoistisch ist? Ich meine, im Ernst, wer sagt, dass Frauen Kinder haben müssen, wenn sie heiraten? Wo steht geschrieben, dass die Liebe eines Paares nichts wert ist, wenn nicht ein oder zwei Nervensägen herumlaufen? Ihr müsst das tun, was für euch beide das Richtige ist.«

Caroline lehnte den Kopf an Summers Schulter. »Danke, Summer, jetzt fühle ich mich etwas besser. Wie ist es mit euch?«

Für einen Moment sagte niemand etwas. Dann teilte Cheyenne ihre Gedanken. »Ich weiß, dass ich relativ neu in der Gruppe bin, aber ich stimme dir zu, Caroline. Ich liebe Faulkner so sehr, ich will ihn ganz für mich allein. Die ganze Zeit. Ich kann mir im Moment nicht vorstellen, auch nur eine Sekunde meiner Zeit mit ihm aufgeben zu müssen. Ich bin gern mit ihm zusammen und ich kann mir nicht vorstellen, daran etwas zu ändern. Aber ich glaube, dass ich eines Tages Kinder möchte. Ich weiß, wie beschützend und liebevoll er zu mir ist, ich würde ihn gern mit unserem Kind so sehen.«

»Das stimmt, in der Presse und den sozialen Medien wird es so dargestellt, als wären wir alle egoistische Schlampen und keine normalen Mitglieder der Gesellschaft, wenn wir keine Kinder wollen. Wer hat das Recht, uns zu sagen, dass wir sofort Babys machen müssen, sobald wir mit einem Kerl zusammenkommen? Gibt es nicht schon genügend unerwünschte Kinder auf der Welt? Ich sollte es wissen, ich war selbst unerwünscht«, beendete Alabama ihren Satz verärgert.

»Ich stoße an auf keine Kinder!« Fiona hob ihr Glas. »Zumindest bis wir bereit dazu sind und nicht dann, wenn andere uns sagen, wir sollten bereit dazu sein.«

»Auf keine Kinder!«, riefen alle und nahmen einen großen Schluck aus ihren Gläsern. Summer ging zurück zu ihrem Platz am Tisch.

»Hey, wer will ein Experiment machen?«, fragte Jess einen Moment später.

»Klar doch, was für ein Experiment?«, fragte Cheyenne aufgeregt.

»Habt ihr alle euer Telefon dabei?« Als alle nickten, fuhr Jess fort: »Wir schicken unseren Männern eine SMS und sehen, wie lange sie brauchen, um zu antworten. Wer als Letzte eine Antwort bekommt, muss die nächste Runde bezahlen.«

Alle lachten. »Perfekt«, rief Caroline aus. »Aber wir müssen alle dasselbe schreiben, sonst ist es nicht fair.«

»Gute Idee, mal sehen ... Wie wäre es mit etwas Kurzem ... Und wir dürfen keine Frage stellen, sodass sie von selbst antworten müssen«, erklärte Jessyka.

»Wie wäre es mit so etwas wie ›Es ist so heiß hier, ich habe gerade mein Höschen ausgezogen‹?«

Alle brachen in Lachen aus. »Oh mein Gott! Das ist perfekt, Cheyenne. Ich werde lieber nicht fragen, wie du darauf gekommen bist«, rief Summer aus. »Und wir müssen uns gegenseitig zeigen, was unsere Jungs antworten.«

»Okay, aber weil Hunter und Faulkner an der Bar sitzen, müssen Fiona und Cheyenne zur Toilette gehen, damit sie denken, dass ihr es wirklich getan habt.«

»Gute Idee, Jess. Komm schon, Cheyenne, lass uns gehen.«

Die anderen Frauen sahen Cheyenne und Fiona hinterher, die durch die Kneipe zur Toilette stolperten. Keine von ihnen war überrascht, als Faulkner beiläufig aufstand und sich in den Flur stellte, der zur Damentoilette führte. Als Cheyenne das letzte Mal in dieser Kneipe auf die Toilette gegangen war, war sie hinterher verschwunden. Faulkner würde kein Risiko eingehen, dass so etwas jemals wieder passieren würde.

Die Frauen kamen aus der Toilette und fingen hysterisch an zu lachen, als sie Faulkner dort stehen sahen.

Sie kamen zum Tisch zurück und kicherten unkontrolliert weiter.

»Okay, holt eure Telefone raus, aber versucht, sie vor den Jungs an der Bar zu verstecken«, befahl Caroline. »Gebt die Nachricht ein und klickt erst auf ›Senden‹, wenn wir alle bereit sind.«

Als alle fertig waren, zählte Caroline herunter: »Drei, zwei, eins, senden. Okay, jetzt legen alle ihr Telefon in die Mitte des Tisches. Wir werden sehen, wessen zuerst vibriert.«

Alle kicherten und warteten. Dann bewegte sich plötzlich Cheyennes Telefon.

»Warum bin ich nicht überrascht?«, fragte Caroline lachend und verdrehte die Augen.

Cheyenne nahm ihr Handy und alle sahen, wie sie rot anlief.

»Was hat er geschrieben?«, fragte Alabama und beugte sich zu ihr.

Cheyenne drehte sich um, sodass sie mit ihrem Körper das Telefon vor ihrem Mann an der Bar abschirmte, und zeigte Faulkners SMS. *Habe ich dir dafür die Erlaubnis gegeben? Ich hoffe, du sitzt bequem auf diesem Barhocker, denn wenn wir nach Hause kommen, werde ich dich übers Knie legen.*

»Jesus, Cheyenne, du glückliche Schlampe«, sagte Caroline ernst.

Cheyenne kicherte und steckte ihr Handy wieder in die Tasche. »Ich weiß, dass ihr wisst, wie es bei Faulkner und mir läuft, aber ich schwöre, ich war noch nie glücklicher.«

Caroline legte ihre Hand auf Cheyennes und sagte ernst: »Nur weil er mit dir ein bisschen dominanter im Bett ist als unsere Jungs mit uns, heißt das nicht, dass daran etwas falsch ist. Wenn ihr beide glücklich damit seid, wen interessiert es, was andere denken.«

Alle am Tisch nickten zustimmend. Plötzlich fingen zwei weitere Telefone an zu vibrieren.

Jess beugte sich vor, nahm ihr Handy, las Kasons SMS vor und lächelte. »Er schreibt: ›Bist du schon bereit, dass ich dich abhole?‹« Jess tippte schnell eine Antwort und steckte ihr Handy weg. »Was hat Cookie geschrieben?«

Fiona lachte und zeigte allen das Telefon. *Was für ein Spiel spielst du mit den Mädels?*

Alle lachten, drehten sich um und winkten den beiden Männern an der Bar zu. Hunter hatte sie lachen sehen und er und Faulkner hatten offensichtlich gemerkt, dass sie beide die gleiche SMS erhalten hatten.

»Noch drei!«, sagte Jess fröhlich. Sie konnte sich nicht erinnern, jemals mehr Spaß gehabt zu haben. Es war lange her, dass sie mit Freundinnen abgehangen hatte.

Das nächste Telefon vibrierte und Caroline schnappte es sich. Sie warf den Kopf in den Nacken, lachte und zeigte allen Matthews Antwort. *Scheiße, ich liebe Mädchenabende!*

Alle beugten sich jetzt vor und starrten auf die beiden Telefone auf dem Tisch. Alabama und Summer sahen aus, als wären sie bereit, aus der Haut zu fahren.

Schließlich vibrierte Alabamas Telefon und fünf Sekunden später das von Summer.

»Verdammt! Dafür wird Mozart bezahlen, wenn ich nach Hause komme«, sagte Summer lachend.

Abes Antwort war: *Ich wette, wir schaffen es nicht einmal bis nach Hause, bevor ich dich explodieren lassen kann*, und Mozart hatte geschrieben: *Dafür wirst du bezahlen ... auf die schönste Weise.*

Alle waren sich einig, dass Summer zwar die Wette verloren hatte, sie aber an diesem Abend trotzdem alle noch Gewinnerinnen sein würden.

KAPITEL VIERZEHN

Benny wartete ungeduldig darauf, dass Jessyka ihm eine SMS schrieb oder ihn anrief, um ihn zu bitten, sie abzuholen. Die Worte, die sie zu ihm gesagt hatte, kurz nachdem sie aus seinem Wagen ausgestiegen war, hallten noch in seinem Kopf nach. Jess liebte ihn. Er hatte es bereits geahnt. Auf keinen Fall hätte sie so auf ihn reagiert, wenn sie ihn nicht lieben würde.

Im Gegenzug wollte er ihr zeigen, wie sehr er sie liebte, bevor er die Worte erwiderte. Er hatte sich schon gedacht, dass sie es ihm in einer Situation mitteilen würde, in der er nichts tun könnte.

Aber Benny hatte die ganze Nacht durchgeplant. Er hatte es ernst gemeint, als er ihr erzählt hatte, was er heute Nacht für sie auf Lager hatte. Benny hatte sich mit Dude über seine Vorlieben unterhalten und obwohl Benny wusste, dass er niemals so dominant sein würde wie Dude, gab es Aspekte daran, die er interessant fand und die er gern ausprobieren würde.

Jess hatte sich noch nie beschwert, wenn er sie festgehalten oder im Bett herumkommandiert hatte. Er wusste, dass sie es mochte. Benny wollte noch einen Schritt weiter gehen und sehen, ob es ihr auch gefiel, körperlich eingeschränkt zu werden. Wenn ja, wusste Benny, dass sie noch viele interessante Nächte vor sich hatten, in denen sie experimentieren konnten. Er musste im Schlafzimmer nicht immer die Kontrolle haben wie Dude, und er wusste, dass Jess auch gern mal die Zügel übernahm. Damit hatte er kein Problem. Aber es machte Spaß, ab und zu die Rollen zu tauschen und neue Dinge auszuprobieren.

Als Jess ihm die freche SMS über ihr Höschen geschickt hatte, musste er sich sehr zurückhalten, nicht sofort in seinen Wagen zu steigen und sie nach Hause zu schleifen. Aber er gönnte ihr diesen Mädchenabend, auf den sie sich so gefreut hatte. Und doch brachte das Warten ihn um.

Gegen elf klingelte schließlich Bennys Telefon. Er erkannte die Nummer nicht, ging aber trotzdem ran und dachte, es müsste Jess sein.

»Hallo?«

»Ist da Kason Sawyer?«

»Ja, wer zum Teufel ist da?« Bennys Tonfall war knapp und ungeduldig. Er mochte es nicht, Anrufe von Leuten zu bekommen, die er nicht kannte, die aber offensichtlich ihn kannten.

»Ich arbeite in der Kneipe, in der Jess und die Frauen sind. Ihr SEAL-Freund hat mich gebeten, Sie anzurufen und Ihnen auszurichten, dass es Probleme gibt und dass Sie herkommen müssen. Sie sollen durch den Hintereingang kommen. Er wird dafür sorgen, dass die Tür offen ist.«

»Was für Probleme?«, fragte Benny, aber die Person am anderen Ende der Leitung hatte aufgelegt. »Scheiße.« Benny konnte den Ausruf nicht zurückhalten.

Dies ist das letzte Mal, dass sie allein in diese verdammte Kneipe gehen.

Benny überlegte, Cookie oder Dude anzurufen, um zu überprüfen, was die Person am Telefon gesagt hatte, wollte aber keine Zeit verlieren. Er wusste, dass er ein Idiot war, aber alles, woran er denken konnte, war Jess. Er vergaß alles, was ihm jemals in seinem SEAL-Training beigebracht worden war, nämlich abzuwarten und keine vorschnellen Entscheidungen zu treffen, erst alle verfügbaren Informationen einzuholen, bevor man sich in eine unbekannte Situation begab, und vor allem, sich auf seine Teamkollegen zu verlassen ... aber er konnte nicht anders. Nicht wenn es seine Jess war, die in Schwierigkeiten stecken könnte.

Er griff nach seinem Schlüssel, steckte sein Handy in die Tasche und lief zur Tür hinaus. Er joggte zu seinem Wagen und startete den Motor. Benny kümmerte sich nicht um den Sicherheitsgurt, sondern fuhr auf die Straße und direkt in Richtung Kneipe.

Die Kneipe sah ruhig aus, als er auf den Parkplatz fuhr, vielleicht etwas zu ruhig. Benny hatte keine Ahnung, was los war, wollte aber kein Risiko eingehen. Er parkte seinen Wagen am anderen Ende des Geländes, außer Sichtweite, und ging schweigend in die Gasse hinter der Kneipe. Er zog sein Armeemesser heraus und hielt es locker in der Hand. Er hatte keine Ahnung, in welche Schwierigkeiten er geraten könnte, wollte aber auf alles vorbereitet sein.

Benny sah den Hintereingang und ging darauf zu. Er griff nach dem Türknauf und zog daran. Überrascht stellte er fest, dass die Tür verschlossen war. Seine Nackenhaare stellten sich auf und plötzlich wusste er, dass er es versaut hatte. Zur Hölle, es war, als hätte er die letzten zehn Jahre auf lebensgefährlichen Missionen überhaupt nichts gelernt. Benny wollte sich selbst in den Arsch treten. Er musste sofort Wolf und die anderen alarmieren. Er drehte sich um und wollte gerade wieder nach vorne gehen, um herauszufinden, was zum Teufel los war, und seine Teamkollegen anzurufen, aber bevor er zwei Schritte machen konnte, wurde alles schwarz.

»Heilige Scheiße, Jess, bitte hör auf. Mein Bauch tut

schon weh«, bettelte Fiona, als sie sich alle vor Lachen krümmten.

»Ich kann nichts dafür, wenn hier in der Kneipe so verrückte Dinge passieren«, verteidigte sich Jessyka. Sie hatte den Frauen Geschichten über seltsame Dinge erzählt, die Leute in betrunkenem Zustand getan hatten. »Da waren sogar einmal diese Frauen, die versucht haben, von der falschen Seite aus einem Schnapsglas zu trinken.« Das brachte die Frauen erneut zum Lachen.

»Hey, wir waren gut darin«, prahlte Summer und wusste genau, wovon Jessyka sprach.

»Ja, das warst du. Du musst uns allen beibringen, wie das geht«, stimmte Jess zu und lächelte. Sie konnte sich nicht erinnern, wann sie das letzte Mal so sehr gelacht hatte. Jess spürte, wie ihr Handy in der Tasche vibrierte, und zog es hastig heraus. Sie war gespannt, was Kason ihr zu sagen hatte. Sie war schon seit mindestens einer Stunde bereit zu gehen, wollte aber nicht die Erste sein, die aufbrach.

Ich habe deinen Freund. Sag niemandem etwas, sonst töte ich ihn. Komm durch die Hintertür nach draußen.

Jess runzelte die Stirn, als sie die SMS noch einmal las. Sie kam von Kasons Nummer. War das ein schlechter Scherz von ihm?

Jetzt bleib ruhig, Kason, ich bin bald zu Hause.

Sie schaltete den Bildschirm aus und hob den Kopf, um den anderen von Kasons Ungeduld zu erzählen. Während der letzten Stunden hatte Jess erfahren, dass die Frauen sich nichts verschwiegen, und sie mochte die Offenheit ihrer neuen Freundinnen.

Ihr Telefon vibrierte erneut. Jess lächelte und sah nach unten, um Kasons Antwort zu sehen. Stattdessen musste sie nach Luft schnappen. Es war keine Nachricht, sondern ein Bild von Kason auf dem Rücksitz eines Autos. Offensichtlich war er bewusstlos und sein Gesicht war blutverschmiert. Während sie versuchte herauszufinden, ob das, was sie sah, echt war, kam eine weitere SMS.

Ich werde ihn verdammt noch mal töten, ohne zweimal darüber nachzudenken. Beweg deinen Arsch hier raus. Und wenn du jemandem etwas sagst oder jemanden warnst, werde ich es herausfinden und derjenige wird sterben.

Jess musste schnell denken. Auf keinen Fall könnte sie sich durch den Hinterausgang schleichen. Dude und Cookie waren viel zu paranoid in Bezug auf den Flur und die Tür. Sie glaubte auch nicht, dass die anderen Frauen sie allein auf die Toilette gehen lassen würden, und einer der Jungs würde sie beobachten, wenn sie ging.

Ich kann nicht durch die Hintertür raus. Ich muss vorne rausgehen. Tu ihm nichts. Ich komme.

Jess versuchte, nicht in Panik zu geraten. Sie wollte nicht eine dieser Frauen sein, die zu dumm zum Überleben war. Und wenn sie jetzt einfach aus der Tür gehen würde, wäre sie genau das. Sie wollte nicht entführt werden, aber was zum Teufel konnte sie anderes machen? Jess wusste, dass die Männer es schnell herausfinden würden. Sie mussten es einfach. Sie wusste, dass Tex sie überwachte. Sie glaubte nicht, dass er den ganzen Tag vor seinem Computer saß und ihre Bewegungen beobachtete, aber hoffentlich würde ihm etwas auffallen, wenn er das nächste Mal einen Blick darauf warf und sie von der Kneipe ... wohin auch immer gebracht worden war. Hoffentlich zu Kason.

Es war wirklich scheiße, dass niemand jemals daran gedacht hatte, dass die Männer selbst überwacht werden müssten. Es war immer nur um die Frauen gegangen. Alle waren so besorgt darüber, dass eine von ihnen wieder entführt werden könnte, dass sie nicht einmal daran gedacht hatten, dass einer von ihnen ebenfalls entführt oder in Gefahr geraten könnte. Alles, was nötig gewesen wäre, wäre ein kleines Gerät, das an einem Kleidungsstück oder seiner Uhr oder einem Schuh oder was auch immer befestigt wäre, und Kason wäre nicht in dieser Notlage. Zur Hölle, *sie* wäre nicht in dieser Notlage.

Wenn Kason ein Ortungsgerät hätte, hätte sie sofort Dude oder Cookie Bescheid gesagt und sie hätten sich darum gekümmert, während sie in Sicherheit war. Aber jetzt war sie in einer Position, in der sie genau das tun musste, was diese unbekannte Person von ihr verlangte, wenn sie nicht das Beste verlieren wollte, was ihr jemals passiert war.

Jess konnte es nicht riskieren zu ignorieren, was der Unbekannte ihr per SMS geschrieben hatte, solange sie keine Ahnung hatte, wo Kason war. Sie wusste nicht, wer hinter der Entführung steckte. War es jemand von einer ihrer Missionen? Sie konnte sich nicht vorstellen, dass die Männer so nachlässig wären, dass einer ihrer Feinde wusste, wo sie lebten, aber sie hatte keine Ahnung, wer sonst dahinterstecken könnte. Jess hatte Todesangst, wusste aber, dass Kasons einzige Chance darin bestand, zu ihm gebracht zu werden und zu hoffen, dass Tex zusah.

Du hast drei Minuten. Ich werde ihn töten, wenn du bis dahin nicht hier draußen bist.

Jess schaltete das Telefon aus, ohne sich die Mühe zu machen zu antworten, und holte tief Luft. *Los geht's.*

»Das war Kason«, sagte sie zu den Frauen und hoffte, dass es normal klang. »Er wartet draußen. Ich schätze, er ist zu ungeduldig geworden und will mich nach Hause bringen. Die SMS vorhin hat ihn wohl verrückt gemacht.« Jess lachte und wusste, dass es nicht ihr übliches lockeres Lachen war, aber sie war keine so gute Schauspielerin.

»Tu nichts, was wir nicht auch tun würden«, lachte Caroline, als sie von ihrem Stuhl sprang und zu Jess kam, um sie zu umarmen. »Das müssen wir bald wieder machen.«

Es sah so aus, als hätte sie ihre Freundinnen erfolgreich getäuscht. Jess nickte zustimmend und umarmte die Frauen. Niemand sagte etwas, wenn sie sie etwas zu lange festhielt oder etwas zu fest drückte.

»Ich werde mich noch von den Jungs verabschieden.«

Alle nickten und wandten sich wieder ihrem Gespräch zu. Jess holte noch einmal tief Luft. Es war eine Sache, ihre Freundinnen auszutricksen, aber die SEALs zu täuschen wäre etwas anderes. Wie viel Zeit war vergangen? Sie hatte keine Ahnung, wusste aber, dass sie sich beeilen musste.

Schnell humpelte sie zu Cookie und Dude. »Hey Leute, Kason hat gerade eine SMS geschickt, er wartet draußen auf mich. Ich denke, ich habe ihn ein bisschen zu sehr geärgert.« Sie sah zu Dude auf. »Ich vermute, das kleine Gespräch, das du mit ihm geführt hast, ist gut angekommen. Er sagte, er hätte noch Pläne für heute Nacht.« Jess lächelte Dude an.

»Alles in Ordnung mit dir?«, fragte Dude und nahm ihr Kinn in seine Hand.

Verdammt, sie war wirklich nicht so gut mit dieser Schauspielerei, wie sie dachte. Jess schloss kurz die Augen und betete, dass er sie gehen lassen würde. »Mir geht es gut, Dude, wirklich. Verdammt, was soll mir schon passieren? Tex hat mich seit Sonntag auf zehn verschiedene Arten verwanzt. Ich kann keinen Schritt mehr machen, ohne dass Tex und ihr wisst, wo ich bin, oder?« Jess wusste, dass sie es übertrieb, aber sie musste versuchen, ihnen einen Hinweis zu geben. Vielleicht würden Dude und Cookie es nicht sofort bemerken, aber sich hoffentlich bald daran erinnern.

»Richtig. Denk dran, du kannst immer Nein sagen, wenn Benny aufhören soll.«

Jessyka wurde rot. Jesus. Dude sprach über ihr Sexualleben, als wüsste er genau, was Kason heute Abend mit ihr vorhatte.

Dude grinste und genoss offensichtlich ihre Verlegenheit. »In Ordnung, Süße. Fahr nach Hause. Wir sehen uns später.«

Jess umarmte Cookie und wünschte sich von ganzem Herzen, sie könnte den Männern etwas sagen. Sie wusste, dass sie sofort handeln würden, aber sie konnte die Worte *ich werde ihn töten* und das Bild von Kason, wie er regungslos dalag und am Kopf blutete, nicht vergessen. Sie würde sein Leben nicht riskieren. Die Jungs würden sie und Kason hoffentlich schnell finden.

Jess ging zur Tür und fragte sich, ob sie die anderen jemals wiedersehen würde. Sie drehte sich um und winkte den Frauen zu. Ihr Blick verschwamm etwas durch die Tränen, die ihr in die Augen traten. Jess verdrückte sich die Tränen. Scheiß drauf. Sie würde nicht weinen. Sie musste stark sein. Sie hatte zwei Ortungsgeräte bei sich. Tex und die anderen würden sie finden. Sie mussten einfach.

Sie öffnete die Tür, trat nach draußen und sah sich um. Jess hatte keine Ahnung, wohin sie gehen sollte. Plötzlich legte jemand seinen Arm um sie und presste ein Tuch vor ihren Mund und ihre Nase. Sie wehrte sich kurz, wurde aber schnell von den Gasen aus dem Stück Stoff überwältigt. Bevor Jess bewusstlos wurde, hoffte sie noch, dass Tex wirklich so gut darin war, Leute aufzuspüren, wie die Männer immer behaupteten.

KAPITEL FÜNFZEHN

Jess rümpfte die Nase und drehte den Kopf zur Seite, um dem schrecklichen Gestank zu entkommen, der ihre Nase ausfüllte. Als der Geruch nicht nachließ, hob sie die Hand, um wegzuschlagen, was auch immer da war, aber ihre Hand wurde in einem harten Griff abgefangen und zur Seite gezwungen.

Schließlich öffnete sie die Augen und sah in die braunen Augen ihres Ex-Freundes. Er hielt ihr eine kleine weiße Kapsel unter die Nase, aus der ein schrecklicher Gestank kam.

»Brian«, hauchte sie.

»Ja, ich bin es, Baby. Freust du dich, mich zu sehen?«

Jess wehrte sich gegen seinen Griff. »Lass mich los.«

»Du wirst genau das tun, was ich dir sage, wenn du

willst, dass dein kostbarer SEAL am Leben bleibt, verstanden?«

»Wo ist er? Was hast du mit ihm gemacht?« Jess weigerte sich, Brian jemals wieder nachzugeben. Vielleicht war das nicht die klügste Einstellung, aber scheiß drauf. Sie war fertig damit, sich vor ihm zu verstecken. Sie hatte alles darüber gehört, was Caroline und die anderen Frauen durchgemacht hatten, und wenn sie so mutig sein konnten, dann konnte sie das auch.

»Ich habe ihm nur das angetan, was seine Freunde mir angetan haben. Ich habe lange auf diesen Moment gewartet. Komm schon, Krüppel, lass uns gehen.«

Brian zog Jess auf die Füße und hielt ihren Arm fest im Griff. Sie schwankte und versuchte immer noch, gegen die Wirkung des Chloroforms anzukämpfen.

»Jetzt geh, Schlampe. Ich habe ihn im Wald versteckt, damit er keine Probleme macht. Ich wollte nicht, dass seine Arschlochfreunde ihn finden, bevor ich mit ihm fertig bin ... und mit dir.«

Brian schob Jess zu den Bäumen neben dem Parkplatz. Es war derselbe Park, in den Kason sie vor so langer Zeit gebracht hatte, als er mit ihr reden wollte. Jess unterdrückte ein bitteres Lachen. Welch Ironie.

Sie stolperte über den unebenen Boden und versuchte, ihr Tempo zu halten. Brian hatte eine Lampe um seinen Kopf gebunden, damit er sehen konnte, wo er hinging, aber Jess konnte in dem schwachen Licht kaum etwas erkennen. Jedes Mal wenn sie ins Stocken geriet, schubste Brian sie. Jedes Mal wenn er sie anfasste, fiel sie hin. Durch ihre unterschiedlich langen Beine war Wandern noch nie einfach gewesen, vor allem nicht mitten in der Nacht und auf einem unbefestigten Weg im Wald.

Sie fiel zum zehnten Mal hin und Brian trat ihr mit seinem Fuß hart in die Hüfte. »Jetzt geh schon, Schlampe. Ich schwöre bei Gott, ich habe keine Ahnung, warum ich so viel Zeit mit dir verschwendet habe.«

Jess versuchte, den Schmerz in ihrer Hüfte zu ignorieren, und wollte etwas Zeit gewinnen, bevor sie weitergehen musste, daher fragte sie ihn: »Warum *hast* du es dann getan, Brian? Wenn du mich so sehr gehasst hast, warum zum Teufel hast du mich gebeten, bei dir einzuziehen?«

»Tammy brauchte einen verdammten Babysitter. Du warst gerade da, also haben wir beschlossen, dass du dafür ausreichen wirst.«

Jess starrte Brian ungläubig an. »Ihr habt beschlossen, dass ich dafür ausreichen würde? Das war alles? Ich war nur ein Mittel zum Zweck für euch?«

»Ja, mehr warst du nicht. Ein verdammtes Mittel zum Zweck. Und dann hat die blöde Schlampe sich umgebracht. Wir hatten gutes Geld mit ihr verdient.«

»Was?« Jess atmete schwer und glaubte nicht, was sie hörte.

Brian hockte sich neben Jess und lächelte böse. »Ja, sie war ein guter Fick für meine Kumpels. Sie haben uns mit Drogen versorgt und im Gegenzug bekommen, was sie wollten ... eine Teenager-Muschi. Schade, dass sie so fett war, sonst hätten wir unseren Gewinn verdoppeln können.«

Jess wurde schwarz vor Augen. Sie hatte keine Ahnung gehabt, dass Tabitha missbraucht worden war. Sie hatte Brian vertraut. Sie hatte ihn am Ende nicht mehr wirklich gemocht, aber sie hatte keine Ahnung gehabt, wie abgedreht er tatsächlich war. Jess streckte eine Hand aus und stieß Brian, so fest sie konnte. »Sie war deine Nichte! Wie konntest du ihr das nur antun? Das ist *krank*!«

Brian stand auf und zog Jessyka an den Haaren hoch. Als sie sich bemühte, auf die Füße zu kommen, um den Zug von ihrer Kopfhaut zu nehmen, legte Brian sein Gesicht an ihres und spottete: »Sie war nur für eines gut, und zwar für Sex. Ich habe meine Drogen bekommen und sie hat Schwänze bekommen. Außerdem, was denkst du wohl, wer überhaupt auf die Idee gekommen ist? Ja, ihre verdammte Mutter. Also schieb mir nicht die Schuld zu, Jess, ich habe nur getan, was ihre liebe Mami wollte.«

Jessyka wurde schlecht. Jahrelang hatte sie mit Brian zusammengelebt, doch nie hätte sie sich vorstellen können, dass Tabitha das hatte durchmachen müssen. Kein Wunder, dass sie ihr Leben beendet hatte. Sie hatte es nicht getan, weil Jess ausgezogen war, das hatte ihr nur den letzten Antrieb gegeben, den Mut zu finden, ihre eigenen Qualen zu beenden. Zur Hölle, so wie Jess Brian kannte, hatte er Tabitha wahrscheinlich gedroht, sie zu verprügeln, sollte sie nicht mitspielen.

»Jetzt *geh*. Oder ich ziehe dich den Rest des Weges an deinen verdammten Haaren.«

Jess wusste, dass Brian genau das tun würde. Sie hatte noch nie so viel Angst vor ihm gehabt wie jetzt. Früher hatte sie nur befürchtet, verprügelt zu werden, aber jetzt? Zu wissen, wie verdorben er war? Zu wissen, was er Tabitha angetan hatte? Jess hatte Angst. Wo war Kason? Was hatte Brian mit ihm gemacht? Zum ersten Mal wurde Jess klar, dass Brian ihn möglicherweise bereits getötet hatte. Offensichtlich war er verrückt genug dafür.

Jess stolperte vor Brian daher, so gut sie konnte. Ihre Hüfte tat so sehr weh wie seit langer Zeit nicht mehr. Brians Tritte hatten sicherlich ihren Anteil daran. Die Schmerzen erinnerten sie daran, wie sie einmal an einem Fünf-Kilometer-Wohltätigkeitslauf teilgenommen hatte. Sie hatte es geschafft, aber ihre Hüfte hatte danach mindestens eine Woche lang wehgetan. Ihre unterschiedlich langen Beine erlaubten es ihr nicht, lange Zeit zu gehen, geschweige denn einen erzwungenen Marsch über unebenen Boden zu machen.

Jessyka fiel noch ein paarmal hin, Brian trat sie aber nicht mehr, sondern zog sie nur immer wieder hoch und zwang sie weiterzugehen.

Schließlich blieb Brian stehen und packte Jess am Arm. Er zeigte nach rechts, als wüsste er genau, wohin er wollte. »Da lang.«

»Was? Wo?«

Brian drückte sie so fest, dass Jess auf die Knie fiel. »*Dort*.«

Jess hob den Kopf und sah, dass Brian auf eine Lichtung zeigte. Woher zum Teufel wusste Brian, wohin sie gingen? Jess konnte keinen Unterschied zwischen den Bäumen hinter ihnen und vor ihnen ausmachen, besonders nicht im Dunkeln. Sie hatte auch keine Ahnung, wie weit sie gegangen waren. Ihr stockender Gang war irreführend. Es könnte ein oder auch vier Kilometer gewesen sein.

Jess stand langsam auf, unterdrückte ein schmerzvolles Stöhnen, das sie auf ihrer Zungenspitze spüren konnte, und kroch zu Brian. Sie schob die Zweige aus dem Weg und sah sich plötzlich Kason gegenüber. Und er war außer sich vor Wut.

KAPITEL SECHZEHN

»Schau doch, was ich gefunden habe, SEAL-Mann«, lachte Brian, als er eine Taschenlampe in einem Baum in der Nähe befestigte. Brian ignorierte Kasons Blicke, mit denen er ihn durchbohrte. Mit seinem Stiefel trat er Jess in den Hintern, bis sie mit einem Schrei direkt vor Kason auf den Boden fiel.

Jess hörte Kason grunzen und sah, wie er gegen seine Fesseln ankämpfte, mit denen er an eine große Eiche gebunden war. Sie starrte ihn bestürzt an.

Getrocknetes Blut war auf Kasons Gesicht zu sehen, offensichtlich von einer Schnittwunde an seiner Schläfe. Brian hatte ihn mit einem Stück Stoff im Mund geknebelt und mit einem Seil gefesselt, das kilometerlang zu sein schien. Kasons Hände befanden sich hinter seinem Rücken und sein Körper war in einem unangenehmen Winkel gebeugt, da er den Rücken nicht an den Baum lehnen konnte. Seine Beine waren auf Höhe der Knöchel zusammengebunden und dasselbe Seil verlief auch um seine Knie und Oberschenkel und schließlich um den Baum. Außerdem war er barfuß.

Irgendwie war es der Anblick seiner nackten, verletzlichen Füße, der Jess am meisten zusetzte. »Es tut mir so leid«, flüsterte sie, bevor Brian sie an den Haaren packte und wieder nach oben zog.

»Verdammte Scheiße!« Jess konnte nicht verhindern, dass ihr die Worte aus dem Mund kamen.

»Jetzt ist er nicht mehr so groß und mächtig, oder?«, murmelte Brian Jess ins Ohr, als wäre er ihr Liebhaber, der ihr etwas Süßes zuflüstert. »Jetzt weiß er, wie es sich anfühlt, hilflos zu sein, genau wie ich, als seine Freunde mich besucht haben. Ein fairer Austausch, wenn du mich fragst.« Brian stieß Jess von sich weg und sie landete erneut auf allen vieren vor Kason. Sie hatte es satt, auf dem Boden zu kriechen.

Jess dachte nach. Sie musste etwas tun. Brian war verrückt geworden. Sie wollte lieber nicht daran denken, was er mit ihnen vorhatte. Sie musste etwas Zeit gewinnen. Jess wusste, dass sie Kason und sich auf keinen Fall allein retten konnte, doch sie musste den anderen lediglich etwas Zeit verschaffen, um sie zu finden. Sie war kein SEAL, sie war keine Soldatin. Zur Hölle, Brian war um ein Vielfaches schwerer als sie, sie könnte ihn niemals überwältigen. Aber vielleicht könnte sie ihn irgendwie austricksen.

Kason war im Moment der Verletzlichere. Sie wusste, dass er ein SEAL und ein Supersoldat war, aber so wie er festgebunden war, konnte er sich auf keinen Fall befreien. Zur Hölle, wenn er sich befreien könnte, hätte er es längst getan, während Brian sie vor der Kneipe geschnappt hatte. Es lag jetzt an ihr, ihn zu retten. Rollentausch. Es war an ihr, Kason zu beschützen, bis seine Freunde sie finden würden. Und sie hatte keinen Zweifel daran, dass sie das tun würden. Das war es, was sie immer taten. Sie musste sich und Kason nur etwas Zeit verschaffen, bis es so weit war.

Der Schock, den Jess empfunden hatte, seit ihr klar geworden war, dass Brian sie und Kason entführt hatte, verflog langsam und ein Gefühl der Ruhe überkam sie. Sie hatte keine Ahnung, ob es mit Kason und den anderen vielleicht so ähnlich war, wenn sie auf einer Mission waren, aber sie ließ sich darauf ein.

Jess sah wieder zu Kason hinüber und sagte: »Ich liebe dich.« Dann wandte sie sich wieder Brian zu. Sie ignorierte die Geräusche, die aus Kasons Richtung kamen, und sagte: »Brian, im Ernst, warum hast du nicht einfach vorher mit mir gesprochen? Glaubst du wirklich, ich wollte mit Tabitha abhängen? Im Ernst? Sie war so fett. Es war total peinlich, mit ihr auszugehen. Weißt du, wie viel sie gegessen hat? Jesus, es hat mich jedes Mal wieder überrascht. Ich habe nur mit ihr abgehangen, weil ich dachte, dass es das war, was *du* von mir wolltest.«

Brian sah nicht überzeugt aus, aber Jess redete weiter, blieb auf dem Boden und versuchte, nicht aggressiv auszusehen.

»Weißt du, dass ich sie dazu gebracht habe, all diese Pillen zu nehmen?« Jess drehte sich bei den Lügen fast der Magen um, aber sie *musste* Brian dazu bringen, ihr zu glauben. »Wir hatten darüber gesprochen. Sie hat mir nicht erzählt, dass sie Sex mit deinen Freunden hatte, aber sie hat mir erzählt, dass sie darüber nachgedacht hat, ob die Einnahme der Pillen es für sie besser machen könnte. Ich habe sie dazu ermutigt.«

Jess konnte fühlen, wie Kason mit seinen Blicken ihren Hinterkopf durchbohrte, aber sie fuhr fort: »Ich habe ihr gesagt, wenn sich der Sex mit einer einzigen Pille schon besser anfühlt, dann würde es noch besser werden, wenn sie mehrere einnimmt. Sie hat mich gefragt, wie viele sie nehmen soll, und ich habe ihr geraten, die ganze verdammte Flasche zu schlucken.«

Bei Brians ungläubigem Blick fuhr sie schnell fort: »Ich weiß, es ist absolut lächerlich, aber sie hat mir vertraut und mir geglaubt. Ich habe ihr gesagt, sie soll sie nehmen, sobald ich weg bin, damit sie wirken, wenn deine Freunde ankommen. Sie war nicht besonders klug.«

»Du hast immer gesagt, dass sie *schlau* ist«, sagte Brian ausdruckslos.

»Nur weil ich dich nicht beleidigen wollte. Sie war schließlich deine Nichte. Wenn du mir nur gesagt hättest, dass sie dein Freifahrtschein für Drogen ist, hätte ich sie nicht dazu ermutigt. Aber du warst derjenige, der sich immer über sie beschwert hat. Ich dachte, ich tue dir einen Gefallen.«

Jess versuchte, sich nicht zu übergeben. Schweigend sandte sie ein Gebet an Tabitha und bat sie um Vergebung für den absoluten Dreck, der aus ihrem Mund kam. Jess konnte im Moment nicht darüber nachdenken, was Kason wohl gerade über sie dachte, also redete sie einfach weiter.

»Und wirklich, Brian, jetzt, nachdem ich es mit ihm etwas gröber hatte«, Jess zeigte über ihre Schulter auf Kason, »verstehe ich es. Ich verstehe jetzt, was du magst. Und das mag ich auch. Genauso will ich es mit dir. Als wir zusammen waren, war alles immer nur süß und lieb. Ich wette, das gefällt dir nicht *wirklich*, oder?«

Jess' Herz schlug heftig in ihrer Brust. Jetzt kam sie zum Kern ihres Plans und der könnte sehr leicht nach hinten losgehen, wenn sie nicht aufpasste.

Jess sah, wie Brians Augen vor Interesse und Lust aufleuchteten, und machte weiter. »Ja, ich wette, du magst es, deine Partnerin zu fesseln, nicht wahr? Er hat mich einmal gefesselt und es hat mir gefallen. Ich weiß, dass du mich gern an den Haaren festhältst, aber das habe ich noch nie im Schlafzimmer gemacht. Ich wette, das bringt mich zum Höhepunkt.«

Jess griff hinter sich unter ihr Hemd. Sie öffnete ihren BH und redete weiter, als Brians Blicke ihren Bewegungen folgten. »Ich habe es auch noch nie unter Drogen getrieben. Ich wette, das macht es noch heißer, oder? Hast du dabei das Gefühl zu schweben?« Jess schob einen Träger ihres BHs über die Schulter und zog ihren Arm heraus, wobei sie sich mit ihrem Hemd bedeckt hielt. »Hast du dir schon einmal eine Frau mit deinen Freunden geteilt? Das ist noch etwas, was ich noch nie probiert habe. Kason ist zu besitzergreifend. Aber ich wette, die Hände deiner Freunde würden sich gut auf meinen Titten anfühlen, während du deinen Schwanz in mich schiebst.«

Jess zog den anderen Arm aus dem Träger und entledigte sich vollständig ihres BHs. Sie ließ ihn hinter sich auf den Boden fallen und ignorierte Kasons wütende Geräusche. Sie atmete schwer. Jess hatte keine Ahnung, ob sie damit heil davonkommen würde, aber sie musste es versuchen. Sie drückte den Rücken durch und stemmte die Hände in die Hüften. Dabei zog sie ihr Hemd straff, sodass ihre Brustwarzen durch das Hemd drückten, die durch die kühle Nachtluft steif geworden waren. Jess stand langsam auf und redete weiter.

»Hast du das schon mal getan, Brian? Was ist mit K.-o.-Tropfen? Hast du es schon mal mit einem bewusstlosen Mädchen getrieben? Ich wette, das würde dir Spaß machen. Stell dir vor, du könntest mit dem Mädchen machen, was du willst, und es kann sich nicht wehren. Ich will nicht sagen, dass ich diejenige sein will, die unter Drogen steht, aber ich würde gern dabei zusehen.« Jess lachte und hoffte, dass es für Brian nicht so falsch klang wie für ihre eigenen Ohren.

»Was sind deine Fantasien, Brian?« Jess hielt den Atem an. Das könnte schiefgehen, aber verdammt, sie musste etwas tun.

»Ich träume davon, dich hier vor diesem Arschloch zu ficken. Ich will dir meinen Schwanz in den Hals schieben, bis du würgen musst. Willst du das, Jess?«

Jess schluckte. Scheiße. »Oh ja, du weißt, ich habe deinen Schwanz immer geliebt. Was sonst? Es würde dir gefallen, wenn ich mich wehre, oder?«

»Oh ja, und wenn du dich dann ergibst und das Unvermeidliche akzeptierst, das wäre perfekt.«

»Was ist, wenn du mich zuerst jagen musst?«

Die Geräusche aus Kasons Richtung kamen jetzt ununterbrochen. Er grunzte und versuchte offensichtlich, etwas zu sagen, aber Jess ignorierte ihn. Es sah so aus, als hätte er ihren Plan verstanden, und er war nicht glücklich darüber.

»Denkst du, du kannst vor mir davonlaufen, Jess?«, fragte Brian höhnisch. »Du bist ein Krüppel. Du schaffst keine fünf Schritte, bevor ich dich eingeholt habe.«

Jess hob ihre Arme, fuhr sich durchs Haar und stellte gleichzeitig sicher, ihren Rücken dabei reizvoll zu wölben. Sie wusste, dass die Brüste unter ihrem Hemd wackelten und ihre Brustwarzen vor Angst steif waren. Sie warf ihre Hüfte zur Seite und ignorierte den Schmerz, den diese Aktion verursachte.

»Natürlich kann ich dir nicht entkommen. Du weißt, wie schlecht ich mit meiner Hüfte laufen kann. Aber du könntest mir einen kleinen Vorsprung geben ... das macht es etwas spannender für dich.«

Jess hielt ihre Pose und freute sich innerlich, als Brian tatsächlich über ihre Worte nachdachte. Sie versuchte, ihm die Entscheidung noch etwas zu versüßen. Sie senkte die Arme und stemmte die Hände wieder in die Hüften. »Weißt du was? Du gibst mir zwei Minuten Vorsprung. Du kannst sehen, in welche Richtung ich gehe. Wenn du mich in zwei Minuten erwischst, dann dürfen deine Freunde und du mich gleichzeitig ficken, solange du deine Drogen mit mir teilst.«

»Und wenn es länger als zwei Minuten dauert?«

Jess wollte am liebsten wie ein kleines Kind auf und ab springen, obwohl sie wusste, dass sie immer noch tief in der Scheiße steckte. Aber sie hatte ihn. Brian würde darauf eingehen.

»Dann sind deine Kumpels raus, aber du darfst mir deinen riesigen Schwanz hier im Wald in den Hals stecken.«

Jess fiel im Moment nichts anderes ein. Hoffentlich war Brian übermütig genug zu glauben, dass er sie innerhalb dieser zwei Minuten einholen könnte. Und hoffentlich würden Tex und Kasons Freunde sie schnell finden.

»Oh, du wirst meinen Schwanz bekommen, Jess, egal ob es zwei Minuten oder zwei Sekunden dauert.«

Jess lächelte und hoffte, dass es bei Brian als verführerisches Lächeln ankam.

»Sieht so aus, als wäre dein Freund nicht sehr zufrieden mit dir.«

Jess wollte sich nicht umdrehen und Kason ansehen. Sie war von ihren eigenen Worten angewidert. Sie konnte sich gut vorstellen, was Kason dachte. Aber weil Brian sie darauf hingewiesen hatte, wollte er offensichtlich, dass sie hinschaute. Also drehte sie sich um.

Jess sah die Wut auf Kasons Gesicht, die sie erwartete hatte. Seine Augen loderten voller Hass. Seine Zehen waren verkrampft und jeder Muskel in seinem Körper war angespannt. Aber unter der Wut sah Jess Besorgnis, Mitgefühl und sogar Liebe in seinen Augen. Sie drehte sich schnell wieder um. Scheiße. Sie würde das nicht durchstehen, wenn sie Kason weiter ansah. Sie musste das alles ausblenden.

»Also, was ist, bist du bereit für unser Spiel?«

Brian legte den Kopf zur Seite und sagte: »Weißt du, jetzt bedauere ich es fast, nicht mit dir gesprochen zu haben. Wenn ich gewusst hätte, was für eine versaute kleine Hure du bist, wären wir viel besser miteinander ausgekommen.«

Jess lächelte und zwinkerte Brian zu, sagte aber nichts.

»Na dann los, ich spiele mit. Ich habe nichts zu verlieren. Mit deinem Humpelbein kommst du eh nicht weit. Es wird sich so gut anfühlen, dich schreien zu hören, wenn ich dich nehme, Jess. Du hast immer wie ein schlaffer Fisch unter mir gelegen. Ich kann es kaum erwarten zu sehen, wie du dich windest, wenn ich dich so nehme, wie ich es will und wann ich will. Deine zwei Minuten beginnen ... *jetzt*.«

KAPITEL SIEBZEHN

Wolf lächelte Caroline an, die neben ihm auf dem Beifahrersitz in seinem Wagen saß. Sie war müde von dem Alkohol, den sie an diesem Abend mit ihren Freundinnen getrunken hatte, und sie drehte ihren Kopf herum, um ihn anzusehen.

»Ich liebe dich, Matthew.«

»Ich liebe dich auch, Ice. Hattest du Spaß?«

»Du weißt, dass ich Spaß hatte.«

Wolf legte seine Hand auf Carolines Oberschenkel und bewegte sie langsam nach oben. »Müde?«

Caroline legte ihre Hand auf seine, während er sie weiter über ihren Körper nach oben fahren ließ. »Niemals zu müde für dich.«

Sie lächelten sich an, bis die Ampel grün wurde und Wolf seine Aufmerksamkeit wieder auf die Straße richten musste.

Sein Handy vibrierte in seiner Tasche und Wolf neigte sich zur Seite. »Ice, kannst du mein Handy nehmen und nachsehen, worum es geht?«

Caroline fasste nach Matthews Hintern und zog das Handy aus seiner Gesäßtasche. Sie lächelte, als er leise stöhnte und sagte: »Pass auf oder du wirst dafür später noch bezahlen.«

Sie lächelte erneut und sah auf das Telefon hinunter. Sie wischte über den Bildschirm, gab Wolfs Passwort ein und klickte auf die SMS. Sie war von Tex. Caroline runzelte die Stirn, es war schon spät in Kalifornien, aber in Virginia war es mitten in der Nacht.

»Wer hat geschrieben?«

»Tex.«

Wolf richtete sich in seinem Sitz auf und verlor seine lockere Stimmung. »Was will er?«

Caroline las die Nachricht und zog verwirrt die Augenbrauen zusammen. »Ich habe keine Ahnung.«

»Was schreibt er?«

Was zum Teufel macht Jessyka mitten im Brant Park?

Plötzlich begann das Telefon in Carolines Hand zu klingeln. Sie erschrak und ließ es fast fallen, gab es dann aber sofort Matthew, weil sie wusste, dass etwas nicht stimmte.

Wolf nahm sein Telefon und sah, dass es Abe war. Er nahm den Anruf an.

»Was?«

»Hast du auch eine SMS von Tex bekommen?«

»Scheiße. Ja, du auch?«

»Ja.«

»Ruf Cookie an, ich werde mich mit Dude in Verbindung setzen. Vielleicht wissen sie, wovon Tex spricht.«

Wolf beendete den Anruf und nahm sich die Zeit, Caroline eine kurze Frage zu stellen, bevor er Dude anrief. »Jess war heute Abend auch da, richtig?«

»Ja, sie ist gegen elf gegangen.« Caroline sah auf die Uhr. »Vor ungefähr vierzig Minuten. Sie sagte, Kason hätte ihr eine SMS geschrieben und wollte sie unbedingt nach Hause holen. Sie hat sich von uns und den Jungs verabschiedet und ist dann nach draußen gegangen.«

Wolf antwortete nicht, sondern tippte schnell auf die Nummer von Dude.

»Ich habe die SMS auch bekommen«, sagte Dude zur Begrüßung.

»Hast du etwas Seltsames bemerkt, als Jess heute Abend gegangen ist? Ice sagt, sie hätte eine SMS von Benny bekommen und dann beschlossen zu gehen.«

»Nicht wirklich, sonst hätte ich sie nicht gehen lassen. Aber angesichts dessen, was jetzt los ist, fällt mir ein, sie hat mehrfach erwähnt, dass sie von oben bis unten verwanzt ist und Tex sie immer finden kann, wenn es sein muss.«

»Sie hat es gewusst«, zog Wolf schnell seine Schlussfolgerung.

»Ja, das denke ich jetzt auch«, stimmte Dude zu.

»Warum hat sie euch nicht einfach gesagt, dass etwas nicht stimmte?« Wolf verstand nicht, was in Jess' Kopf vorgegangen war.

»Was ist, wenn die SMS, die sie bekommen hat, nicht wirklich von Benny war?«

»Scheiße.«

Wolf drehte das Lenkrad herum und fuhr auf einen großen Parkplatz. Er machte eine Kehrtwende und fuhr zurück auf die Straße. »Ich fahre zurück zur Kneipe, wir treffen uns dort. Ich werde versuchen, Benny zu erreichen und dann Tex.«

Wolf legte auf, ohne sich zu verabschieden. Caroline saß schweigend neben ihm. Er nahm sich die Zeit, still mit seiner Hand über ihren Hinterkopf zu fahren, um sie zu beruhigen, dann wählte er Bennys Nummer.

Das Telefon klingelte und nachdem es viermal geklingelt hatte, ging die Mailbox ran. »Scheiße.« Wolf machte sich nicht die Mühe, es noch einmal zu versuchen. Wenn Benny nicht ans Telefon ging, stimmte etwas ganz und gar nicht. Er tippte auf die Nummer von Tex.

»Ich habe Benny nicht erreichen können«, sagte Tex, als er antwortete.

»Ich auch nicht. Ich treffe mich mit den Jungs wieder bei *Aces*.«

»Okay, alle sind etwa gleich weit entfernt. Ich

nehme an, Jess sollte sich nicht mitten im Brant Park aufhalten?«

»Nein, verdammt!«

Wolf konnte hören, wie Tex im Hintergrund auf seinem Computer tippte. »Okay, sie geht tiefer in den Wald hinein. Es sieht so aus, als würde sie genau in Richtung Parkmitte gehen.«

»Halte mich auf dem Laufenden und ruf mich an, wenn sich etwas ändert.«

»Wird gemacht.«

Die Verbindung wurde unterbrochen.

Caroline flüsterte neben Wolf: »Was ist los, Matthew? Hat jemand Jess entführt?«

Wolf seufzte. »Ja, Ice. Ich glaube, Jess wurde entführt.«

»Das verstehe ich nicht. Sie ist nach draußen gegangen, weil sie wusste, dass jemand da draußen auf sie wartete?«

»Was würdest du tun, wenn mich jemand entführt und dir sagt, dass du tun musst, was derjenige verlangt, oder er tötet mich?« Wolf kannte Carolines Antwort, auch ohne wirklich darauf warten zu müssen.

Caroline sah Matthew entsetzt an. »Oh mein Gott. Daran haben wir nicht einmal gedacht.«

»Ja«, stimmte Wolf grimmig zu und trat das Gaspedal weiter durch. Das Team musste diese Scheiße schnell unter Kontrolle bekommen. Wie es aussah, war nicht nur eine ihrer Frauen in Gefahr, sondern auch einer ihrer Teamkollegen.

Jess rannte, so schnell sie konnte. Sie wusste, dass sie nicht schnell genug war, aber je weiter sie sich von Kason entfernen konnte, desto größer war die Chance, dass Tex und sein Team ihn fanden, bevor Brian zurückkehren und ihn verletzen konnte, nachdem er mit ihr fertig war.

Zweige zerkratzten Jess das Gesicht, als sie blindlinks durch die Dunkelheit lief. Sie lief in die entgegengesetzte Richtung anstatt zurück zu dem Ort, an dem Brians Wagen stand. Dann, sobald Brian sie durch die Blätter nicht mehr sehen konnte, drehte sie sich um neunzig Grad und wechselte die Richtung. Dasselbe tat sie noch ein weiteres Mal und hoffte, danach wieder in die Richtung zu laufen, aus der sie ursprünglich gekommen waren. Jess hatte keine Ahnung, wo sie war oder wie weit es weg war. Sie interessierte sich nur dafür, so weit wie möglich von Brian wegzukommen.

Wenn Brian sie erwischte, würde er ihr wehtun. Jess wusste es, sie war keine Idiotin. Aber sie wusste auch, dass Kason eine bessere Chance hatte, befreit zu werden, wenn Brian sich die Zeit nehmen würde, all die Dinge mit ihr zu tun, mit denen sie ihn aufgezogen hatte.

Sie hatte keine Chance, Brian zu entkommen, aber wenn sie nur lange genug im Zickzack laufen und versuchen würde, sich zu verstecken, würde sie Kason vielleicht genügend Zeit verschaffen.

Jess konnte nicht glauben, dass Brian und Tammy so kaltherzig und psychopathisch waren. Sie weigerte sich aber, im Moment wegen Tabitha zu weinen. Wie verängstigt und verwirrt das Mädchen gewesen sein musste. Jess schüttelte den Kopf und versuchte, diese Gedanken abzuschütteln. Sie musste herausfinden, wie Kason und sie aus der aktuellen Situation entkommen konnten, in der sie sich befanden. Sie würde später trauern ... wenn es für sie ein Später gab.

Jess hatte ihren BH absichtlich zurückgelassen, weil sie wusste, dass darin ein Ortungsgerät versteckt war. Der Striptease hatte zum einen die Aufgabe erfüllt, Brian abzulenken, aber es war auch die einzige Möglichkeit gewesen, an die sie denken konnte, ein Ortungsgerät bei Kason zu hinterlassen. Jess hatte noch eins in ihrem Schuh, aber auf keinen Fall hätte sie einen Schuh zurücklassen können, zumal sie jetzt durch den verdammten Wald laufen musste. Der BH war ihre einzige Option gewesen.

Zum vierten Mal fiel Jess hin, sie zwang sich aber sofort wieder aufzustehen. Sie musste in Bewegung bleiben. Sie durfte nicht stehen bleiben. Jeder schmerzhafte Schritt bedeutete hoffentlich, der Rettung einen Schritt näher zu kommen, aber vor allem einen Schritt weiter von Kason entfernt zu sein, um die Gefahr zu verringern, die von einem verärgerten Brian ausging.

Wolf bog auf den Parkplatz von *Aces* ein und trat auf die Bremse. Er stellte den Motor ab und eilte zu seinen Freunden.

»Irgendwas Neues?«

»Nein, hier sieht alles normal aus«, entgegnete Mozart mit klarer, geschäftsmäßiger Stimme.

Die Männer drängten sich zusammen und versuchten herauszufinden, was passiert war, als Alabama ihnen von der anderen Seite des Parkplatzes zurief: »Ich glaube, das ist Kasons Wagen.«

Die Männer drehten sich um und gingen in die Richtung, in die Alabama gezeigt hatte. Scheiße, das hatten sie verdammt noch mal übersehen. Sie hätten seinen Wagen als Erstes sehen müssen, aber sie waren zu sehr damit beschäftigt gewesen, miteinander zu reden, als zuerst die Umgebung zu erkunden. Sie mussten sich zusammenreißen, wenn sie Benny aus dieser Scheiße herausholen wollten, in der er sich befand. Ohne etwas zu berühren, gingen sie um den Wagen herum.

»Sieht nicht manipuliert aus«, bemerkte Abe. »Aber warum sollte Benny hier hinten parken und nicht direkt vor dem Eingang?«

»Was ist, wenn er auch hergelockt wurde?«, überlegte Cookie laut.

Wolf nahm sein Handy heraus, rief Tex an und stellte ihn auf Lautsprecher. »Bennys Wagen ist hier.«

»Moment.«

Das Team wartete ungeduldig, während Tex auf seinem Computer nach etwas suchte. Sie alle wussten, dass Zeit von entscheidender Bedeutung war. Das war es immer. Jede Sekunde zählte. Sie erinnerten sich alle noch daran, wie Cheyenne gerettet werden musste. Wenn sie zu lange gewartet hätten, wären die Bomben, die an ihrem Körper befestigt gewesen waren, hochgegangen und hätten sie und Hunderte anderer Menschen getötet.

»Gegen zweiundzwanzig Uhr hat Benny einen Anruf aus der Kneipe erhalten. Der Anruf hat ungefähr zwanzig Sekunden gedauert«, sagte Tex mit schroffer Stimme.

»Okay, also hat ihn jemand hierhergelockt und ihm gesagt, dass er niemandem etwas erzählen darf.« Wolf drehte sich im Kreis und überprüfte die Umgebung, während er überlegte, was an diesem Abend passiert war. »Er hat uns nicht angerufen, also muss die Person wahrscheinlich irgendwie Jess bedroht haben.« Wolf ging zur Seite des Gebäudes. »Er wollte nicht durch den Haupteingang hinein, also ist er um die Seite geschlichen und dachte, er könnte durch die Gasse reinkommen.«

Wolf, Abe und Dude betraten die Gasse, während Mozart und Cookie auf dem Parkplatz blieben und die Frauen im Auge behielten, die sich um Wolfs Wagen drängten.

Die Mitglieder des Teams durchsuchten die Gasse nach allem, was ihnen mehr Informationen darüber geben könnte, was mit ihrem Kollegen passiert war.

»Da!« Abe zeigte auf Bluttropfen auf dem Boden und Bennys Armeemesser, das offen und sauber auf dem Boden lag.

»Okay, wer auch immer es war, hat Benny überrascht. Er hat ihn außer Gefecht gesetzt und Jess eine SMS geschickt, dass er ihn verletzen oder töten würde, wenn sie nicht tut, was er von ihr verlangt.«

»Ich habe das Gefühl, dass das stimmt, Wolf«, sagte Tex über das Telefon, das Wolf immer noch in der Hand hielt. »Ich habe mich in ihr Handy gehackt. Ich sende ein Bild an Abe, das von Bennys Telefon an Jess geschickt wurde.«

Die Männer warteten und als Abes Telefon vibrierte, drängten sie sich um ihn.

»Teufel noch mal!«, rief Dude aus, als er das Bild von Benny sah, der bewusstlos und blutend dalag. »Kein Wunder, dass sie genau das getan hat, was der

Entführer von ihr wollte, nachdem sie das gesehen hatte.«

Wolf ging zurück zum Parkplatz. »Wie ist der Status von Jess, Tex?«

»Sie hat sich jetzt seit ungefähr sieben Minuten nicht mehr bewegt. Sie befindet sich immer noch mitten im Park.«

»Okay, wir fahren jetzt dorthin«, sagte Wolf zu ihm. »Ich halte die Verbindung mit dir auf meinem Handy aufrecht. Lass es mich wissen, wenn sich an der Situation etwas ändert.«

Wolf ging auf die fünf Frauen zu, die in der Nähe seines Wagens standen. Er zog Caroline fest an sich, als er sie erreichte. »Wir werden sie zurückbekommen. Ihr müsst in die Kneipe gehen und dortbleiben. Bewegt euch verdammt noch mal nicht vom Fleck, bis wir zurück sind. Es ist mir egal, ob ihr eine SMS oder einen Anruf erhaltet. Nicht. Bewegen. Verstanden?«

Ice umarmte fest ihren Mann und zog sich dann zurück. »Verstanden, Matthew. Tex kümmert sich um uns und ihr macht euch auf den Weg.«

Wolf liebte Caroline. Sie war hart im Nehmen, wenn es drauf ankam. Sie wusste genau, was sie sagen musste, um ihn zu beruhigen. »Danke, Ice.« Er küsste sie ein Mal fest und wich dann zurück. Er sah, wie sich seine Teamkollegen ebenfalls leidenschaftlich von ihren Frauen verabschiedeten, dann wandten sie sich wieder an ihn.

»Wir nehmen meinen Wagen und Dudes. Los geht's.«

Die Männer nickten zustimmend und teilten sich wortlos auf die zwei Fahrzeuge auf. Sie fuhren in Richtung Brant Park, um ihren Teamkollegen und seine Frau zu retten.

Jess stöhnte, als Brian sie packte und sie hart auf ihre Knie und dann auf ihren Bauch fiel. Das Licht der Lampe an seinem Kopf leuchtete wie verrückt um sie herum. Sie wusste, dass es nur eine Frage der Zeit war, bis er sie einholte … aber sie hatte es weiter geschafft, als sie erwartet hatte. Brian drehte Jess grob herum, bis sie auf dem Rücken lag. Er packte sie an ihren Handgelenken und zog ihr die Arme über den Kopf. Er grinste sie an und Jess zuckte vor dem Licht zurück, das in ihre Augen schien.

»Hab dich«, freute sich Brian.

»Du hast mich erwischt«, sagte Jess und versuchte, weiter Zeit zu gewinnen.

»Verdammt richtig, das habe ich.« Brian zog Jess auf die Füße und schob sie vor sich her, bis sie zu einer Art Lichtung kamen. Er schob sie weiter und Jess fiel wieder auf die Knie. Jesus, ihre Hände und Knie würden längere Zeit verletzt sein, bevor das alles ein Ende haben würde. Bevor sie aufstehen konnte, stand

Brian hinter ihr. Er packte sie an den Hüften und zog sie zurück, bis sein Schwanz gegen ihren Hintern gepresst wurde. Er rieb sich an ihr, während er genau beschrieb, was er mit ihr machen würde.

Jess blendete Brians Stimme aus. Sie weigerte sich, die ekelhaften Worte zu hören, die aus seinem Mund kamen, und sah sich verzweifelt nach etwas um, das sie als Waffe benutzen konnte. Auf der kleinen Lichtung lag viel Müll ... offensichtlich wurde der Platz hin und wieder als Lager von unglücklichen Obdachlosen genutzt.

Sie schaute nach rechts und sah etwas, von dem sie am wenigsten vermutet hätte, es mitten im Wald zu finden. Ein großer Brocken Schlackenbeton. Jess hatte keine Ahnung, wie er dort hingekommen war. Vielleicht hatte ein Obdachloser ihn mitgeschleppt, weil er dachte, er könnte ihn für etwas gebrauchen. Wie auch immer ... im Moment war es ein Glücksfund.

Wenn sie ihn nur erreichen könnte.

Brian zog sie an ihren Haaren wieder auf die Beine – seine bevorzugte Art, mit ihr umzugehen – und schob sie gegen einen Baum. »Ich werde dich jetzt hier ficken. Du wirst alles bekommen, was ich zu bieten habe. Ich werde alle deine Löcher mit meinem Schwanz stopfen und dann gehen wir zurück zu deinem Freund und ich werde dabei zusehen, wie du ihm eine Kugel ins Gehirn jagst. Dann nehme ich dich mit zu mir und werde dich an mein

Bett fesseln, damit du meinen Freunden ein wenig Freude bereiten kannst. Und wann immer ich Drogen brauche, wirst du meine Freunde so nehmen, wie sie es wollen, und du wirst verdammt noch mal kein Wort darüber verlieren oder ich werde dafür sorgen, dass auch deine anderen Freunde sterben. Willst du das? Willst du, dass ich deine kleinen Freundinnen und ihre Männer töte? Bevor ich sie töte, werde ich sie auch ficken. Wage es nicht, dich mir zu widersetzen, Jess. Wage es verdammt noch mal nicht.«

Jess konnte nicht mehr atmen. Sie konnte nicht mehr klar denken. Sie sah nur Kason, der an den Baum gefesselt war und aus einer Schusswunde in seiner Stirn blutete. Danach blitzten andere Bilder in ihrem Gehirn auf: Alabama, die tot auf dem Boden lag, Fiona gefesselt und bettelnd, dass Brians Freunde sie in Ruhe lassen. Cheyenne, Summer, Caroline. Sie konnte nicht einmal an die Jungs denken. Sie waren ihre Freunde. Auf keinen Fall dürfte Brian das tun. Er war ein Monster. Er hatte seine eigene Nichte für Drogen verkauft und sie so sehr zu Grunde gerichtet, dass sie keinen anderen Ausweg mehr sah, als sich das Leben zu nehmen.

In einem Überraschungsmoment konnte Jess sich von Brian lösen und sich ungefähr drei hinkende Schritte von ihm entfernen, bis Brian es schaffte, sein Bein auszustrecken und sie zum Stolpern zu bringen.

Jess stürzte erneut und Brian warf den Kopf in den Nacken und lachte sie aus.

»Scheiße, das war lustig. Du versuchst immer noch, mir zu entkommen. Wann wirst du kapieren, dass du nichts weiter als ein verdammter Krüppel bist, Jess? Niemand will dich. Du bist nichts und niemand. Glaubst du wirklich, ich habe dir deine Geschichte da hinten geglaubt? Verdammt nein, ich weiß, dass du diese fette Schlampe geliebt hast. Du gehörst jetzt mir und ich lasse dich ganz bestimmt nicht wieder gehen, nur damit du zur Polizei gehen kannst. Ich werde dich ficken und meine Freunde werden dich ficken und du wirst nie wieder von mir wegkommen. Ich werde dich ans Bett ketten und du wirst nie mehr das Tageslicht …«

Brians Worte endeten abrupt. Er hatte den Betonklotz, der auf sein Gesicht zukam, nicht kommen sehen. Das Gefühl des Triumphs über die dumme verkrüppelte Frau, die zu seinen Füßen lag, war das Letzte, woran Brian gedacht hatte.

»Wolf, wir haben ein Problem.« Tex' Worte waren scharf und beißend. Wolf und Dude waren gerade auf dem Parkplatz von Brant Park angekommen. Es stand noch ein anderer Wagen dort.

»Rede«, sagte Wolf brüsk zu Tex.

»Ich habe jetzt zwei Standorte. Einer an derselben Stelle wie während der letzten fünfzehn Minuten. Der andere bewegt sich – erst in Richtung Norden, dann hat das Signal sich umgedreht und kommt jetzt auf euch auf dem Parkplatz zu.«

»Was zum Teufel?«, sagte Cookie leise, als er Tex' Worte hörte.

»Wir werden so lange wie möglich zusammenbleiben, aber wenn die Spuren zu weit auseinander gehen, müssen wir uns aufteilen«, sagte Wolf und machte sich bereits auf den Weg zu den Bäumen im Park.

Das Team stimmte zu und folgte Wolf. Mit Taschenlampen in den Händen leuchteten alle den Weg aus, während sie auf die Ortungsgeräte zugingen.

»Wie ist die Lage, Tex? Ich weiß, dass du unseren Standort nicht siehst, aber wie sieht es mit den anderen Signalen aus? Immer noch dasselbe?«

»Positiv. Ein Signal bewegt sich nach wie vor nicht und das andere ist jetzt auch stehen geblieben. Geht vom Parkplatz aus in nordwestlicher Richtung, dann solltet ihr direkt auf die Quelle eines der Signale stoßen.«

Die Männer nahmen Tempo auf. Sie könnten die ganze Nacht laufen, wenn sie müssten, aber es sah so aus, als müssten sie nur eine kurze Strecke zurücklegen, bevor sie auf das erste Signal stoßen würden, das einmal zu Jessyka gehört hatte.

Die Männer liefen, so schnell sie konnten. Es stand

viel auf dem Spiel. Sie hatten sich schon zuvor in lebensbedrohlichen Situationen befunden, die Rettung ihrer eigenen Frauen eingeschlossen. Diese Situation war genauso wichtig wie jede andere, in der sie zuvor gewesen waren, vielleicht sogar noch wichtiger. Einer von ihnen steckte in Schwierigkeiten. Aber nicht nur ein Mitglied ihres Teams, sondern auch seine Frau. Der Einsatz war doppelt so hoch.

»Tex?«

»Situation statisch«, sagte Tex zu Wolf und gab damit an, dass sich seit dem letzten Bericht nichts geändert hatte.

Wolf machte sich nicht die Mühe zu antworten, er und sein Team liefen einfach weiter. »Aufteilen und passt auf eure Deckung auf«, ordnete Wolf an.

Die Männer fächerten sich auf, bis sie ungefähr drei Meter voneinander entfernt waren, und bewegten sich weiter in Richtung Nordwesten durch das dichte Laub. Ihre Taschenlampen tanzten wie verrückt durch die Dunkelheit.

Dude war es, der Jess fand.

»Hier!«

Die anderen Männer änderten sofort ihren Kurs und näherten sich Dude.

Alle fünf Männer blieben am Rand der Lichtung stehen und starrten auf die Szene, die sich vor ihnen bot.

Da war Jessyka, ebenso wie ihr Ex-Freund beziehungsweise eine Person, die sie für Brian hielten.

Dude ging langsam auf Bennys Frau zu.

»Jess? Du bist jetzt in Sicherheit.«

Jessyka antwortete nicht. Sie hockte neben Brians Körper und atmete schwer. Sie hielt sich mit beiden Händen an einem Stück Beton fest. Sie alle konnten das Blut sehen, das über ihren Oberkörper gespritzt war.

Es war offensichtlich, dass Brian den Park nicht lebend verlassen würde.

»Jess.« Dudes Stimme war leise, aber dominant. »Leg den Stein weg.«

»Nein.«

Die Männer sahen sich gegenseitig an. Jess stand offenbar neben sich.

»Er darf die anderen nicht anfassen. Das werde ich nicht zulassen.«

»Er wird nirgendwo hingehen. Dafür werden wir sorgen«, versuchte Dude Jess zu erreichen.

»Nein! *Ich* werde dafür sorgen. Ich bin kein Krüppel. Ich werde ihm verdammt noch mal zeigen, was verkrüppelt heißt.«

Dude konnte das unangebrachte Lächeln nicht unterdrücken, das sich auf sein Gesicht schlich, aber als er die Frau vor ihm und den zerschmetterten Schädel des Mannes neben ihr anschaute, verschwand das Lächeln schnell wieder.

Wolf hatte sich hinter Jess geschlichen und Dude sah ihn an. Es war nicht die schönste Lösung, aber sie mussten Jess da rausholen. Dude nickte seinem Teamkollegen zu.

Wolf trat direkt hinter Jessyka, legte seine Arme um ihren Oberkörper und hob sie vom Boden auf.

Jess kreischte und trat nach hinten, ließ dabei aber den schweren Betonklotz fallen. »Nein! Lass mich gehen!«

»Schhhh, du bist jetzt in Sicherheit, Jess. Ich bin es, Wolf. Ich halte dich.«

»Wolf! Er wird Caroline verletzen. Mach, dass er aufhört!«

Bei ihren eindringlichen Worten schmerzte Wolf das Herz. »Er wird sie nicht verletzen, Süße. Dafür hast du gesorgt. Komm schon.« Wolf drehte Jessyka herum, damit sie Brians Körper auf dem Boden nicht mehr sehen konnte. »Sprich mit uns. Wir sind alle hier. Tex hat dich aufgespürt. Wo ist Benny?«

Es war, als würden seine Worte sie wieder in die Realität zurückholen. »Oh mein Gott, Kason!« Jess zuckte in Wolfs Armen, bis er sie so weit losließ, dass sie sich umdrehen und ihn ansehen konnte. Sie packte ihn am Hemd und hinterließ dabei dunkle Blutflecke auf dem dunkelblauen Stoff. »Kason! Du musst ihn finden! Er ist verletzt!«

»Okay, Tex wird uns zu ihm führen.«

»Ich komme mit.«

»Nein, das wirst du nicht.« Die Worte hatten Wolfs Mund kaum verlassen, als Jessyka zurücktrat, sich umdrehte und unter Schmerzen zurück in den Wald humpelte.

Cookie schnitt ihr den Weg ab und hob sie mit einer Hand unter den Knien und der anderen hinter ihrem Rücken hoch. »Komm schon, Jess, es ist offensichtlich, dass du Schmerzen hast. Lass Wolf, Dude und Mozart gehen und Benny für dich holen. Ist noch jemand hier draußen?«

Jess wehrte sich in Cookies Armen. »Lass mich gehen, Cookie. Bitte. Verdammt, ich muss zu ihm. Er ist so sauer ...«

»Jess! Ist noch jemand hier draußen?«, presste Dude die Worte heraus. Er war zu Cookie getreten, hielt Jess am Kinn fest und zwang sie, ihn anzusehen.

Jess wimmerte und keuchte heftig. Schließlich flüsterte sie: »Ich glaube nicht. Ich habe nur Brian gesehen. Aber ich weiß nicht, wie er Kason hierhergebracht hat. Vielleicht hatte er Hilfe.«

Dude küsste Jess auf die Stirn und sagte leise: »Wir werden ihn zu dir zurückbringen, Jess. Halte durch.«

Jess konnte nur nicken, dann sah sie, wie die drei Männer die Lichtung in Richtung Wald verließen, aus der sie gekommen war, als sie vor Brian davongelaufen war.

Cookie und Abe gingen ohne ein weiteres Wort zum Parkplatz zurück. Jess legte den Kopf an Cookies

Brust und betete, dass sie Kason in einem Stück finden würden. Sie hatte keine Ahnung, ob er ihr die Worte jemals verzeihen könnte, die sie in dem Versuch gesagt hatte, Brian abzulenken. Aber letztendlich war es auch egal. Solange er lebte, würde sie es immer wieder genauso machen.

KAPITEL ACHTZEHN

Wolf, Dude und Mozart folgten der gleichen Route, die Jess durch den Wald genommen hatte. Sie konnten sehen, wo sie hingefallen war und wie sie versucht hatte, Brian zu entkommen. Es war offensichtlich, dass sie um ihr Leben gerannt war – und um Bennys.

Sie waren noch nicht weit weg von dem Ort, an dem sie Jess gefunden hatten, und mit Tex' Hilfe stolperten sie kurze Zeit später über ihren Teamkollegen. Benny war an einen Baum gefesselt, hatte sich aber schon fast befreit. Ein Seil war immer noch fest um seine Beine gebunden, aber die Stricke um seinen Oberkörper und den Baum hingen lose herunter.

Wolf trat mit seinem Armeemesser auf ihn zu und schnitt schnell den Knebel und die Stricke um seinen Oberkörper durch. Gleichzeitig zerschnitt Dude das Seil um seine Beine.

»Verfluchtes Arschloch!«, fauchte Benny, sobald der Knebel entfernt war. »Er hat Jess. Wir müssen sie finden.«

»Wir haben sie. Sie ist in Sicherheit. Tex hat uns gerufen. Wir haben sie gefunden, kurz bevor wir zu dir gekommen sind.«

Benny legte die Beine zur Seite, beugte sich vor und legte die Stirn auf den Boden. »Arschloch«, sagte er leiser in den Dreck. »Verdammtes Arschloch.«

Dude legte seine Hand auf Bennys Schulter und drückte ihn.

Benny riss sich zusammen, hob den Kopf und fragte: »Brian?«

»Tot.«

»Danke!«

»Wir waren es nicht. Er war bereits tot, als wir ankamen. Jess hat ihn getötet.«

»Arschloch.« Diesmal flüsterte Benny seine Worte.

»Sie hatte einen Betonklotz in der Hand, als wir sie fanden. Brian war tot. Es sieht so aus, als hätte Jess mindestens ein dutzend Mal damit auf ihn eingeschlagen«, sagte Mozart leise zu Benny.

»Geht es ihr gut?«, fragte Benny und stand sofort unbeholfen auf. Es war offensichtlich, dass seine Beine eingeschlafen waren, nachdem er so lange an den Baum gefesselt gewesen war.

»Sie scheint okay zu sein.«

Benny machte einen Schritt und fluchte dann. Er hatte vergessen, dass er barfuß war.

Wolf setzte sich und begann, seine Stiefel auszuziehen. Ohne ein Wort zog er seine Socken aus und gab sie Benny. Benny nahm sie dankbar an. Es war nicht ideal, aber die Wollsocken schützten seine Füße ein wenig vor dem rauen Boden. Das hatten sie schon einmal in einem Notfall getan. Zur Hölle, »Der einzige einfache Tag war gestern« war das Mantra der SEALs. Es war selbstverständlich für sie, das zu tun, was getan werden musste.

Während Wolf und Benny sich auf den Rückweg zum Parkplatz vorbereiteten, hob Mozart Jessykas BH vom Boden auf. »Verdammt schlau«, murmelte er leise.

Sie alle verstanden, was sie getan hatte. Sie wusste, dass sich im Futter ihres BHs ein Ortungsgerät befand, und irgendwie hatte sie ihn ausgezogen, damit Tex Benny ausfindig machen konnte. Wenn sie ihn nicht zurückgelassen hätte, wäre nicht abzusehen gewesen, wann sie ihn gefunden hätten. Es sah so aus, als hätte Benny sich wahrscheinlich allein befreit, bevor die Nacht vorbei gewesen wäre, aber das Ortungsgerät hatte den Prozess beschleunigt.

Benny stand auf, nahm wortlos das Kleidungsstück aus Mozarts Hand und stopfte es in die Tasche seiner Cargohose.

Sie verließen das Gebiet viel langsamer, als sie es betreten hatten, und ließen die Seile auf dem Boden für die polizeilichen Ermittlungen zurück, die auf diese beschissene Nacht folgen würden.

Auf dem Rückweg zum Parkplatz sprachen die Männer nicht. Jeder war in seine eigenen Gedanken vertieft. Wolf dachte darüber nach, wie nahe sie wieder dem Verlust einer ihrer Frauen gekommen waren, Mozart darüber, wie dankbar er war, dass sie ihre Frauen überredet hatten, Ortungsgeräte zu tragen, Dude darüber, wie sehr er Bennys Frau bewunderte, und Benny darüber, wie sehr er es bedauerte, sein Messer fallen gelassen zu haben, als er bewusstlos geschlagen worden war. Er hätte sich schneller aus den verdammten Seilen befreien und den Kerl überwältigen können, bevor Jess involviert wurde. Aber was noch wichtiger war, er konnte es kaum erwarten, Jessyka in seine Arme zu nehmen und sie tagelang nicht mehr loszulassen. Es hatte ihn erschreckt und er konnte es nicht erwarten, sie selbst zu sehen, um sich davon zu überzeugen, dass es ihr gut ging.

Jess kauerte sich in die Decke, die Abe ihr um die Schultern gelegt hatte, als sie sich auf den Beifahrersitz von Dudes Wagen gesetzt hatte. Abe und Cookie hatten neben ihr gestanden und sie bewacht, um ihr das Gefühl zu geben, in Sicherheit zu sein. Abe rief die Polizei an und Cookie Tex. Tex hatte gehört, was auf der Lichtung passiert war, während er noch in der Leitung war, aber er hatte auch an Cookie zurückgemeldet, dass Wolf und die anderen Benny gefunden hatten und auf dem Weg zurück zum Parkplatz waren.

Jess hörte, wie Cookie ihr sagte, dass es Benny gut ginge. Es fühlte sich an, als wäre sie in einem Tunnel und er am anderen Ende. Sie könnte es nicht glauben, bis sie Kason mit ihren eigenen Augen sah. Sie konnte das Bild von ihm nicht aus ihrem Kopf bekommen, wie er hilflos an den Baum gefesselt war. Zur Hölle, sie wusste, dass es wahrscheinlich gar nichts war im Vergleich zu den Situationen, in denen er sich auf seinen SEAL-Missionen befunden haben musste. Aber in keiner dieser Situationen hatte sie ihn jemals gesehen.

Sie *hatte* ihn aber heute Abend hilflos an diesen Baum gefesselt gesehen und sie wusste nicht, wie sie dieses Bild wieder aus ihrem Kopf bekommen konnte, außer ihn lebendig und gesund wiederzusehen. Sie konnte ihn sich nur noch mit einem Loch in der Stirn vorstellen, so wie Brian es angedroht hatte ... und bis sie mit ihren eigenen Augen sah, dass es ihm gut ging, würde sie ihn sich weiterhin so vorstellen.

Jess hörte in der Ferne Sirenen, machte sich aber nicht die Mühe, zur Straße zu schauen. Ihre Augen waren auf den Wald vor ihr gerichtet. Sie versuchte, einen Blick auf Benny und die anderen zu erhaschen. Schließlich glaubte sie, in der Ferne Lichter zu erkennen. Jess hörte, wie Tex zu Cookie sagte, dass sie fast da wären, und stand auf.

Weder Abe noch Cookie versuchten, sie aufzuhalten, aber sie zuckten mitfühlend zusammen, als sie sich schmerzhaft auf den Weg zum Waldrand machte. Ihre Hüfte tat schrecklich weh, aber nichts würde sie davon abhalten, Benny zu sehen. Sie hoffte sehr, dass er sie nach allem, was sie gesagt und getan hatte, immer noch sehen wollte.

Schließlich kamen die Lichter näher und Jess konnte die Gestalten der Männer erkennen, die auf sie zukamen. Sie ließ die Decke fallen und ging, so schnell sie konnte, auf die wackelnden Lichter zu.

Benny sah auf und fluchte. Seine verrückte Frau hatte offensichtlich Schmerzen, aber sie kam so schnell auf ihn zu, wie ihr Hinken es zuließ.

Er joggte von seinen Teamkollegen davon und nahm Jess in die Arme. Er zog sie von ihren Füßen und vergrub seinen Kopf an ihrem Hals. »Scheiße«, war alles, was er sagen konnte. Benny bemerkte, wie seine Teamkollegen an ihm vorbei und weiter zu den Fahrzeugen gingen, aber es war ihm egal. In diesem Moment wollte er nur spüren, wie Jess' Herz gegen seines schlug.

Schließlich zog Benny seinen Kopf ein Stück zurück, stellte sie wieder auf ihre Füße und drehte ihren Kopf mit beiden Händen nach oben, damit sie ihm in die Augen sehen musste. »Geht es dir gut, meine Schöne?«

Jess nickte nur. Sie wusste nicht, was sie sagen sollte. Sie war in Kasons Armen. Sie hatte nicht gewusst, ob sie noch leben würde, um wieder bei ihm zu sein, oder ob er noch leben würde, um wieder bei ihr zu sein. Schließlich sprach sie die einzigen Worte aus, die ihr in den Sinn kamen: »Ich liebe dich. Ich liebe dich über alles.«

Benny presste seine Lippen mit einem kurzen, aber intensiven Kuss auf ihre und zog sie dann zurück in seine Arme. Mit einer Hand an ihrem Hinterkopf und der anderen um ihre Taille hob er sie wieder hoch und trug sie zum Parkplatz zu seinen Teamkollegen. Ihre Beine stießen beim Gehen gegen seine, aber es war ihm egal.

Jess wusste, dass sie ihre Beine wahrscheinlich um Kasons Taille legen sollte, um ihm das Gehen zu erleichtern, aber sie konnte nicht. Ihre Hüfte schrie vor Schmerz und allein der Gedanke, sie zu bewegen, war schon zu viel. Also ließ sie die Beine herunterbaumeln und ließ sich so von ihm tragen.

Als Benny bei den Fahrzeugen ankam, waren bereits Polizei, Krankenwagen und Feuerwehr eingetroffen.

Er trug Jess zum Krankenwagen und bedeutete dem Sanitäter mit einem Nicken, die Hintertüren zu öffnen. Benny stieg ein, ohne dabei das Wichtigste in seinem Leben loszulassen. Erst als er sie auf die Trage in dem Fahrzeug setzte, lockerte er seinen Griff.

»Lass los, meine Schöne, und lass dich von den Sanitätern untersuchen.«

Ohne ihren Griff zu lockern, murmelte Jess gegen seine Brust: »Mir geht es gut, Kason, wirklich.«

»Ich glaube dir, aber bitte tu es für mich.«

Jess hätte in diesem Moment alles getan, was Kason von ihr verlangte, also ließ sie ihn schließlich los und lehnte sich auf der Trage zurück.

»Bleib bei mir«, flüsterte Jess, als Kason aufstand.

»Ich gehe nirgendwohin. Ich gehe nur einen Schritt aus dem Weg.« Benny trat ans Kopfende der Trage und kniete sich neben Jess.

Benny beobachtete, wie der Sanitäter Jess fragte, wie sie sich fühlte und ob sie irgendwo verletzt wäre. Sie behauptete, dass sie keine Schmerzen hätte, außer in ihrer Hüfte. Sie erklärte, dass ein Bein kürzer war als das andere und dass ihre Hüfte immer wehtat, wenn sie es übertrieb.

Irgendwann während der Untersuchung steckte eine Tatortermittlerin den Kopf durch die Tür des Krankenwagens und fragte, ob sie Jessyka fotografieren dürfte. Sie hatte zugestimmt und die Augen geschlossen, als das Blitzlicht der Kamera sie blendete. Die Ermittlerin machte mindestens tausend Fotos. Zumindest kam es Jess so vor.

Nachdem sie endlich gegangen war, bat Benny den

Sanitäter um einen Alkoholtupfer. Er benutzte ihn, um sanft die Blutspritzer von Jess' Gesicht, Hals und Händen abzuwischen. Nachdem er sie gereinigt hatte und der Sanitäter überzeugt war, dass sie nicht in unmittelbarer Lebensgefahr schwebte, erlaubte Benny dem Mann, einen Blick auf seinen eigenen Kopf zu werfen.

Die Wunde an Bennys Kopf war weder tief noch lebensbedrohlich, auch wenn er viel Blut verloren hatte.

Nachdem Benny sich geweigert hatte, ins Krankenhaus gebracht zu werden, und beide ein Schriftstück mit dem Titel »Entgegen ärztlichen Rat« unterschrieben hatten, welches das Rettungspersonal von jeglicher Verantwortung für sie befreite, half Benny Jess, aus dem Krankenwagen zu steigen. Sobald sie auf ihren Füßen neben der Stoßstange stand, hob er sie wieder hoch und ging mit ihr zu seinen Freunden und der Polizei.

Er wollte allein mit Jess reden. Er wollte sie auf sein Bett legen und einfach festhalten. Er war verdammt noch mal viel zu nahe dran gewesen, sie heute zu verlieren, und wollte ihre Haut auf seiner spüren.

»Benny, Kommissar Walker braucht deine Aussage und die von Jess auch«, sagte Wolf mit leiser Stimme.

Benny nickte, das hatte er bereits erwartet.

»Er muss mit ihr allein reden.«

Benny spürte, wie Jess die Hände anspannte und sie dann wieder lockerte, als würde sie sich zwingen, ihn loszulassen. Er hasste es. Er ignorierte den Beamten und seine Teamkollegen, die neben ihm standen, stellte Jessyka auf ihre Füße und lehnte sich zurück, bis sie ihm in die Augen sah.

»Ich bin gleich hier drüben, wo du mich die ganze Zeit sehen kannst. Erzähl ihm alles, Jess. Es wird alles gut werden.« Er sah, wie sie nickte und tief Luft holte.

Jess ließ Kason los und trat einen Schritt zurück. Sie würde das schaffen. Sie hatte diesen ganzen Abend überstanden, das hier war nichts im Vergleich dazu. Vielleicht müsste sie ins Gefängnis, aber sie wusste, dass Kason und die Jungs alles tun würden, um ihr einen Anwalt zu besorgen, der sie hoffentlich auf Kaution wieder rausholte. Es erschreckte sie, aber Kason war am Leben ... jetzt würde sie alles schaffen.

Kommissar Walker hakte Jess sanft unter und begleitete sie zu seinem Wagen. Er half ihr, sich auf den Beifahrersitz zu setzen, und hockte sich vor sie.

»Ist sie in Ordnung?«, fragte Abe Benny leise und beobachtete aus der Ferne, wie der Polizist mit Jess sprach.

»Ja, sie wird für eine Weile Schmerzen haben, weil sie ihre Hüfte überanstrengt hat, aber ansonsten geht es ihr bemerkenswert gut.«

»Sie wird wahrscheinlich einen Therapeuten brauchen nach dem, was sie mit Brian gemacht hat.«

Benny dachte darüber nach. Jess schien ihm nicht traumatisiert zu sein, aber er wusste es nicht genau. »Ich werde mit ihr darüber reden.«

»Wenn sie jemanden braucht, kann sie mit Dr. Hancock sprechen. Sie hat Fee sehr geholfen«, sagte Cookie.

»Danke, Mann.« Die Stimmen traten in den Hintergrund und alles, was Benny sehen konnte, war Jess. Zusammengekauert saß sie im Streifenwagen und musste das über sich ergehen lassen, bevor er sich um sie kümmern konnte. Er hoffte sehr, dass der Polizist nicht vorhatte, sie abzuführen, aber er wusste nicht, was Cookie den Beamten erzählt hatte. Aber so wie er Cookie kannte, hatte er die Situation wahrscheinlich so erklärt, dass Jess keine sofortige Verhaftung befürchten musste. Schließlich stand der Polizist auf und legte Jessyka die Hand auf die Schulter. Dann kam er zurück zu den SEALs.

»Um Sie zu beruhigen, ich sehe im Moment keinen Grund, sie aufs Revier zu bringen oder sie zu verhaften. Aber sie muss noch mal auf die Wache kommen und eine vollständige Erklärung abgeben. Außerdem muss ich auch Ihre Aussagen aufnehmen. Aber ich denke, das kann bis morgen früh warten. Wir haben Fotos von ihr gemacht und die Tatortermittlerin ist jetzt im Park, um dort die Spuren zu sichern. Hat jemand etwas dagegen, morgen zur Polizeistation zu kommen und eine offizielle Aussage zu machen?«

Die Männer waren erleichtert. Es war schon spät und ihre Frauen waren immer noch in der Kneipe und warteten darauf, nach Hause zu können. Wolf hatte Caroline angerufen und sie wissen lassen, dass Jess und Benny in Sicherheit waren. Sie alle wollten nach Hause fahren und ihre Frauen in den Arm nehmen.

»Kein Problem, Herr Kommissar. Vielen Dank. Wir werden morgen früh erscheinen«, antwortete Wolf für alle. Er wusste, dass Tex auch alle Beweise sichern würde, um sie an die Polizei zu übergeben. Die Informationen, die er ausgraben würde, könnten einen großen Beitrag zur Entlastung von Jess und Benny leisten.

»Das weiß ich zu schätzen. Die Ermittler sollten mit dem Tatort dort bald fertig sein.« Der Beamte deutete zum Wald hinüber. »Wir sehen uns dann morgen … oder heute, um genau zu sein.«

Benny konnte nur noch denken: »Gott sei Dank.« Er drehte sich um und ging zu Jess. Sie streckte ihm die Arme entgegen, als er auf sie zukam, und wartete darauf, dass er sie abholte.

Benny beugte sich vor und hob sie mit einem Arm unter den Knien und dem anderen hinter ihrem Rücken hoch. Wie zuvor schlang Jess ihre Arme um ihn und vergrub ihr Gesicht an seinem Hals. Er trug sie zurück zu Dudes Wagen und setzte sie auf den Rücksitz. Die anderen Männer stiegen ebenfalls leise ein, Abe und Dude bei Jess und Benny, Mozart und Cookie stiegen in Wolfs Wagen.

Dude startete den Motor und fuhr vom Parkplatz zurück in Richtung Kneipe. Während der kurzen Fahrt wurde kein Wort gesprochen. Schließlich fuhr Dude auf den Parkplatz von *Aces*, stellte den Wagen ab und sagte: »Ich bin verdammt stolz auf dich, Jess. Ich weiß nicht genau, was da draußen vor sich gegangen ist, aber offensichtlich hast du einen kühlen Kopf bewahrt und überlebt. Und soweit ich das einschätzen kann, hast du auch Benny das Leben gerettet. Wir haben das Ortungsgerät gefunden, das du zurückgelassen hast. Es hat uns direkt zu ihm geführt. Gut gemacht.«

Jess vergrub ihren Kopf tiefer an Kasons Hals und nickte nur, zu überwältigt, um dem großen Mann auf dem Vordersitz überhaupt zu antworten. Seine Stimme war sanft gewesen, aber es war trotzdem zu viel für Jess. Sie musste immer wieder an die schlimmen Dinge denken, die Brian ihr angedroht hatte, wie er Cheyenne und die anderen Frauen verletzen oder töten wollte.

Dude stieg aus und öffnete Bennys Tür. »Brauchst du Hilfe?«, fragte er Benny.

»Es geht schon. Danke, Mann. Ich schulde dir etwas.«

»Du schuldest uns überhaupt nichts, und das weißt du.«

Benny lächelte seinen Freund an. Er setzte Jess auf

den Beifahrersitz seines Wagens, schnallte sie an und küsste sie auf die Stirn. Dann schloss er die Tür und ging, immer noch in den von Wolf geliehenen Socken, zur Fahrerseite hinüber und stieg ein. Er fuhr vom Parkplatz und zurück zu seiner Wohnung. Er konnte es kaum erwarten, Jess in die Arme zu nehmen und zu vergessen, dass sie beide nur knapp dem Tod entkommen waren.

KAPITEL NEUNZEHN

Benny hielt Jess fest an seiner Seite, als er mit dem Schlüssel die Tür zu seiner Wohnung öffnete. Er nahm seinen Arm nicht von ihrer Taille, mit dem er einen Großteil von Jess' Gewicht stützte, während er sie hineinschob. Er ließ den Schlüssel in den Korb auf der Anrichte neben der Tür fallen und schloss die Tür hinter ihnen ab.

Ohne sie loszulassen, ging Benny mit ihr zur Küche und schnappte sich das kleine Päckchen von der Theke, in dem noch zwei Schmerzmittel von dem Abend übrig waren, an dem Tabitha gestorben war und Jess ins Krankenhaus musste. Nach der ersten Nacht hatte Jess sie nicht mehr gebraucht und Benny hatte sie zu dem anderen Kram in der großen Schüssel auf der Theke gelegt.

Benny drehte sich um und ging mit ihr den Flur

hinunter zum Schlafzimmer. Jess sagte kein Wort, sondern klammerte sich nur an Bennys Seite fest und folgte ihm, wohin auch immer er sie führte.

Er brachte sie in sein Schlafzimmer und dann ins Bad. Benny führte sie zur Toilette.

»Setz dich hin, meine Schöne. Gib mir eine Sekunde.«

Jess tat, wonach er verlangte. Langsam ließ sie sich auf den Sitz sinken, während Benny sie noch an der Taille festhielt. Sobald sie saß, löste Benny seinen Griff, nahm einen Becher vom Waschbecken und füllte ihn mit Wasser. Er holte die Schmerztabletten heraus und hielt sie Jess zusammen mit dem Becher hin. Ohne zu protestieren, nahm sie beides und schluckte die Pillen schnell herunter. Sie trank den halben Becher Wasser aus, bevor sie ihn zurückgab.

Jess sah, wie Kason sich umdrehte und den Duschvorhang zurückzog. Sie fing an, unruhig auf dem Sitz herumzurutschen. Sie konnte Kasons Stimmung nicht richtig deuten und machte sich Sorgen. Sie glaubte nicht, dass er sauer auf sie war, aber da er nicht mit ihr sprach, wusste sie es nicht genau.

Kason testete die Wassertemperatur und Jess ließ den Blick auf ihn gerichtet, als er sein Hemd über den Kopf zog und es auf den Boden fallen ließ. Er zog die Socken aus und drehte sich um, um ihr in die Augen zu schauen, während er seine Hose aufknöpfte. Er öffnete sie und ließ sie ebenfalls auf den Boden fallen.

Jess bekam große Augen, als Kason sich ebenfalls seiner Boxershorts entledigte. Völlig nackt stand er vor ihr, der schönste Mann, den sie jemals gesehen hatte. Er war an genau den richtigen Stellen hart. Er hatte Muskeln über Muskeln. Jess war verwirrt. Es war offensichtlich, dass Kason nicht erregt und darauf aus war, mit ihr Sex unter der Dusche zu haben. Seine Männlichkeit hing schlaff zwischen seinen Beinen herunter. Jess hatte ihn noch nicht oft so gesehen, wenn er nicht angetörnt war, und sie war sich nicht sicher, was sie von alledem halten sollte, was hier vor sich ging.

Benny wusste, dass er Jessyka wahrscheinlich verunsicherte, aber ihm fiel keine andere Lösung ein, sie sauber zu bekommen und dabei sicher in seinen Armen zu halten. Die Worte, die sie heute Abend Brian entgegengeschleudert hatte, klingelten immer noch in seinen Ohren. Er wusste genau, was sie getan hatte, und er hatte sich in seinem Leben noch nie hilfloser gefühlt. Er war sehr selten hilflos und musste feststellen, dass er das Gefühl hasste.

Als das Wasser die richtige Temperatur hatte, trat er zu Jess hinüber. Sie hatte sich nicht bewegt. Das allein sagte ihm, dass sie wahrscheinlich mehr Schmerzen hatte, als sie jemals zugeben würde.

»Arme hoch«, sagte Benny mit leiser Stimme. Jess gab sofort nach und er half ihr, das Hemd über den Kopf zu ziehen. Daraufhin streckte Benny seine Hände nach ihr aus. »Lass mich dir beim Aufstehen helfen.«

Jess hatte keinen BH an, da der sich immer noch in seiner Hosentasche befand. Er musste ihr daher nicht helfen, ihn auszuziehen.

Jess legte ihre Hände in seine und er nahm ihr den größten Teil ihres Gewichts ab, als sie aufstand. Benny kniete sich nieder und spürte, wie Jess ihre Hände auf seine Schultern legte, um das Gleichgewicht zu halten. Er öffnete ihre Schuhe und zog sie von ihren Füßen. Während er weiter vor ihr kniete, öffnete er ihre Jeans und zog sie vorsichtig über ihre Beine nach unten. Er tippte auf ihren rechten Fuß und sie hob ihn an. Benny stützte sie, während sie auf einem Fuß stand. Er zog das Hosenbein über ihren Fuß und wiederholte den gleichen Vorgang auf der anderen Seite.

Benny hatte vorgehabt, alles klinisch neutral zu halten, aber als er sie so nahe bei sich hatte, sicher und in einem Stück, konnte er sich nicht davon abhalten, Jess an sich zu ziehen. Er legte seine Wange an ihren Bauch und seine Arme um sie herum, bis seine Handflächen an ihrem Rücken ruhten. Er spürte, wie Jess nach seinem Kopf griff und ihn sanft streichelte. Es tröstete ihn, sie sicher in seinen Armen zu halten.

Schließlich sah Benny aus seiner geduckten Position zu ihr auf. »Du bist in Ordnung, nicht wahr, Jess?«, flüsterte er.

»Mir geht es gut«, flüsterte Jess zurück.

Benny nickte und lehnte seine Stirn für einen Moment gegen ihren Bauch. Schließlich holte er tief

Luft und zog sich einen Zentimeter zurück. Er nahm ihr Höschen auf beiden Seiten ihrer Hüfte und zog es über ihre Beine herunter. Er hielt Jess fest, während sie es mit ihren Füßen abstreifte.

Benny stand auf, legte seinen Arm wieder um ihre Taille und half ihr zur Badewanne. Er erlaubte ihr nicht, allein über den Badewannenrand zu steigen, weil er wusste, dass es ihr Schmerzen bereiten würde. Stattdessen hob er sie in die Wanne und zog den Vorhang zu, nachdem er ebenfalls eingestiegen war. Langsam schob er sie zurück, bis das Wasser auf Jess' Rücken traf.

Er legte beide Hände an die Seiten ihres Kopfes und neigte ihn sanft zurück, bis das Wasser über ihren Kopf lief. »Schließ die Augen, Jess, lass mich diese Nacht von dir abwaschen.«

Benny spürte, wie Jess in seinem Griff dahinschmolz. Er nahm etwas von ihrem Shampoo in seine Hand und schäumte es in ihren Haaren auf. Er wusch ihre Haare zweimal, bevor er eine Handvoll Conditioner einarbeitete.

Während der Conditioner einwirkte, drehte Benny Jessyka herum, damit ihre Vorderseite dem warmen Wasserstrahl zugewandt war. Als sie anfing zu protestieren, brachte Benny sie mit den Worten: »Lass mich dich säubern, meine Schöne«, zum Schweigen.

Jess nickte und Benny nahm etwas von seinem Duschbad in seine Hände. Er wollte, dass sie nach ihm roch. Er wollte ein kleines Stück von sich in ihre Haut einreiben. Mit den Händen fuhr er über ihre Brust und ihren Bauch und dann über ihre Arme bis zu ihren Händen. Vorsichtig strich er mit seinen seifigen Händen über ihren Hals und ihr Gesicht und achtete darauf, keinen Zentimeter ihrer mit Brians Blut besprenkelten Haut auszulassen. Er nahm noch etwas mehr Seife und ging zu ihren Beinen über. Zügig reinigte er ihre Intimzone und ihren Rücken. Als Benny überzeugt war, dass Jess sauber war und kein Tropfen von Brians Blut mehr an ihr klebte, drehte er sie um und spülte sanft den Conditioner aus ihren Haaren.

Während Jess unter dem Wasserstrahl stand, seifte Benny schnell seinen eigenen Körper ein, ohne sich die Mühe zu machen, wirklich darauf zu achten, was er tat. Er behielt seinen Blick auf Jess gerichtet. Dann trat er einen Schritt auf sie zu und schob sie ein Stück zurück, bis das Wasser auf seinen Körper traf. Nachdem er sich abgespült hatte, griff Benny hinter Jess und stellte das Wasser ab. Er zog sie wieder an seine Seite und öffnete den Duschvorhang.

Er schnappte sich ein Handtuch und trocknete jeden Zentimeter von Jessykas Körper ab, bevor er das Handtuch um sie wickelte. Dann hob er sie aus der Wanne.

Benny sah, wie sie sich zum Waschbecken drehte und ihre Zahnbürste nahm. Schnell trocknete er sich selbst ab und wickelte sich das Handtuch um die Taille. Er nahm seine eigene Zahnbürste und folgte Jess' Beispiel. Als sie fertig waren, nahm er beide Handtücher und warf sie auf den Boden. Es war ihm egal, dass sie die ganze Nacht nass dort liegen würden. Er hob Jess hoch, so wie er es im Park getan hatte. Er legte beide Arme um sie und hob sie hoch, bis ihre Füße vom Boden abhoben und sie sich an ihn drückte. Dicht an seinen Körper gepresst trug er sie ins Schlafzimmer. Sanft legte er sie hin und zog die Decke über Jess' Körper. Nachdem er das Licht ausgeschaltet hatte, folgte er ihr.

Der nächste Morgen begann bereits zu dämmern. Nach der Entführung, ihrer Flucht durch den Park, ihrer Rettung und der Befragung durch die Polizei hellte sich der Morgenhimmel langsam auf, während die Sonne am Horizont aufging.

Benny schlang beide Arme um Jess und zog sie fest an sich. Sie vergrub ihr Gesicht an seiner Brust und wickelte ein Bein um seins.

»Nein, Jess, ich will nicht, dass deine Hüfte belastet wird.«

Stattdessen legte Benny sein eigenes Bein um ihres und zog sie an seinen Körper.

Für einen Moment waren beide ruhig und genossen das Gefühl ihrer Körper aneinander, Haut an Haut. Jess unterbrach die Stille: »Ich war mir nicht sicher, ob ich das jemals wieder spüren würde.«

»Ich kann mich nicht entscheiden, ob ich dir für alles, was du heute Abend getan hast, den Hintern versohlen oder mit dir schlafen soll, bis du an nichts weiter als mich denken kannst.«

»Habe ich eine Wahl? Dann entscheide ich mich für das Zweite.«

Benny lächelte einen Moment bei ihren Worten und wurde dann wieder ernst. »Scherz beiseite, Jess, ich glaube, du hast mich zehn Jahre meines Lebens gekostet, als ich gesehen habe, wie er dich auf diese Lichtung gedrängt hat. Er hat gedroht, dich zu töten, wenn ich nicht genau das tat, was er sagte. Ich wollte den richtigen Moment abwarten, um mich zu befreien, nachdem er mich dahin gebracht hatte, wo er mich haben wollte. Er hatte mir die Augen verbunden und ich wusste nicht genau, wer dahintersteckte und mich an diesem Baum festgebunden hatte, bis ich ihn gesehen habe, als er dich vor mir zu Boden stieß. Was zum Teufel hast du dir gedacht?«

Jess hob nicht einmal den Kopf, sondern kuschelte sich näher an Kason, und er zog seine Arme noch fester um sie. »Er hat mir ein Bild von dir geschickt. Du hast geblutet und warst bewusstlos.«

Ohne sie weiterreden zu lassen, erwiderte Benny streng: »Ja und?«

Schließlich hob Jess den Kopf. »Ja und?«

»Ja und! Jess, ich bin ein SEAL. Als Zivilistin hätte

es nichts gegeben, was du hättest tun können, um mir zu helfen.«

»Das glaube ich allerdings nicht.« Jess wurde jetzt wütend. »Du bist nicht unbesiegbar, Kason. Niemand wusste, dass du verschwunden warst. Niemand wusste, wo du warst, außer einem Arschloch, das dein Foto gemacht hat, als du *geblutet* hast und *bewusstlos* warst, und es *mir* geschickt hat. Tex konnte dich mitten in dem verdammten Wald nicht finden, um Gottes willen. Ich wusste, dass ich überwacht werde. Ich wusste, dass er *mich* orten könnte. Ich dachte, dass dir schon irgendetwas einfallen würde, wenn ich erst bei dir wäre, und Tex könnte uns beide retten. Ich hatte keine Ahnung, dass du verdammt noch mal barfuß an einen Baum gefesselt warst.«

Sie schluckte kurz und fuhr fort. Offensichtlich war sie in Fahrt gekommen. Benny ließ sie einfach alles rauslassen. Jess war so verdammt süß, wenn sie wütend war. Er konnte sich nicht vorstellen, es jemals satt zu haben, sie zu beobachten.

»Ich wusste, dass Brian ein Arschloch war, aber ich hatte keine Ahnung, dass er so ein *riesiges* Arschloch sein könnte. Ich habe das getan, was mir als Erstes in den Sinn kam. Ich wusste, dass er mich nicht einfach davonspazieren lassen würde. Es ist ja nicht so, als hätte ich sagen können: ›Hey, ich ziehe meinen BH aus, weil da ein Ortungsgerät drin ist.‹ Verdammt, Kason, worüber zum Teufel lachst du?«

»Ich liebe dich, Jess.«

Jess vergaß, was sie sagen wollte, und starrte Kason an. Sie verzog das Gesicht und gequält stieß sie hervor: »Oh verdammt.«

Benny lächelte sie zärtlich an und zog sie wieder an seine Brust.

»Ich liebe dich so sehr, Kason. Ich habe mir solche Sorgen um dich gemacht.«

Benny hörte sie an seiner Brust murmeln, legte seine Hand auf ihren Hinterkopf und streichelte sie.

»Ich weiß, meine Schöne, ich liebe dich auch.«

»Ich wusste nicht, was ich tun sollte.«

»Du warst großartig.«

»Du hattest keine Sch-Sch-Schuhe«, jammerte Jess. Offensichtlich hatte sie keine Kraft mehr. »Sie haben T-T-Tabitha vergewaltigt.«

»Ich weiß, es tut mir so leid.«

»Ich wusste es nicht, Kason. Ich schwöre, dass ich es nicht gewusst habe.«

»Das weiß ich, Jess. Ich würde niemals anders über dich denken.«

»Alles, was ich ihm gesagt habe, war erfunden.«

»Jess. Schhhh. Ich *weiß*.«

»Er wollte zurückgehen und dich töten. Er hat gesagt, er würde mich dazu bringen, dir eine K-K-Kugel in den Kopf zu jagen. Dann hat er gesagt, er würde Caroline vergewaltigen und die anderen Frauen auch. Ich konnte nicht zulassen, dass er sie anfasst. Ich wollte nicht, dass du stirbst.« Jess hob den Kopf und sah Kason in die Augen. »Ich habe ihn getötet. Ich habe ihn mit diesem Betonklotz geschlagen. Immer und immer wieder. Ich habe nicht aufgehört, selbst als er schon auf dem Boden lag und sich nicht mehr bewegt hat. Ich konnte nur noch an Tabitha und dich und Cheyenne und die anderen denken. Es tut mir nicht leid. Ich würde es wieder tun, wenn ich müsste.«

Benny streckte die Hand aus, nahm Jess' Kopf in seine Hände und hielt sie fest. Er sah ihre rot unterlaufenen Augen und ihre laufende Nase. Sie hatte noch nie schöner ausgesehen. »Du hast alles richtig gemacht. Ich bin so verdammt stolz auf dich, dass ich es kaum ertragen kann. Du bist nicht zurückgewichen, du hast dich behauptet und getan, was du tun musstest. Ich bin nicht begeistert, dass du überhaupt da draußen warst und dich selbst in Gefahr gebracht hast. Es tut mir verdammt leid, dass ich dich weder retten noch beschützen konnte, aber das hast du für dich selbst getan. Ich liebe dich so sehr.«

Benny küsste Jess einmal hart und zog sich dann zurück, ließ aber ihren Kopf nicht los. »Es tut mir leid, dass du ihn töten musstest, ich hätte nie gewollt, dass du das auf deinem Gewissen haben musst, aber es tut mir nicht leid, dass er tot ist.«

Jess biss sich auf die Lippe und schmollte. »Ich habe meine Nacht nicht bekommen, die du mir versprochen hast.«

Bei diesen Worten wusste Benny, dass es Jess gut gehen würde. Er sah keine Angst in ihren Augen in Bezug auf die Tatsache, dass sie Brian das Leben genommen hatte. Er wusste, dass es sie später einholen und sie es bereuen könnte, aber er war dankbar, dass sie nicht gebrochen war. Er würde ihr trotzdem vorschlagen, sich von einem Therapeuten beraten zu lassen, bis sie hundertprozentig sicher war, dass es ihr gut gehen würde, aber im Moment war er erleichtert, dass sie alles herausgelassen hatte und dass es ihr gut zu gehen schien. Benny küsste sie auf die Stirn und brachte sie zurück in seine Arme. »Du wirst deine Nacht noch bekommen, meine Schöne, das verspreche ich dir.« Nach einer Weile fragte er: »Wie schlimm sind die Schmerzen?«

»Auf einer Skala von eins bis zehn?«, fragte Jess benommen und kuschelte sich tiefer in seine Arme.

»Ja, auf einer Skala von eins bis zehn.«

»Ungefähr zwölf.«

Benny machte ein verstörtes Geräusch und wollte aus dem Bett aufstehen.

»Wenn du dich auch nur einen Zentimeter bewegst, muss ich dir leider wehtun«, grummelte Jess und schlang die Arme fester um ihn. »Ja, ich habe Schmerzen, aber ich möchte nur hier bei dir liegen und dich spüren. Ich wusste nicht, ob ich das jemals wieder erleben würde. Ich habe die Schmerzmittel genommen, es wird gleich besser werden. Es geht mir gut. Bitte, Kason, gib mir das. Ich *brauche* das. Ich verspreche, ich werde mich besser fühlen, wenn wir aufstehen. Ich bin seit Jahren nicht mehr so viel gelaufen und mein Körper erinnert mich daran, warum ich keine langen romantischen Spaziergänge mache und normalerweise nicht vor einem verrückten psychopatischen Arschloch durch den Wald davonlaufen sollte. Bitte, halte mich einfach nur fest.«

»Wenn es später nicht besser ist, gehst du zum Arzt.«

»Versprochen. Vielen Dank. Ich liebe dich.«

»Und ich liebe dich auch, meine Schöne.« Benny küsste sie auf den Kopf. »Schlaf jetzt. Morgen, also später, werden wir den Rest unseres gemeinsamen Lebens beginnen.«

»Das klingt gut.«

Benny hielt Jessyka fest, als sie einschlief. Er wusste, dass sie in den nächsten Tagen viel um die Ohren haben würden. Sie mussten ihre Aussagen bei der Polizei machen. Jess würde sich mit den rechtlichen Konsequenzen befassen müssen, Brian getötet zu haben. Auf Grundlage der Verletzungen, die Brian ihr zuvor zugefügt hatte, glaubte Benny aber nicht, dass sie etwas zu befürchten hatte. Er hoffte auch, dass in Brians Wohnung Beweise für seine Drogenaktivitäten gefunden würden.

Sie müssten sich auch um Tammy kümmern. Wenn das stimmte, was Brian Jessyka erzählt hatte, war sie genauso schuldig, ihre Tochter zur Prostitution gezwungen zu haben, wie Brian. Benny wusste auch, dass Jess sich psychologisch mit allem auseinandersetzen musste, was sie in dieser Nacht erlebt hatte. Während der letzten Stunden war ihr Adrenalinspiegel so hoch gewesen, dass sie keine Gelegenheit dazu gehabt hatte, das Geschehene zu verarbeiten.

Aber Benny glaubte, dass alles gut gehen würde. Alles, was er ihr heute Abend gesagt hatte, entsprach der Wahrheit. Jess war hart und klug und es war gut gewesen, Tex zu vertrauen, sein Team zu ihrer Rettung zu holen. Sie war in eine schreckliche Situation geraten, an die weder er noch einer der anderen Jungs gedacht hatten. Sie hatten nicht damit gerechnet, dass jemand *sie* benutzen könnte, um ihre verletzlichen Frauen in eine gefährliche Situation zu locken. Sie müssten sich darüber noch eindringlich Gedanken machen. Sie hatten alle gedacht, dass die Ortungsgeräte ihre Frauen beschützen würden, aber offensichtlich war es ein großer Fehler gewesen, diese Sache zu übersehen. Brian war ein Idiot, aber er hatte es geschafft, diese eine Sache ausfindig zu machen, die ihm Jessyka wie auf einem Silbertablett ausliefern würde. Jess hatte in einer beschissenen Situation das Beste getan, was sie tun konnte, und unterm Strich hatte sie Tex und dem Rest des Teams vertraut, sie beide rechtzeitig zu erreichen. Gott sei Dank waren sie noch früh genug eingetroffen.

Bis weit in den Morgen hinein hielt Benny Jess fest, bis es in dem Zimmer langsam heller wurde. Er beobachtete, wie sie ein- und ausatmete, und war nie glücklicher gewesen. Sie lebte. Er lebte. Sie liebten sich. Er war der glücklichste Mann auf der Welt.

KAPITEL ZWANZIG

»Du weißt, dass du ein Dummkopf gewesen bist, oder?«, fragte Wolf Benny völlig entspannt mit seinem Arm um Carolines Schultern, als sie eine Woche nach Bennys Entführung um den Tisch bei *Aces* saßen.

»Halt die Klappe«, antwortete Benny seinem Teamleiter und Freund.

»Im Ernst«, schloss Dude sich an. Er war nicht bereit, ihn so einfach vom Haken zu lassen. »Ich durfte auch nicht alleine in diesen Keller gehen, um Shy rauszuholen. Ich weiß nicht, warum du dir gedacht hast, *du* bist Superman und darfst im Alleingang losstürmen, um deine Frau zu retten.« Dude hatte die Worte nett formuliert, aber alle wussten, dass er damit den Nagel auf den Kopf getroffen hatte.

»Hört zu, ich könnte ewig hier sitzen und euch

einen Haufen Scheiße darüber erzählen, dass ich gedacht habe, es unter Kontrolle zu haben, und dass es keine große Sache gewesen wäre, solange ich nicht überrascht worden wäre, aber wir alle wissen, dass das alles nur ein Haufen Mist ist. Ich habe es versaut. Ich gebe es zu. Ich hätte sofort einen von euch oder, zur Hölle, wenigstens Tex anrufen sollen. Durch mein Training hätte ich es besser wissen müssen. Zum Teufel, wenn jemand von euch das getan hätte, hätte ich ihm die Hölle heißgemacht.«

Benny sah Jess an. Sie hatte eine Hand auf seinen Oberschenkel gelegt und er konnte fühlen, wie die Hitze ihrer Finger auf seinem Bein brannte. Er hätte sie fast verloren. Sie hatte das Undenkbare tun und einen Mann töten müssen, weil er sein Training ignorierte hatte und losgelaufen war, ohne nachzudenken. »Als Brian mir sagte, dass Jess in Gefahr ist, fiel mir nichts anderes ein, als mich so schnell wie möglich zu ihr auf den Weg zu machen.«

Seine Teamkollegen nickten wissentlich. Sie waren alle in einer ähnlichen Situation gewesen und verstanden es besser als jeder andere. »Aber ich habe meine Lektion gelernt. Von jetzt an keine verfluchten Alleingänge mehr. Gott bewahre, dass so etwas jemals wieder passiert. Wir sind ein Team. Immer. Wir alle brauchen einander. Das werde ich nie wieder vergessen.«

»Hoffen wir, dass du es nicht tust«, war Abes

Antwort. Er milderte seine harten Worte mit einem Lächeln. Benny entspannte sich und war froh, dass er sich seinen wohlverdienten Arschtritt abgeholt hatte und die Sache damit erledigt war.

»Ich habe keine Ahnung, wie ich so viel Glück haben konnte, heute hier mit euch allen zusammenzusitzen«, sagte Jessyka ehrlich und mit Emotion in ihrer Stimme in die Runde. »Ich meine, ich wusste immer, dass ihr Soldaten eine enge Verbindung habt, aber ich hatte keine Ahnung, dass es so sein würde.«

Als Caroline etwas sagen wollte, hob Jess die Hand, um sie zu unterbrechen, und sprach weiter: »Woche für Woche habe ich euch hier in der Kneipe gesehen. Ich habe gesehen, wie jeder von euch eine Frau gefunden hat, die perfekt für ihn war. Abe, du hast die Frauen, mit denen du ausgegangen bist, immer an erste Stelle gesetzt, aber sie haben sich offensichtlich nicht um dich gekümmert. Dann hast du Alabama gefunden. Ich habe beobachtet, wie sie dafür sorgt, dass dein Bier nachgefüllt wird, und wie sie das Essen für dich bestellt, wenn du spät nach der Arbeit in die Kneipe kommst. Sie sorgt sogar dafür, dass du als Erstes nach Hause fährst, wenn sie weiß, dass du müde bist.«

Jess sah, wie Alabama ihren Kopf an Abes Schulter lehnte und er sie küsste, bevor er seine Aufmerksamkeit wieder auf sie richtete. »Und du, Cookie, musstest den ganzen Weg bis nach Mexiko fliegen, um Fiona zu finden, aber du bist hartnäckig geblieben, um dafür zu sorgen, dass sie für immer in Sicherheit ist. Im Gegenzug tut sie immer ihr Bestes, um dir das zu geben, was du brauchst. Sei es, dass sie dir den Stuhl an der Wand überlässt oder dass sie dich massiert, wenn du angespannt bist. Mozart, du hast so sehr gelitten. Es war offensichtlich, dass du einen Groll gegen alles und jeden hattest, bis Summer dir geholfen hat, ihn loszulassen und stattdessen an der Liebe festzuhalten. Am Ende war deine Liebe zu ihr wichtiger als Rache.«

Jessyka beeilte sich, mit ihrer Rede fertig zu werden. Bei den Blicken der Jungs befürchtete sie, jeden Moment in Tränen auszubrechen.

»Dude, ich weiß, du hast es vielleicht selbst nie bemerkt, aber du hast deine linke Hand immer versteckt gehalten. Du hast nicht bemerkt, dass es die Leute um dich herum einen Scheiß interessiert, dass dir ein Teil deiner Finger fehlt. Und falls doch, dann waren diese Leute nicht gut genug für dich. Cheyenne ist wie für dich geschaffen. Sie hat dich niemals als fehlerhaft oder verwundet angesehen. Sie sieht nur dein Herz.

Caroline, du und Wolf wart der Katalysator, der alles ins Rollen gebracht hat.« Bei ihrem amüsierten Blick fuhr sie fort: »Ich weiß, ihr denkt vielleicht, ich bin verrückt, aber ich wollte genauso sein wie ihr, genau wie die anderen Jungs hier es getan haben. Sie haben gesehen, wie eine gute, gesunde Beziehung aussehen kann. Kurz nachdem du hierher umgezogen warst, haben die anderen Männer aufgehört, solche Frauenhelden zu sein, und angefangen, sich zu fragen, was sie wirklich im Leben erreichen wollen.

Ich wusste, dass ihr alle Freunde seid, aber ich wusste nicht, wie weit diese Freundschaft reicht. Ich hatte keine Ahnung, dass ihr nicht nur Freunde, sondern Familie seid. Ich wollte gern ein Teil davon sein, aber in einer Million Jahren hätte ich mir nicht träumen lassen, dass das jemals passieren würde.« Jess wandte sich an Kason. »Ich liebe dich so sehr, ich würde alles für dich tun. Ich würde jeden Tag meines Lebens direkt in die Hände eines verrückten Psychopathen laufen, wenn ich es tun müsste, um dich zu beschützen.«

Benny knurrte sie an, beugte sich vor und zog Jess auf seinen Schoß, sodass sie seitlich saß und ihre Freunde immer noch ansehen konnte.

Jess redete weiter in Kasons Armen. »Früher dachte ich, Therapie sei für Weicheier.« Als Hunter so aussah, als wollte er etwas sagen, fuhr Jess schnell fort: »Und ich dachte, mir geht es gut, trotz allem, was passiert ist ... Aber dank Fionas Drängen und nachdem ich meine eigenen Gefühle analysiert hatte, ist mit klar geworden, dass es in Ordnung ist, mit jemandem darüber sprechen zu müssen, was vorgefallen ist. Meine Situation ist anders als die von Fiona,

Alabama, Summer und Cheyenne, aber nur weil ich mit einem Arzt darüber spreche, was ich getan habe und was Brian und seine Schwester getan haben, heißt das nicht, dass ich verrückt bin oder dass ich für den Rest meines Lebens einen Seelenklempner brauche. Ich habe mehr Respekt vor den elf Personen, die um diesen Tisch sitzen, als jemals zuvor vor irgendjemandem in meinem ganzen Leben.«

Jessyka holte tief Luft und war froh, dass sie aussprechen konnte, was sie sagen wollte, bevor jemand sie unterbrach. Die Besuche bei Fionas Therapeutin hatten viel geholfen, obwohl sie anfangs nicht geglaubt hatte, dass es notwendig wäre. Höchstwahrscheinlich würde sie ihre Therapie noch eine Weile fortsetzen, um über das Geschehene zu sprechen. Im Moment ging es ihr aber gut.

»Ich denke allerdings, dass wir alle genügend Drama in unserem Leben hatten. Können wir bitte wenigstens für ein paar Wochen wie normale Menschen leben, ohne verloren zu gehen, entführt zu werden oder für die Rache eines Arschlochs benutzt zu werden? Ich meine, was sollen wir noch alles durchmachen?«, beendete Jess ihre Ansprache verärgert.

Alle stöhnten und schüttelten den Kopf.

»Jesus, Jess, du kannst diese Scheiße doch nicht einfach so sagen«, stöhnte Cookie. »Im Ernst, du hast uns gerade alle verhext.«

»Wir sind auf keinen Fall am Ende. Wir sind dazu

bestimmt, von jetzt an ein unbeschwertes, normales Leben zu führen. Schließlich haben wir alle unsere Männer gefunden. Es wird uns gut gehen«, sagte Caroline, als würde sie das Gesetz schreiben.

»Das stimmt. Nachdem wir alle unsere Männer gefunden und uns niedergelassen haben, sollten wir kein Drama mehr erleben müssen«, stimmte Cheyenne ihr zu.

»Wir haben aber noch nicht alle unseren Partner gefunden«, sagte Jess.

»Äh, ich will dir deine Illusion ja nicht nehmen, meine Schöne, aber keiner von uns wird euch Mädchen wieder gehen lassen. Ihr steckt jetzt bei uns fest«, sagte Benny und kuschelte sich an Jess' Hals.

»Tex«, sagte Jessyka sachlich. »Er ist auch ein Teil dieses Teams. Und soweit ich weiß, ist er mit niemandem zusammen.«

Die Gruppe schwieg einen Moment, bevor Dude das Wort ergriff. »Liebes, wir haben niemals wirklich mit Tex zusammengesessen und über diese Scheiße geredet, aber in Bezug auf sein Bein ist er noch empfindlicher als ich mit meiner Hand.«

Das stimmte. Tex spielte es immer herunter, wenn es um die Prothese ging, die er trug, seit er aus gesundheitlichen Gründen aus der Navy ausgeschieden war. Aber sie waren sich alle bewusst, dass er ein wenig zu viele Witze darüber machte, dass er verkrüppelt wäre und Frauen ihn ablehnten, sobald sie von seiner Verletzung erfuhren.

»Aber Dude, Tex ist ein Teil dieses Teams. Er *muss* auch die perfekte Partnerin finden. Seid ehrlich, wenn wir uns irgendwie gefunden haben, dann wird er es auch schaffen.« Jess lehnte sich zurück gegen Benny und legte ihren Kopf an seine Schulter und ihre Wange an seine Brust. Sie legte einen Arm um seine Schultern und spielte verträumt mit seinen Nackenhaaren. »Ich weiß nicht wie und ich weiß nicht wo, aber ihr habt es alle selbst gesagt: Tex kann jeden finden, egal was passiert. Ich habe ein gutes Gefühl dabei. Auf die eine oder andere Weise wird er seine Frau finden.«

Tausende Kilometer entfernt, auf der anderen Seite des Landes, tippte Tex schnell auf seiner Tastatur.

Mel? Bist du da? Ich habe schon lange nichts mehr von dir gehört.

Nach ein paar Minuten ohne Antwort versuchte Tex es erneut.

Ich mache mir Sorgen um dich. Bitte antworte mir. Ich vermisse deinen Sarkasmus. ;)

Als immer noch keine Antwort kam, versuchte Tex ein letztes Mal, sich mit der Frau in Verbindung zu setzen, mit der er in den letzten Monaten häufig gechattet hatte.

Wenn du mir nicht antwortest, muss ich etwas Drastisches tun, um mich zu vergewissern, dass es dir gut geht. Ich weiß, dass du nie telefonieren oder Fotos austauschen wolltest, aber ich muss wissen, dass es dir gut geht. Ich habe dir bereits meine Handynummer gegeben, bitte ruf mich an.

Tex stand auf und rückte seine Prothese zurecht, bevor er in die Küche ging, um sich etwas zum Abendessen zu machen. Er nahm den Teller mit zurück in sein Arbeitszimmer und warf einen Blick auf die drei Monitore auf seinem Schreibtisch. Dann sah er auf die GPS-Koordinaten, die auf einer Karte angezeigt wurden. Er lächelte. Alle seine Freunde und ihre Frauen waren gerade bei *Aces* und hingen höchstwahrscheinlich miteinander ab, wie Freunde es üblicherweise taten.

Tex liebte jeden einzelnen von ihnen und war froh, dass er dazu beigetragen hatte, die Gruppe zusammenzuhalten. Mit seinem Computer und seinen Fähigkeiten, Menschen aufzuspüren, fühlte er sich gut, auch wenn er sich sonst nicht sehr wertvoll vorkam. Er vermisste das Gefühl, Teil eines Teams zu sein, seit er in den Ruhestand versetzt worden war. Ihm fehlte der Adrenalinschub, der dem erfolgreichen Abschluss einer Mission stets gefolgt war.

Er war von allem abgeschnitten worden, was er geliebt hatte, und hatte keine Chance gehabt herauszufinden, was er mit seinem Leben anfangen sollte. Die Navy war sein Leben gewesen, aber er war auch immer gut im Umgang mit Computern gewesen. Und mit seinen Computerkenntnissen zusammen mit einigen der schlechtesten Menschen, die er je in seinem Leben getroffen hatte, hatte er seine neue Nische gefunden.

Auch wenn er etwas neidisch auf seine Freunde und ihre wunderbaren Frauen war, mit denen sie den Rest ihres Lebens verbringen würden, würde Tex niemals aufgeben.

Er dachte an das Gespräch zurück, das er neulich mit Bennys Frau Jess geführt hatte. Sie hatte ihn angerufen, um sich zu bedanken, dass er an dem Abend, an dem Benny als Köder benutzt worden war, um sie aus *Aces* herauszulocken, so schnell bemerkt hatte, dass etwas nicht stimmte. Sie hatte mit ihm geschimpft, dass es dumm wäre, nur die Frauen zu überwachen. Sie hatte ein überzeugendes Argument vorgebracht und Tex gesagt, dass sie sich niemals hätte in Gefahr bringen müssen, wenn Benny ebenfalls überwacht worden wäre, als er von ihrem verrückten Ex entführt worden war.

Wenn Jess es so ausdrückte, konnte Tex ihr nicht widersprechen. Somit waren die sechs großen, bösen Navy SEALs, die er in den letzten Monaten sehr gut kennengelernt hatte, nun alle stolze Besitzer glänzend neuer Ortungsgeräte.

Die Männer hatten es zunächst abgelehnt, die

Geräte zu tragen, wenn sie auf einer Mission außer Landes waren, aber Tex hatte darauf hingewiesen, dass er der Einzige war, der über die Geräte Bescheid wusste, und dass es nicht schaden könnte, etwas zusätzlichen Schutz zu haben, wenn sie im Ausland waren, um die Drecksarbeit zu erledigen, die für die meisten anderen Militärteams zu gefährlich war. Sie hatten vereinbart, die Geräte als Konzession in ihre Rucksäcke zu packen. Tex wollte noch darauf hinweisen, dass Rucksäcke verloren gehen oder gestohlen werden könnten, aber die Frauen waren so erleichtert gewesen, dass er die Frage fallen gelassen hatte.

Tex wandte sich wieder seinem Computerbildschirm zu und versuchte, seine Freunde aus seinen Gedanken zu verbannen. Hoffentlich war dies das letzte Drama gewesen nach allem, was sie im vergangenen Jahr durchgemacht hatten.

Er tippte auf einige Tasten seiner Tastatur und starrte auf das Chatfenster, wo er gerade Melody angeschrieben hatte.

Benutzer unbekannt

Tex tippte verzweifelt auf den Tasten und fluchte dann leise. Er lehnte sich in seinem Stuhl zurück und legte die Hände hinter den Kopf. Sie hatte ihr Konto gelöscht. Sie hatte sich nicht nur abgemeldet, sie hatte auch die einzige Verbindung getrennt, die sie miteinander gehabt hatten.

Sie hatten monatelang miteinander geschrieben

und sie hatte ihm niemals einen offensichtlichen Hinweis darauf gegeben, dass etwas nicht stimmte, aber Tex hatte gespürt, dass es da etwas gab. Offensichtlich hatte er recht gehabt. Er kannte sie gut genug, um zu wissen, dass sie zu höflich war, um einfach aufzustehen und wortlos zu verschwinden ... Zumindest glaubte er das.

Sie hatten sich niemals auf etwas Sexuelles eingelassen, aber sie hatten definitiv einige intime Gedanken geteilt. Melody war der einzige Mensch, dem er erzählt hatte, wie nutzlos er sich fühlte und dass er die Tatsache hasste, nicht mehr komplett zu sein, obwohl er den Arzt letztendlich selbst gebeten hatte, sein verstümmeltes Bein zu entfernen. Er hatte sich ihr sogar über die Phantomschmerzen anvertraut, die er immer noch in seinem Bein spürte – einem Bein, das nicht einmal mehr da war.

Melody hatte es verstanden. Sie hatte die richtigen Dinge geschrieben. Aber wenn Tex jetzt näher darüber nachdachte, wurde ihm klar, dass sie ihm nie *wirklich* etwas über sich erzählt hatte. Oh, er wusste, dass sie mexikanische Küche mochte und dass Pink ihre Lieblingsfarbe war, aber sie hatte sich ihm nie über die Dinge in ihrem Leben geöffnet, die wirklich wichtig waren.

Er schob die Ärmel seines Hemdes hoch und beugte sich über seine Tastatur. Wenn Melody dachte, sie könnte ihre Verbindung einfach so auslöschen wie ihr Benutzerkonto, dann müsste sie noch einmal überlegen.

Die SEALs sagten immer, er könnte jeden finden. Jetzt war es an der Zeit, seine Fähigkeiten einzusetzen ... dieses Mal für sich. Etwas stimmte nicht. Er musste Melody finden und herausfinden, was es war. Hoffentlich war es noch nicht zu spät.

BIOGRAFIE

Susan Stoker ist die New York Times, USA Today und Wall Street Journal Bestsellerautorin der Buchreihen »Badge of Honor: Texas Heroes«, »SEALs of Protection«, »Die Delta Force Heroes« und einigen mehr. Stoker ist mit einem pensionierten Unteroffizier der US-Armee verheiratet und hat in ihrem Leben schon überall in den Vereinigten Staaten gelebt – von Missouri über Kalifornien bis hin zu Colorado. Zurzeit nennt sie die Region unter dem großen Himmel von Tennessee ihr Zuhause. Sie glaubt ganz und gar an Happy Ends und hat großen Spaß daran, Geschichten zu schreiben, in denen Romantik zu Liebe wird.

Besuchen Sie Susan im Netz!
www.stokeraces.com

facebook.com/authorsusanstoker
twitter.com/Susan_Stoker
bookbub.com/authors/susan-stoker
instagram.com/authorsusanstoker
Email: Susan@StokerAces.com

BÜCHER VON SUSAN STOKER

SEALs of Protection

Schutz für Caroline

Schutz für Alabama

Schutz für Fiona

Die Hochzeit von Caroline

Schutz für Summer

Schutz für Cheyenne

Schutz für Jessyka

Schutz für Julie (Demnächst erhältlich!)

Die Delta Force Heroes:

Die Rettung von Rayne (Buch Eins)

Die Rettung von Emily (Buch Zwei)

Die Rettung von Harley (Buch Drei)

Die Hochzeit von Emily (Buch Vier)

Die Rettung von Kassie (Buch Fünf)
Die Rettung von Bryn (Buch Sechs)
Die Rettung von Casey (Buch Sieben)
Die Rettung von Wendy (Buch Acht)

Ace Security Reihe:
Anspruch auf Grace
Anspruch auf Alexis (Demnächst erhältlich!)

Und auch die folgenden Bücher von Susan Stoker werden in Kürze auf Deutsch erhältlich sein:

*Aus der Reihe »**Die Delta Force Heroes**«:*
Die Rettung von Sadie (Novelle)
Die Rettung von Mary (Buch 9)
Die Rettung von Macie (Buch 10)

*Aus der Reihe »**SEALs of Protection**«:*
Schutz für Melody (Buch 9)
Protecting the Future (Buch 10)
Schutz für Kiera (Buch 11)
Protecting Alabama's Kids (Buch 12)
Schutz für Dakota (Buch 13)
The Boardwalk (Buch 14)

SUSAN STOKER

Ace Security Reihe:

Anspruch auf Bailey (Buch 3)
Anspruch auf Felicity (Buch 4)
Anspruch auf Sarah (Buch 5)

BIOGRAFIE

Susan Stoker ist die New York Times, USA Today und Wall Street Journal Bestsellerautorin der Buchreihen »Badge of Honor: Texas Heroes«, »SEALs of Protection«, »Die Delta Force Heroes« und einigen mehr. Stoker ist mit einem pensionierten Unteroffizier der US-Armee verheiratet und hat in ihrem Leben schon überall in den Vereinigten Staaten gelebt – von Missouri über Kalifornien bis hin zu Colorado. Zurzeit nennt sie die Region unter dem großen Himmel von Tennessee ihr Zuhause. Sie glaubt ganz und gar an Happy Ends und hat großen Spaß daran, Geschichten zu schreiben, in denen Romantik zu Liebe wird.

Besuchen Sie Susan im Netz!
www.stokeraces.com

facebook.com/authorsusanstoker
twitter.com/Susan_Stoker
bookbub.com/authors/susan-stoker
instagram.com/authorsusanstoker
Email: Susan@StokerAces.com

www.ingramcontent.com/pod-product-compliance
Lightning Source LLC
LaVergne TN
LVHW021652060526
838200LV00050B/2321